小説集

真田幸村

末國善己 編

作品社

小説集　真田幸村

題字
本間吉郎

装画
月岡芳年

太陽を斬る

南原幹雄

南原幹雄　1938〜

東京都生まれ。早稲田大学政治経済学部卒後、日活に入社。1973年「女絵地獄」で第21回小説現代新人賞を受賞しデビュー。ダイナミックな物語に定評があり、『抜け荷百万石』、『天皇家の忍者』などの伝奇色豊かな作品から、『謀将直江兼続』、『名将大谷刑部』などの歴史小説まで作風は幅広い。〈付き馬屋おえん〉シリーズは、テレビドラマ化された。『闇と影の百年戦争』で第2回吉川英治文学新人賞を、『銭五の海』で第17回日本文芸大賞を受賞、長年の功績が認められ第3回歴史時代作家クラブ賞の実績功労賞を受賞している。

一

上州吾妻郡《あがつまぐん》の羽根尾から長野業政《なりまさ》の居城のある群馬郡箕輪《みのわ》へ行く道筋は二つある。吾妻川にそって渓谷をくだり榛名山《はるなさん》を迂回する道と、吾妻川の途中から須賀尾峠の山路に入り榛名山の手前を南に向かう道である。峠越えのほうがよほど近道なのだが、急ぎでない者は平坦で歩きよい渓谷ぞいの道をえらぶことが多い。

天文十一年十月のある朝……。婦女子と荷駄をまじえた百人を越す一行が、この二つの道の分岐点尾坂まで来てしばらく立ち止まり、二人だけが一行をはなれて峠路へ入って行った。二人の姿が見えなくなるまで見送ってから、他の者たちは迂回路を行きだした。

昨年五月、武田・村上・諏訪の三氏連合の軍に先祖伝来の信州海野平《うんのだいら》を追われ、羽根尾に落ちのびていた海野一族の者たちである。

「殿……、霧がはれてまいりましたぞ」

羽根尾を出るときには西の空をみっしりと埋めていた朝霧が切れ切れに晴れ、近道をとった二人が須賀尾峠にさしかかったときには、三国山脈の蒼い全容がくっきりと姿をあらわしていた。山脈がきれる西のはずれ、須賀尾峠と西の真向いに鳥居峠が見えた。

二人は足を止め、西の方を睨《にら》んで凝然《ぎょうぜん》と立った。鳥居峠は信濃と上野《こうずけ》をつなぐ国境《くにざかい》であり、海野一族は昨年この峠を越えて信濃に落ちてきたのである。

殿……と呼ばれた男が海野一族の棟梁海野棟綱《むねつな》である。小柄な体に質素な衣服をまとい、銀白色の髪をきれいに結いあげている。彫りが深く、気品のある横顔は陽焼けし、肌艶《はだつや》や眸《め》の輝きにはとても六十を過ぎたとは思えぬ張りがあり、その姿には零落した名族をどん底でささえる気魄《きはく》がにじんでいた。一年半にわたる羽根尾での窮迫した暮しのなかでも、彼の気魄はくじけなかった。関東管領・上杉家の重臣、長野業政に精力的な運動をしつづけ、着々と信濃帰任の計画を推しすすめてきた。その計画を一段と確実なものとするために長野業政の膝下《ひざもと》に移住する許しを得たのであった。

旧暦十月といえば、もう山越えの風は冷たい。存分に風の中に体をさらし、棟綱と従者は峠路に立ちつくしていた。

棟綱は、何も急用があってこの近道をえらんだのではなかった。鳥居峠を越えて信濃に打ち入る日のことを期して、もう一度瞼《まぶた》の裏に焼きつけておきたかったのである。

雲が流れた。早い速度で風に乗って東から西へ流れていく。棟綱はその白い雲の一群が近い将来、鳥居峠を越えて信濃になだれ込んでいく海野勢のように思えるのであった。

従者をうながし、再び山路を箕輪へと向かって行く棟綱のこころに、一点……気にかかることといえば、諸国の情勢を探るためにずっと羽根尾をはなれている次男の小次郎が、今日の出発までに姿を現わさなかったことである。一年前、小次郎の旅立ちのときに覚えた不安が、一層色濃いものとなって棟綱の胸によみがえってきた。

海野一族は、平安時代の末から北信濃に根を張りはじめた古族で、祖を清和天皇の皇子に発するといわれている。鎌倉時代の全盛期には無数の支族が信濃一円から上野一帯にまでひろがり、抜き難い勢力を扶植《ふしょく》した。が、戦国時代にはいってから、海野一族の勢力はしだいに下り坂になってきた。

棟綱は三十代で一族の棟梁となり、

「海野一族、久方ぶりの名将じゃ……」

「棟綱がここ数代の衰運を盛り返すのではないか……」

と期待されたが、今にいたるおよそ三十年間に幾度かおこった大きな戦《いくさ》では不思議と不運に見舞われ、その大半に敗れていた。

昨年五月、長年の退勢を一気にくつがえそうと海野諸族を糾合《きゅうごう》して北信の村上勢を国境で打ち破り、その本拠まで迫ったとき、不意に甲斐《かい》の武田と南信の諏訪氏に背後を襲われ、海野平はかつて見たことのないほどの無数の軍兵に囲まれていた。この戦で棟綱の長男・小太郎をはじめ、望月、根津など、海野諸族の主だった武将の大半が討たれ、おびただしい数の兵が死んだ。

五月雨《さみだれ》の降りつづく鳥居峠の山道を落ちのびていったこのときの暗澹たる心中を、棟綱は今も忘れようがない。全身を濡れるにまかせ、泥濘《でいねい》に足をとられながら重い体を引きずって進む彼の唯《ただ》一つのささえは、一行の先頭に次男・小次郎の姿が見え隠れすることであった。棟綱が一たん覚悟した自刃を思いとどまって羽根尾に落ちる決意をしたのも、小次郎の無事を確認したからであった。

「信濃随一の器量人……」

と称される小次郎が生きのびているならば、いつか、信濃に復帰することも夢ではないからであった。

――上州の羽根尾一族は当時、関東管領の被官で、長野業政の支配下にあったが、元来は海野の支族で、小次郎の妻・多津の実家であった。多津はこの戦で焼け死んでいたが、父の羽根尾幸全《ゆきまさ》は落ちてきた百人を越える海野一族を暖くむかえ、城内の郭《くるわ》の一角に棟綱父子の住む屋敷を用意し、城外に一族の者たちのために家屋と田地を与えてくれた。いかに海野が名族であり、宗家ではあっても、海野の食い扶持まで羽根尾一族に頼るわけにはいかなかったのである。

二カ月ちかくが経ったころ、近国の甲斐に異変がおきた。

それを最初につたえ聞いたのは、彼の側臣で、小次郎の乳人夫《めのとづま》・深井源五郎であった。

「甲斐に、謀叛《むほん》がおきた由《よし》にございます」

「謀叛……」

棟綱の眸《め》が光った。

「武田信虎が国守の座を追われて駿河に押し籠《こ》められ、近臣も殺されたそうです」

勇猛果敢の将として四隣に聞え、海野一族を信濃から追い落した信虎の異変は、棟綱にとっても無関係ではなかった。

「信虎に取ってかわった者は」

「武田太郎晴信……」

「太郎晴信といえば、信虎の伜《せがれ》ではないか」

「日頃信虎は晴信をうとんじ、弟の信繁を溺愛しておりましたので、晴信がこの挙に出たものと思われます」

「ううむ……、信虎が、息子にのう……」

戦国の世では、親が実の子に追われる悲劇もけっして例のないことではなかったが、棟綱の周囲でこのような事がおきたのは初めてであった。

「晴信というのは、いくつになるのだ」

「二十歳《はたち》か……そこらでございます」

「……小次郎より十以上も若いな」

棟綱は晴信についての知識がほとんど無かったので、今この若者をどのように評価することも出来なかった。近い将来、棟綱と小次郎が宿縁をもってこの男と関わり合うことになろうとは考えることも出来なかった。ただ、今は——、信濃に捲《ま》き返す好機になるかもしれぬという思いで、彼の身内はわなないたのであった。

——長野業政が、上野の諸豪族をひきいて信濃に侵入して行ったのは、翌七月のことであった。信濃佐久郡には以前から関東管領に従う「佐久箕輪衆」と呼ばれる豪族たちが蟠踞《ばんきょ》していた。昨今、武田、諏訪両氏に圧迫されている彼らを助ける——、というのが長野軍の名分であった。が、長野軍の先陣に立ったのが、海野一族であったことは、この軍が棟綱の乞いによるものである証しである。果して、長野軍をさえぎる敵はなかった。全軍は無人の野を行く如《ごと》く進み、危殆《きたい》に頻していた佐久箕輪衆はたちまち旧日の勢いを盛り返すことが出来た。が、長野軍は佐久でぴたと進撃を止めてしまった。

「ここで軍を返してしまう法はございませぬ」

「このまま小県郡《ちいさがたぐん》に攻め入って海野平を占領すれば、小県郡はすべて長野家になびくでしょう」

棟綱父子の懸命な嘆願も、

「管領家と武田との間で和談が出来てしまった……。これ以上進むことは出来ぬ」

国守になったばかりの晴信がどんな交渉に出たのかは分らなかったが、迅速な外交で関東管領と話をつけてしまった上は、海野の願いもむなしかった。

徒労におわった軍をひきいて棟綱父子は、信濃から引きあげた。

羽根尾にもどってから小次郎は、こころに期するところがあったのか、

「しばらくお暇をください。諸国を歩いてきたいのです」

と、ただ一人、羽根尾を出ていった。

このとき棟綱はかすかな危惧をいだいた。秘蔵の宝を手放すような不安を覚えたが、

(何処《どこ》にいても、小次郎のこころは自分の掌中にある……)

という強い自負心が棟綱にはあった。それに、心中期するところがあったのは、棟綱もおなじであった。

「羽根尾で世話になるのも、そう長いことではないな」

ある夜——、棟綱は深井源五郎にいった。

「羽根尾どのの息女が亡くなられた上は、そう長居するのも……」

「いや……。ここに長居しておっては、長野家や管領家をうごかすのにどうしても不都合だと思うのじゃ。長野家だけを頼っておっては埒があかぬ。長野家の内懐《うちぶところ》に食いこんで、そのつながりで管領家をうごかさなくては、海野一族はいつまでも信濃へ帰れぬ」

狭い地域で競い合っていた豪族たちが次第に大きな勢力に統合され、それらが連繫し角逐《かくちく》し合っていく近年の時の流れを棟綱は痛切に感じていた。

「長野家に食いこむ手だてというのはございましょうか」

「まず羽根尾から箕輪へ居を移す。そして……次には、縁組じゃ」

「小次郎さまに嫁を」

源五郎は頷いた。

「業政どのの末の姫はまだ、嫁いでおらぬ……。小次郎は二度目じゃが、年もおかしいほどは離れていない。業政どのも小次郎ならば不足は言うまい」

「鶴姫さまと申されましたかな」

「そう、鶴姫どのじゃ。その名のとおり立居振舞のやさし気な可愛い姫よ。業政どのの十二人の姫のなかでは一番の縹緻《きりよう》よしじゃ」

と——、棟綱と源五郎が語り合った日から、実際に海野一族が箕輪に居を移すまでには、およそ一年の月日を要していたのである。

二

須賀尾峠越えの近道で棟綱は、深井源五郎のひきいる一行より一刻《いっとき》（二時間）以上も早く箕輪についた。

長野業政は親しく棟綱をむかえ、みずから城内の木俣郭に案内していった。二の丸をへだてたこの木俣郭の半分が海野一族の居所として用意されていた。

棟綱は以前にも箕輪城に滞在したことがあったが、いつ見ても関東最大を誇るこの城の規模の雄大さと堅固な構えに驚かされる。並郭式に郭を櫛比《しっぴ》させた構造、各郭をわかつ深さ十間、幅十数間の堀、高く築いた土塁……、どれをとっても関東管領を一身にささえる業政の地位と豪勇ぶりにふさわしい。

海野や羽根尾などの城は箕輪城にくらべれば、ほんの出城か砦としかいいようがない。業政はこの箕輪城を中心に半径一里の地域に二十にちかい出城をきずき、さらに群馬郡の有力豪族に十一人の娘を嫁がせて姻族として、上州一円に不抜の勢力を確立している。国力といい、人物といい海野一族の頼むに足る相手である。

齢《よわい》、五十余歳。戦陣で鍛えぬいた六尺ゆたかな体軀はどこを押しても突いても微動もせぬ偉丈夫である。在原業平の血筋をひく貌《かお》は若いころの男ぶりをしのばせる大ぶりな目鼻、眉、唇をしており、見事な口髭をたくわえている。

「やがて親戚になる間柄のことゆえ、我が城同然に思うて気ままにお暮しくだされ」

業政は国を追われた一族としてではなく、名族海野の棟梁として棟綱を遇した。零落したとはいっても、支族は信濃、上野一帯に望月、根津、常田《ときた》、矢沢、岩下、羽根尾などが無数といっていいほどひろがっており、長年の間につちかった彼等の力は抜き難いものがある。彼等に与える宗家海野の影響力はいまだに失われていない。そういう勢力を抱きこむためにも、棟綱を厚遇することは業政にとって不利益ではなかった。小次郎と鶴姫の縁談を容易に受けいれた業政の真意も、そのへんにあるようであった。

棟綱はここでも、おちつくと間もなく、榛名山の裾野に十数町歩の地を借り受け、来年の耕作にそなえて水路をひいたり、地ならしをして、箕輪の暮しに慣れていった。

長野家を足がかりにして関東管領をうごかし、信濃に進攻する、という念願の作戦も、あながち夢ではないように思われた。

業政にはすでに棟綱の意図は十分に通じていた。西上野の安定をはかるためにも、長野家としては隣接する信濃の静謐が必要であった。あとは、いつ、どのようにして腰の重い管領家をうごかすか――という難問と、もう一つ気がかりなことは小次郎の行方であった。

小次郎は一年前に羽根尾を出ていらい戻って来ていなかった。月に一度はあった旅先からの便りも、次第に間遠になり、この夏、寄寓《きぐう》している甲斐の寺から便りがあったのを最後として、行方も杳《よう》としてわからなくなっていた。その前に羽根尾から使者をつかわし、箕輪移住の件と鶴姫との縁談は小次郎に伝えてあるので、棟綱は羽根尾をたつ前には小次郎も一度戻って来ると心待ちにしていたのである。鶴姫との祝言は、正月の五日――と決めてあるのに、年の暮れが近づいても小次郎は一向に箕輪にあらわれなかった。

旅先で客死するような生やさしい伜とも思えなかったが、このごろでは小次郎への気づかいと焦りが棟綱のこころに大きくふくれあがってきていた。心もち左足を引きずるようにして歩く小次郎の特徴のある姿を、無意識のうちに脳裡に浮かべることの多くなった近頃の自分に、老いを感ずるようになった棟綱であった。国を追われてからというもの、激しい気魄と雄大な構想で信濃帰住の方策をおしすすめてきていたが、こころの奥底にしのび寄る弱気と老いの翳《かげ》はおさえようがなかった。

「小次郎は何を考え、何をしようとしておるのか……」

「一族が亡《ほろ》ぶも、ふたたび興るも小次郎さま次第でございますのに……」

源五郎も思いは棟綱とおなじであった。

「管領家が腰を上げるにしろ、長野家が信濃に進攻するにしろ、小次郎が海野一族をひきいてその先陣に立たねばならぬ。わしの戦略、作戦はすべて小次郎が中心になっておる」

小次郎を欠いては、手足をもがれたにひとしい海野一族であった。それほど……、小次郎の器量、力量は群を抜いていた。小次郎に天賦の才もあったのだが、そういう器量人に育てあげたのは、まったく棟綱の薫陶のたまものであった。

小次郎はわずかではあるが、びっこである。体つきは父に似て、少年時代から小柄であった。七つになった春のことである。その日、海野城内は前日の雨があがって、暖かい日差しのなかに陽炎《かげろう》がゆらゆらと立ち昇っていた。棟綱は城内に直立する杉の木の下に、小次郎を立たせ、

「あの枝まで登って、飛び下りることが出来るか。父が受けてやるぞ」

と、地上一間半くらいの高さの太めの枝を指した。腕白《わんぱく》ざかりで、日頃登りなれている杉の幹に小次郎はとりつくと、するするっと簡単にその枝に達し、掛け声をあげて、手を大きく広げた棟綱をめがけて飛び下りた。

「その上の枝はどうか」

といった棟綱の表情を、一瞬暗いものがよぎったが、小次郎は、

(なんの……)

といった顔つきで父の指した枝にのぼってゆき、再び、

「やあっ」

ためらいもなく空に身を躍らせた瞬間、掛け声が悲鳴に変った。下で手を広げて待ち受けていた棟綱が、不意に樹幹の裏側に姿を消したのである。悲鳴が長く尾をひいて、小次郎の体は二間以上の高さを地に吸いこまれるように落下していった。地に叩きつけられる音を聞いたとき、棟綱は自分の足の骨が砕けたような痛みを覚えながらも、すぐには助け起こそうとしなかった。驚きと衝撃で声もなかった小次郎が、やがて激痛の呻《うめ》き声をあげはじめたとき、

「人は信ずべきものに非《あら》ず……という父の日頃の教えを忘れたのか。肉親の父といえども、同じことだ。この痛さを死ぬまで忘れるのではないぞ」

といってからようやく小次郎を抱きあげた。

棟綱は小次郎にはまったく彼独自の目的をもった教育をしてきたのである。

「百姓は命大事に致すべきものなり。されど武家は不惜身命たるべき。これ、武家と百姓との違いなり」

当時東国ではまだ武家と百姓との身分階級はさほど明確ではなかったし、日ごろの暮しにいたってはほとんど差異がなかった。その違いを棟綱はこのように教えた。

「およそこの世に奇妙不可思議のことはあるまじ。神仏の加護、頼むべきにはあらず。神罰仏罰、犬の糞のごときものなり」

信仰心が厚く、神話、伝説、迷信が根強く生きている信濃地方で、棟綱は理に徹して生きることを教えた。成人するまで、神社仏寺の御札を縫いこんだ円座を使わせ、小次郎は毎日神仏を足で踏み、尻に敷いて大人になったのである。

信濃の国土はやせて貧しく、山や渓谷が多いため小豪族が各地に割拠して争い、この地方には固有の型の豪族が育っていた。棟綱はその信濃人の性格を破った人間に小次郎をつくりあげようと思っていたのである。その薫陶は棟綱が自分の半生をかえりみた反映でもあった。大きな期待をになって棟梁になりながらも、戦に負けつづけ、人生の盛りを過ぎようとしている彼が、小次郎に託した壮大な夢であった。

小次郎は青年期にはいると、もう声望、器量は兄の小太郎をはるかにしのぎ、信濃一円から他国にまで聞こえ、政略結婚をのぞむ豪族が多かった。昨年、再婚とはいえ一も二もなく鶴姫との縁談に業政が応じたのも、相手が小次郎なればこそであった。

だが、年の瀬がおしつまっても小次郎は戻らず、

「祝言まで、もう幾日もございませぬ。仲人の関東管領憲政さまは、正月には箕輪へまいられますが……」

もうすっかり雪におおわれた榛名の白い峰々に目をやりながら源五郎はいった。祝言の準備はいっさい源五郎にまかされていた。棟綱も小次郎への気づかいと焦《い》ら立ちがこのごろでは怒りをふくんだものに変り、

「もし小次郎が戻らぬようじゃったら……」

と、かつてない気弱な言葉まで洩らした。

「わたしが腹を切ったくらいでは、済まぬでございましょう」

「信濃へもどる手だてがつぶれてしまう」

「正月までに戻るおつもりなのかもしれませぬ」

源五郎も自分を慰めるようにいった。

が、小次郎が戻らぬままに天文十一年は暮れてしまった。

正月五日――。管領上杉憲政は輿をつらねて多野郡平井城から箕輪にやって来た。

正月祝賀の席が夕までつづき、その後が祝言の席に変るはずであった。大広間の正面上座に憲政がすわり、ややはなれて業政。一段下って左右に長野家の家族、一門衆、重臣、功臣たちが居並び、棟綱は客分ではあるが一門衆にまじって席に加わった。日暮れて歌舞、音曲がはじまり、明りが運びこ

まれ、席は昼間をあざむく明るさになり、長野家の家族がならぶ中ほどで晴着に着飾った鶴姫の姿が一段と美しく照り映えているのが、棟綱のこころをさいなんだ。

祝言はおこなわれなかったのである――。宴席となり、憲政と長野家の女たちが立ち去るとき、

「このたび長野家息女と海野小次郎との縁組がきまったことはまことにめでたいことである。近々のうちに祝言がおこなわれるであろう」

さり気なく憲政はいって去った。こころが張りつめ脂汗の滲みだしていた棟綱の顔にほっと安堵の色が浮いた。業政の配慮で何とか事なきを得たのであった。が、一方で、

(長野家にはずいぶんと借りを負うた……)

という重荷がずしりと棟綱の細い肩にのしかかってきた。翌朝になっていっそう重荷は加わった。鶴姫が三人の侍女にみちびかれて木俣郭の棟綱を訪れてきたのである。

「まだ祝言もあげておりませぬし、小次郎さまにもお目にかかっておりませぬが、鶴は昨日から海野家の嫁になったつもりでおります。至りませぬがよろしゅうお願いいたします」

作法どおりに指をつき挨拶をして棟綱を見あげたとき彼はその美しさに、一瞬言葉をのんだ。薄化粧を刷《は》いた細面の顔に上気でぽっと朱がさし、棟綱に見つめられて思わず瞳を膝におとした風情に恥じらいと優しさが匂い、何ともいえず可憐な姿であった。

「堪忍してやってください……。わたしにも小次郎の気持がわからぬのです」

いいながら棟綱は、二十歳にもまだ手のとどかぬ頼りなげな姫が、小次郎のようなしたたか者によくついてゆけるのだろうか……不安と痛々しい気持にとらわれた。世間の風にふれたことのない名門の姫だけに、小次郎とのかかわりによって、この先どんな運命の変転にもまれていくか、不吉な予感

がした。

三

その後、鶴姫は折節には侍女のお峰をつれて木俣郭をおとずれ、棟綱や源五郎と半日も過していくようになった。

小次郎の妻のつもりでいる鶴姫に棟綱は、自分が女の子供を持ったことがなかっただけに、日を追って可愛さが増してゆき、鶴姫のおとずれを心待ちにするまでになった。

「まるで殿が鶴姫さまをめとるようなお喜びようでございますな」

源五郎の戯《ざ》れ言に思わず狼狽するほど、鶴姫と共にすごす時には心はなやぐ棟綱であった。が、小次郎の帰らぬことについて触れようとしない鶴姫の芯の強さを思いやると、どうするすべもなく胸が痛むのであった。

一《ひ》と月、二《ふ》た月と時はたちまちに過ぎた。雪どけの水が山肌をつたって谷川を流れだすころ、冬のあいだ眠っていた近国の情勢がふたたび動きはじめた。

「武田が信濃侵略に本腰をいれはじめた――」

長野家の諜者がつぎつぎに穏やかでない情報をもち帰ってきた。

そうした一夜、棟綱は本丸に業政をおとずれて言った。

「甲斐の晴信、予想以上の強者《つわもの》でございましたな。信虎をしのぐ侵略の鬼……」

「晴信という男を考えなおさねばならぬ」

業政もおなじ考えにとらわれていた。

晴信が父、信虎を逐《お》ったとき、周囲の国々は猛勇信虎が姿を消したことにかえって安堵したものである。若冠二十一歳の晴信では父の旧臣を統率するのに手いっぱいで、よもや外征に出て来るとは思えなかった。ところが、晴信はたちどころに内政を固め、その年におこった長野業政の信濃侵攻にも、あざやかな外交の手腕を見せていた。ついで昨年、突如隣国諏訪に打ち入って親族諏訪氏をほろぼし、姉婿にあたる諏訪頼重をだまして自刃させたうえ、この戦で晴信に加担した高遠頼継をも攻めほろぼしてしまうという、天才的謀略ぶりを発揮していた。

「まず伊那。それから佐久、小県と晴信は信濃を攻め進んで来るじゃろう」

「こちらの戦略をそのまま先手をうって来るようでございます。管領家に腰をあげていただきませぬと、佐久箕輪衆はおろか、長野家の領国さえも、脅かされることになりましょう。そうなってからでは……」

「海野どのの信濃帰住もむつかしくなろうな……。明日にも平井へまいって管領に会おう」

「晴信が佐久に出てくる前ならば、長野家と海野諸族の勢力で佐久、小県を押えられるかもしれませぬ。一日おくれればそれだけ作戦もむつかしくなるでしょう」

一年以上も前から献策していることだけに、今もって腰をあげぬ管領家と、管領の許しがなくては外征に踏みきれぬ長野家に対して焦《い》ら立ち以上のものを感じはじめていた。長年関東の統治者として君臨してきた管領家や長野家だけに、北条や武田とくらべると、侵略者ではなく、統治者のお家柄……が身についてしまい、それが侵略戦に後手をとる原因にもなっていた。

棟綱は、明日平井に発つという業政に全ての期待をかけた。そして木俣郭にもどって来ると、源五郎を呼び、

「海野諸族に使者をつかわし、戦の準備をさせよ」

と軍令をくだした。海野平の合戦で生きのこった諸族のなかには、仕方なく他家に仕えた者も多いが、帰農したり、山野に隠れ住んだりして、棟綱の捲き返しを一日千秋の思いで待っている者も少なくなかった。

翌朝。信濃、上野の各地に棟綱の使者は飛んだ。

つぎの日、源五郎が来て、

「箕輪城下、鐘撞山《かねつきやま》のふもとに禅寺がございますな」

と棟綱にいった。

「弘禅寺といったな……」

「武田家の内情に通じている者が、今夕その寺に来るそうでございます。殿にお会いしたいと人づてに申してまいりましたが……、さしつかえなければ、わたくしも」

というと、棟綱は一瞬考えて、

「いや、わしが行く。一人でよい」

源五郎の申し出をこばみ、夕闇せまるころ、暮れを告げる鐘の鳴る弘禅寺へ向かった。棟綱は一応の身ごしらえはしていた。

麓の山門をくぐり、身の引きしまるような気持で、薄墨色の夜気のながれる境内を本堂まですすみ、その裏に出ようとしたとき、前方の座禅堂の薄ら闇に人影が浮いた。乞食虚無僧《こむそう》の姿をしており、すかして見ると四十から五十の年輩に見えた。小軀である。棟綱は歩をゆるめず、乞食虚無僧のほうも近づいて来た。

棟綱はすでに相手の正体を知っていた。

「小次郎……」

身をやつし、年をいつわっていても、わずかに左足を引きずる歩き方は小次郎以外の者ではなかった。

「帰りが遅すぎたぞ。一年と半歳《はんとし》、どこを歩いておった。しかも城へ来ずに、このような所に呼び出したわけは何じゃ」

小次郎はそれに答えず、棟綱の目前まで寄り、

「わたしは箕輪城に住むつもりはないからです」

穏やかだが、よどみのない響きでいった。

「箕輪がいやだといっても、海野が頼る相手は」

「長野殿に頼るつもりもございませぬ」

棟綱にみなまでいわせず、今度は弾きかえすように小次郎はいいきった。棟綱のいだきつづけていた不安は最悪のものとなって的中したのである。

「いつ心変りがおこったのじゃ」

こみあげてくる怒りを抑えて静かに棟綱はきいた。

「一昨年、長野家の佐久侵入のときからです。長野家、管領家は頼むべき相手ではありませぬ。一年半かかってはっきりとその確信を得たうえで戻ってまいったのです。この両家を頼っていては海野は信濃に帰ることはできませぬ」

「滅多なことを申すな。たしかに管領家には東国全域を支配したかつての力は無くなっておるが、そ

れでも管領の勢力をしのぐ者は今、関東にはおらぬ。権威、威令も地に落ちてはおらぬぞ」

「表向きはそのように見えるかもしれませぬ。しかし管領家の土台はもう古くなって腐りはじめ、士風もおとろえ、とても乱世の激動に耐え抜いていく力はなくなっております。佐久箕輪衆が武田の鋒《ほこ》先《さき》に狙われているというのに、管領家は関東の北条との戦に手いっぱいでどうすることも出来ぬではありませぬか。父上や長野殿の信濃侵出の策も恐らく容《い》れられぬ気がいたします」

「今、業政どのが平井へ出向いておる。お前の申すことは早計じゃ。何としても、たとい管領が動かなくとも、長野家と海野の諸族をあつめてこの機に信濃へ侵攻する。海野諸族にもすでに使者が飛んでおる。今さらこの作戦は変らぬ。小次郎、お前の考えておる策をいってみろ」

と棟綱がいったのは、彼が日ごろ危惧し、いく分かでも思いあたるところを小次郎が鋭く衝《つ》いてえぐってきたからである。

一年半前の小次郎と今の小次郎とでは、棟綱の受ける感じはまったく違っていた。小次郎の内部でどんな変化があったのか知ることは出来なかったが、父親の棟綱さえもはねつける鋼鉄のような強靭さと手ごたえが引き締った貌《かお》や声音にまであらわれていた。切れ長な目はうすら闇の中に、針のように油断のない光をはなち、精悍な男くささが夜気の中に匂うようであった。

「武田晴信は遠からず信濃に侵入し、伊那、佐久、小県の諸郡を我がものにしようとしています。おそらくそれは実現するでしょう。晴信は戦国の世にもいまだ例を見なかった英雄です。関東管領が全力をあげても、信濃の諸豪族が連合して当ってもかなう相手ではありませぬ」

「買いかぶりじゃ」

「わたしはこの一年半、甲斐でつぶさに晴信を観察してまいりました。海野が信濃に復帰するには、この晴信の家来になるほかはありませぬ。武田の先陣となって信濃に侵攻してゆくのです」

「狂うたか、小次郎」

臓腑からしぼり出すように棟綱は呻いた。

「武田はな……、お前の兄を殺し、妻を焼き、一族の大半を殺戮して、我等を先祖伝来の信濃から追った相手ではないか。お前は鳥居峠を越えて羽根尾に落ちたときの無念さを早や忘れてしもうたのか」

想像も出来ぬ小次郎の言葉を聞いて、棟綱の声はふるえていた。しかも小次郎がまぎれもなく本心でいっていることが、怒りをこえた恐ろしさをいだかせた。

「しかしそのために頼りにならぬ相手を頼って海野の将来を誤まってしまえば、その上の無念を重ねることになりかねませぬ」

「武田と管領を秤《はかり》にかけて、どちらが頼りになるというのじゃ。管領家は何といっても関東の主《あるじ》であり、巨木じゃ。たしかに昨今の武田の進出はめざましいが、管領家にくらべればまだ若木にすぎぬ。しかももしこちらが望んでも、武田は海野を家来とはすまい」

この時もう小次郎が晴信に臣従してしまっているとは、棟綱は気づいていなかった。

「晴信はそのような尋常の大将ではございませぬ。わたしが箕輪に来るのがおくれましたのは、諏訪にでていた晴信をこの暮れから正月にかけて甲斐で待っていたためです。わたしはもう武田の家臣になっております」

「たわ言を申すな……」

さり気ないほどに淡々といってのけた小次郎の言葉がたわ言ではないことを、棟綱はこの一瞬に悟っていた。自分の掌中にあるつもりでいた小次郎が、いつの間にか掌《てのひら》の中を脱してしまったという狼狽でこころははげしく動揺していた。日ごろ棟綱をささえていた小次郎への自負心が音をたてて崩れていった。

「甲斐府中で屋敷もたまわっております」

数瞬間、目前にいる小次郎の姿が視覚から遠のき、棟綱は自分の六十余年間の人生が消えて無くなったような衝撃を受けていた。

「海野一族にたいする……、先祖にたいする……裏切りじゃ」

「一族を再興する道がなんで裏切りとなりましょうか」

逆にさとすような小次郎の声が棟綱をとおりぬけていった。

「海野一族の血をすすり、肉をくらってふとっていった武田の中に一族の再興があるというのか。何《なん》人《びと》も許さぬことじゃ。晴信も心からお前を信じてはおるまい」

「信じてはいなくても、晴信も望んでいることです。晴信はわたしが父上はじめ海野の者たちを同道して甲斐に来ることを望んでいるのです」

衝撃の余りの大きさにまとまりのつかぬほど惑乱していた棟綱のこころが、この一言ではじめて激しい怒りにかたまった。

「小次郎、お前は海野平の戦で死んでおるべきであった。今からでも、わしの合図ひとつでお前は箕輪を出られなくなるぞ」

抑えに抑えて棟綱がいうと、

「わたしを亡き者にすれば、海野の将来はどうなります。それは父上がいちばんよくご存知ではありませぬか」

不逞なまでの自信をのぞかせて小次郎は答えた。

「去れ、何処《どこ》へなりとも、わしの目のとどかぬ処《ところ》へ行け。すでに死んだものと思えば同じことじゃ……」

「わたしも父上を説得できると思って来たわけではありませぬ。やむを得ませぬ」

いうや小次郎は歩きだした。

わずか片足を引きずり加減に、それでも慣れた早足で小次郎の姿が山門の方の暗闇にとけて見えなくなるまで、棟綱はじっとその場を動かなかった。余りに多くのことを期待していたのかもしれないが、今や小次郎は、すっかり棟綱の手に負えぬ男になり、力の及ばぬ世界へ去ってしまったのである。

棟綱は、呆然とたたずんだままであった。

四

その夜、棟綱は源五郎にも小次郎と会った一件を語る気にはなれなかった。しかしいずれは知れてしまう事なので翌日になってようやく打ち明け、かたく源五郎の口を封じた。今、長野家に知れては、棟綱の戦略は根こそぎ崩れてしまうだろうし、箕輪に住むことも出来なくなる恐れがあった。

「無情のようじゃが、鶴姫どのにも打ち明けられぬ」

小次郎にそむかれた気落ちは、一夜が過ぎていっそう棟綱をうちのめしていた。棟綱が小次郎に大きすぎる期待をかけたことは、冷酷にいえば彼が自分の生涯に見切りをつけたことであった。自分の将来をなげ捨てて、それにかわるものとして小次郎にすべてを託していたのであった。

昨夕から、食膳の飯は喉をとおらず、渇きばかりがはげしく、白湯《さゆ》だけを飲んでいた。

「武田が思いのほか早く信濃に出て来たのも、小次郎さまがこちらの先手を打つよう献策なさったのかもしれませぬ」

「小次郎は武田の先陣に立つつもりでおるのじゃ。見方が甘いわ。晴信にたいしても、また管領家、長野家の底力を見くびっておる」

仇敵の走狗となった小次郎への怒りは鎮めようがなかった。

源五郎が去って間もなく、

「鶴姫さまが、お見えになりました」

近従の声に、棟綱は思わず胸をつかれた。

鶴姫が小次郎の来たことを知るわけはなかったが、一瞬動揺した後ろめたさを覚えながら、鶴姫をむかえた。

いつもつれている侍女のお峰の姿はなく、鶴姫は一人であった。

「ようおいでなされた。さあ……」

鶴姫を招じ入れる棟綱の顔から苦渋の色が消え、この一時なごやかなものが充ちてきた。

「そうたびたび伺ってはうるさがられて嫌われると父が申すものですから、しばらくご遠慮しておりましたのですが」

「業政どのには、わたしの気持がおわかりにならぬらしいの。姫のような美しいお客であれば、棟綱、毎日でもお相手いたしますのに」

言葉どおり、鶴姫の顔を見るだけで、身近に鶴姫がいるというだけで、棟綱の枯れた体に暖い血がよみがえり、脂《あぶら》のぬけた体内にうるおいが充ちてくるのであった。

「はじめて殿御の小袖を縫いましたので、上手には出来ませんでしたのですけれども、お峰に手つだってもらって、小次郎さまのぶんと父上さまのぶんと……」

恥じらいながら鶴姫は、布包みから丁寧に縫いあげた二人分の小袖を取り出した。

「ほうっ、この年になるまで、女子《おなご》から小袖の贈物を受けるのは初めてのこと。しかもこのように立派なものを」

棟綱は手ざわりのよい濃紺の単衣《ひとえ》をひろげ、肩にかけて鶴姫に見せた。

「お気に召してくだされば……」

ちらと小次郎のために縫った小袖の方に目をやった鶴姫がいじらしくなり、

「小次郎めの気がしれませぬわ……」

腹に隠しているものがあるだけに、棟綱、業政、小次郎の三者のあいだで政略の犠牲になっている鶴姫の姿がいっそういとおしくなった。

「殿御には女子にはわからぬ大事なお仕事がおありなのでしょう。鶴は待つのは平気でございます」

出来ることなら、鶴姫を引き寄せ、折れそうなほそい身をしっかりと抱きしめてやりたいようなやる瀬ない思いがした。体の契りもなく、祝言もあげておらず、まだ会ったことさえない小次郎にこのようなひたむきな心をよせる女の真情《まごころ》は、とても棟綱の理解できるものではなかった。こころが一途であればあるほど小次郎の真意を知ったときの傷手《いたで》は大きく、

（無残な報いを鶴姫にもたらすだろう……）

と思うと、棟綱は答える言葉もなかった。

――三日後。

「武田軍、甲斐出陣！」

の報せと、佐久箕輪衆から、

「援軍乞う」

の使者がほぼ同時に、箕輪にとどいた。

天文十二年三月十二日。武田晴信はみずから一万の大軍をひきいて甲斐を出馬、信濃佐久郡に向けて進撃を開始したのである。昨年来、諏訪を攻めとり、伊那を攻略し、侵略の意気さかんな武田軍が佐久箕輪衆に鋒先を向けてきたことは、長野家に戦をしかけてきたもおなじであった。が、業政はまだ平井から戻らず、長野家中はこのときにおよんでまだ、臨戦の態度が決まっていなかった。

「ただちに大軍をおこして援軍を向けるべき」

という主戦論がかえって少なく、

「大軍を送ってしまっては、箕輪本国の守備が危のうはないか」

大勢の意向は守勢論に傾いているのが、棟綱には意外であった。

長野家といえば関東管領随一の武門の家柄として長年関東はもちろん東国全域に聞えたものである。かつてほどの勢威はなくなったとはいえ、関東にきずきあげた勢力はまだまだ衰えてはいないはずである。それが、直接の支配地ではないにしても、長野家に従属する佐久郡への侵略を目前にして、予想外に弱気な反応に、棟綱は失望の気持を隠すことが出来なかった。管領家の衰運とともに長野家の士風まで堕ちてしまっているのである。

ところがその空気は翌日には、破られた。平井から業政がもどって来て、

「佐久を見殺しには出来ぬ！　一門、親戚衆から支族まで、長野一族ことごとく援軍の触れをまわせ！」

大喝し、久々の大動員令をくだしたのである。

さすがは武門の名家だけに、ひとたび業政の断がくだったとなると、昨日までの守勢がたちまちぬぐいさられ、

「いざ、決戦！」

の空気に統一されたのは見事というほかはない。

箕輪城中、城下はにわかに活気づいた。近隣の一門衆はその日のうちに、翌日には上野の各地からゆかりの豪族衆が兵をひきいて箕輪にあつまって来た。

遠隔地の豪族の到着をもう一日待って、業政はみずから第一陣二千の兵を指揮し、棟綱は参集してきた海野諸族千二百の軍をひきいて箕輪に進発し、佐久救援にむかった。援軍の第二陣は、

「仵業盛《なりもり》と関東管領の軍が、引きつづいて佐久に向かう」

と業政の触れ出しがまわり、

(管領が起《た》ったとなれば、武田の軍にもひけを取らぬぞ！)

いやがうえにも第一陣の士気を鼓舞した。

その勇躍する援軍の中で、棟綱だけはひとり、みなとはかけはなれた心境にたっていた。

出陣の前夜――。

業政と棟綱だけをのこして皆が去った広間で、

「棟綱どの、管領家はどうしても関東を出て戦うのが、お嫌なようじゃ」

語りかけるともなく、つぶやいた業政の言葉が棟綱の胸底をひきさくようにひびいたのである。謎めいた言葉の意味を一瞬に悟りはしたものの、棟綱は答える言葉もなかった。

「…………」

虚空の一点に眸《め》をはなったまま傲然《ごうぜん》と座しているかにみえる業政の横顔のなかに、深い孤独の影と苦悩の傷あとを見ていた。運命のわかれ道に立つ緊張感が棟綱の全身を震わした。

(今、業政はひとつの大きな賭けに踏みだしていった……。自分もおなじ賭けに運命を託すときがきた)

小次郎への迷いを断つことはできなかったが、そう思いを決めるとさり気なく広間を去った。

管領の決起に望みを断たれた今となっても、それを味方や武田軍に知られることは戦略上大きな痛手である。いつかは知られるにしても、出来るだけひた隠しにして短期決戦をおこなう……というのが、業政の賭けであった。

棟綱は木俣郭にもどる前に、広間と渡り廊下でつながれた隣り棟に向かった。そこには鶴姫のいる部屋がある。案内を頼み、部屋に通された。鶴姫も出陣前夜の異常な空気につつまれたなかで、まだ寝てはいなかった。

「小次郎のことはもはや死んだものと諦めてくだされ。この大事な戦にも戻ってまいりませぬ。海野一族としても無きにひとしい男でございます」

武田に臣従した小次郎が、この先鶴姫と祝言をあげるとも思えず、このまま鶴姫に、小次郎の妻と思いこませておくのは何としても残酷な気がして、ここへ来たのである。

「小次郎さまの亡骸《なきがら》を見ましたのならばともかく」

小声でつぶやいた鶴姫の瞳がみるみるうちにうるんできた。

「そのようなおっしゃり方では、小次郎さまがお可哀《かわ》いそう……。お父上があきらめましても、わたくしはいつまでも待ちつづけます」

あふれそうになる涙をこらえ、怨ずるように棟綱を見る視線の激しさにたじろぎながら、

「この先いつか小次郎が帰って来たとしても、あのような者の妻になることはこの上ない不幸を背負うことになりましょう。苦しめられ、泣かされ、あげくはご一族にまでご迷惑をおよぼすことにもなりかねませぬ……。この戦が終ったとき業政どのにお話しして祝言のお約束は無かったものとしていただこうと思っておるのですが……」

つとめて視線をはなさず棟綱はいった。

「いいえ、小次郎さまのお帰りがいつになりましょうとも、祝言はお約束どおりにしていただきとうございます。そのためにわたくしが不幸になるなどとは考えたこともございませぬ。女子は夫に従って一生をおえてこそ幸せがあるものと思います」

「わたしは、とてもそのお考えには納得できませぬが、そこまでお考えならば戦から帰ってもう一度、お話しいたしましょう」

こころをのこしたまま棟綱は、鶴姫とわかれてきていたのであった。

五

甲斐を北上してきた武田軍は海《うん》ノ口《くち》を通り佐久に侵入して、田ノ口城をたった一日で蹴ちらした。

そして前山城を囲み、これもわずか三日で落した。

長野業政と海野棟綱の援軍が箕輪を発したことも、関東管領と業政の息・業盛の第二陣が、間もなく進発することもつたえ聞きながらさらに北上をつづけ、岩尾城をめざして進撃していた。

長野軍も碓氷峠《うすいとうげ》を越えて佐久に入り、追分から南下して岩尾城へ急進していった。

岩尾城は佐久屈指の豪族といわれる岩尾蔵人《くらんど》の居城で、千曲川《ちくまがわ》の急流を背にし、その断崖上に立つ無比の要害である。岩尾一族の精鋭八百が詰めている。

長野軍のほうが半日はやく岩尾に到着した。武田の大軍一万が千曲川の川原に陣を敷いたときには、かなたの断崖絶壁上には岩尾一族の幟《のぼり》とともに長野家の剣花菱、海野家の月輪七九曜の家紋を染めぬいた旗印や幟が風にはためいていた。

城兵は援軍の到着で戦意を盛りあげ、

「この要害に拠《よ》るかぎり、城は落ちまい」

打って出て、攻撃に……という声まであがったが、この日は双方ともに兵を繰りだすこともなく夜をむかえた。

棟綱は寝しずまった城内の一郭で、夜の更《ふ》けるのも忘れて考えにふけった。明日からの戦をおしはかるのではなく、この戦の意味そのものを考え直していたのである。武田との戦はむろん、彼から望んだものであった。

（武田の信濃攻略を叩かねば、海野の信濃復帰はあり得ぬ……）

その考えは今も変らない。出陣の前夜、業政に詭計《きけい》をあかされても、決意は揺るがなかった。が、武田の陣営に小次郎が加わることとは、以前には考えてもいなかったことである。その意味では関東管領をうごかせなかったこと以上に棟綱にとっては大きな誤算であり、痛手であった。戦略を根こそぎくつがえされてしまったにひとしい。

海野一族の再興も、それからの将来も、すべて小次郎があればこそ考えられたことであった。

（その小次郎を敵方にまわし、どんな戦をしようというのか……）

六十余の齢をかさねた棟綱にも見当のつかぬことであった。棟綱にとって小次郎は自分そのものであり、小次郎との戦は、己と己との戦もおなじであったのだ。

——翌朝。

深い朝霧が千曲川の水面から立ちこめ、川原に陣を敷いた武田軍の全貌を見ることはできなかった。が、武田軍がうごいている様子はなかった。野戦ではなく城攻めとなると、川原から大手のある正面の坂路に移動しなければならない。攻め口はこの正面しかなく、城の北方は深い山つづきで、たとい迂回して山中を突破するにしても大軍の攻撃はむずかしい。

濃霧がしだいに晴れはじめたころ、大手の見張台から使番《つかいばん》が走り来た。

「武田から軍使がまいりました」

合戦がはじまる直前に、勧降の使者をよこすのは、晴信がよく用いる戦術である。

「使者の名は」

聞きつけてきた源五郎と大手に向かいながら棟綱はきいた。

「真田弾正忠《だんじょうのちゅう》幸隆と名のりました。しかも海野家の大将棟綱どのにお会いしたいとの申し条でございます」

「真田弾正忠……。知らぬな」

「わたしも聞かぬ……」

源五郎もいぶかし気に首をふった。後に戦国の名家となる真田家もこの頃は人に知られていなかった。

「武田家、歴々の者のようにございます」

いいつつ使番は大手玄関口に棟綱を案内した。玄関口にたむろして内をうかがう将兵の間を抜け、源五郎を入口に待たせて棟綱は客の間に入って行った。使者は端座して待っていたが、棟綱を見るや、深々と頭をさげた。

「武田晴信家来、真田弾正忠幸隆と申します。お見知りおきを」

といって頭を上げたとき、

「む……」

思わず棟綱の口から短い呻きがもれた。

「小次郎……。どういうことなのじゃ……」

烏《え》帽《ぼ》子《し》に鎧直垂《よろいひたたれ》の小具足姿はまぎれもない小次郎であった。

「すでに昨年から、海野小次郎を真田幸隆にあらためていたのでございます。今日は主人武田晴信の命によって、使わされてまいりました」

「そして、何と……」

「主人晴信は長野家と海野家を敵にまわすこころはなく、本日いっぱいに岩尾城をお立ち退きになってご帰国なされるならば、武田も岩尾から兵を退《ひ》く所存でございます」

はえぬきの武田家臣を思わす毅然たる態度で小次郎はいった。目には懼《おそ》れもなければ怯《ひる》みもない。

「岩尾から兵を引いても、武田は望月、芦田、長窪……と佐久へいっそう深く進撃するであろう。晴信どのの申し条は長野どの岩尾どのにつたえはするが、答えはきまっておる」

さほど激怒するでもなく棟綱はいった。すでに昨年から海野の姓を捨て去っているというのも驚きではあったが、怒りはなかった。まぎれもなく小次郎をこういう人間に育て、仕立てあげていったのは棟綱だからである。まことに棟綱の意図どおりの男に小次郎は仕あがったともいえるのだ。今までの信濃人にはまったくなかった型の武将が、武田家の中に誕生しているのである。

「海野一族だけでも退城について熟慮願いとうございます。晴信の意志も同様でございます」

客の間には父子二人しかいなかったが、このとき小次郎は声を抑えていった。

「その必要はあるまい。晴信はそのように甘い男ではない。お前を用うる晴信の意図も見えすいておるではないか」

「わたしにも見えております。信濃攻略の先陣にわたしほど適任の者もおりますまい。晴信は十二分にわたしを活用するつもりでいるでしょう」

「その任が終れば、もうお前に用はない。所詮は使い捨てじゃ」

「信濃一国を武田が制するには十年以上かかるでしょう。その十年がわたしと晴信との勝負でございます。いささかでも気を許せば使い捨てにされ、抹殺されるかもしれませぬ」

「晴信は血も涙もない天性非情の男じゃ。父を追い、姉婿を殺してその娘を妾《めかけ》にし、同族でも平然と欺《だま》し討ちにする人非人じゃ。この晴信ととことん勝負し、よく対抗できるか。お前がいかに義も情も捨てたとして、お前のそれは生れた後につちかわれたのであって、天性のものではない。晴信には勝てぬ」

「天性であろうと、つちかわれたものであろうと、晴信と渡り合う自信があればこそ、家来になったのでございます。わたくしが晴信に賭けた行く末を出来れば父上にも見ていただきとうございます。そのためにもこの城を退城なさってはくださいませぬか。この城が落ちれば、わたくしが主になることになっております」

すでに小次郎は岩尾の宛行状《あてがいじょう》を晴信から得ているようであった。あるいは海野平の宛行状すらも得ているのかもしれぬ。棟綱は数瞬沈黙してから、

「答はじめにいうたとおりじゃ。使者をもって返事をするまでもなく、事実をもって応えよう」

さまざまな思いを断ちきるようにそう答えて、小次郎に退席をうながした。

——小次郎が去ってから、城内は騒然となった。真田幸隆は海野小次郎である、と知れわたったからである。棟綱は小次郎が離間策のために城内に来たのか、とも思った。

棟綱は、業政と岩尾蔵人に使者の趣旨をありのまま語った。業政もさすがに小次郎が武田の家来になっていたことには驚いたようだったが、武田の勧降については、

「わたしのこころは出陣のときに決めたとおりじゃ。棟綱どののお考えは——」

率直に問うてきた。

「業政どのとまったく変りませぬ」

棟綱はきっぱりといった。腹の底からほとばしった言葉であった。

「これで一決じゃ。小次郎どののことも、戦国の世にはあることじゃ。残念ではあるが、考えてもはじまらぬ」

いいきった業政の剛毅な気性に棟綱は胸の熱くなる思いがした。小次郎への迷いや逡巡がはじめて

きれいに拭いさられ、老いの体に沸々《ふつふつ》と闘志がたぎり立ってきた。

（ここを死場所として……）

武田と小次郎を相手に存分に戦う決意がわいた。少年時代の小次郎に絶えず諭してきた「不惜身命」の境地にこのとき到っていたのである。

業政は、大手口から川原にいたる坂路のあいだに設けた柵、杭、逆茂木《さかもぎ》の防備をいっそう厳重にするよう命じ、断崖上から川原の武田陣に矢を射かけて、勧降拒否の合図とした。

六

しかし、武田軍はうごかなかった。

整然と川原に陣を敷いたまま、鉦《かね》も陣鼓も容易にひびく気配がなかった。断崖上から遠望すると、まるで深い水底に沈みこんだように武田軍は不気味に静まりかえっている。

野戦ならば望むところであろうが、城方としては兵力の差が大きすぎるので応ずるわけにはいかない。城門に攻め寄せて来たところを、出て行って叩くのが城方にとってもっとも有利な戦法であった。

翌日も、翌々日も武田軍はうごかなかった。

「晴信は若さに似ず、慎重で忍耐づよい大将じゃな」

歴戦の老将業政や棟綱のほうに、かえって焦りがみえはじめた。

「こちらの援軍の動静を見きわめるまで、じっと待つつもりでございましょう」

晴信はあくまでも老練であった。業盛と管領の援軍の動向を待って、用兵を決めようというのだ。

「城方も援軍の到着を今か、今かと待っておる……」

到着しだい城を出て攻撃に転ずるという戦法を、城方の将兵が望んでいることは明らかであった。

皮肉なことに、まったく来るはずのない幻の援軍が今や両軍の持久をささえているのであった。膠着状態は当分やぶれそうにはなかった。

岩尾城と箕輪との連絡はつねにたもたれており、この膠着状態は箕輪城内にもつたわっていた。業盛は岩尾の父と呼応して出陣の偽装工作をおこなっており、箕輪城下にはつとに、

「業盛、出陣」

の噂がひろまっていた。

さらに城内の一部には、海野小次郎が真田幸隆と名を変えて武田の陣中に加わっていることもつたわっていた。

「父と子で両天秤をかけておるようなものじゃ」

「そんな二股者を同志として戦うのはご免こうむりたい」

「木俣郭における海野の留守家族など叩き出してしまえ」

一時は不穏な空気が城中にながれた。

そんな一日の早朝……。

箕輪城の本丸から大手口を抜けて城下へ出ていった二騎の者があった。騎乗するのはいずれも直垂に小袴を高くくくりあげた旅装をしてはいるが、一見して若い女であることが明らかであった。二騎はまだ人通りのない城下の道を抜け、南の方角へ姿を消した。

城中で、鶴姫とお峰がいなくなったことに気づいたのは、その一刻ほど後である。城内のどこにも、稀に遠駆けに行く場所にも鶴姫の姿を見つけることはできなかった。

そのころ……、鶴姫とお峰の二騎は中仙道《なかせんどう》を出て、碓氷峠をめざしていた。

翌々日の夕方ちかく、武田の後方部隊に、時ならぬ訪問者があらわれた。

「敵方の大将・長野業政の息女が真田幸隆どのにお会いしたいと、箕輪からまいられた」

後方部隊の使番が晴信本陣の近くにいる小次郎にそう告げたのであった。

「業政どのは崖の上のお城の中じゃ。来るところを間違われたのではないのかな」

皮肉な当てつけの言葉を聞きながら、小次郎は後方部隊の方へ行き、そこではじめて鶴姫と対面し、鶴姫の口から重大なことを聞いたのであった。そして、これがこの合戦の模様を一変させてしまった。

着陣いらい丸六日間、まったく兵をうごかさなかった武田軍が、翌朝になってついに変化を見せはじめたのである。静まりかえった早朝のしじまを破って、ほら貝が鳴りひびき、貝の低い音にあわせて林立する旗差物、幟とともに軍兵が移動しはじめた。

「すわ、攻撃！」

城中の軍も武田の攻撃をむかえ撃つべく、指令が飛び、鉦《かね》が打ちたたかれ、使番が走った。城中は一時に騒然となり、迎撃の隊が整えられた。が、すぐに、

「武田の陣が退く！」

「大多数の武田軍は陣を退いて去って行きますぞ」

断崖上の見張台の者が叫んだ。見ると、二千くらいの兵を残して、武田軍は軍旗を風にはためかせながら粛々と川原を後に退いていく。ほら貝は退陣の合図であったのだ。

（城を出て、追撃の好機――）

誰もがその時に思った。業政も棟綱も岩尾蔵人も期せずして、決意していた。

が――。追撃は見事に封じられた。

退陣する武田軍の後尾をはなれた使番が三人、白旗をかかげて城内に使わされて来たのである。一人が正使で、二人が櫃《ひつ》をかついでいた。

使者は業政に面謁をもとめ、大手玄関口に出てきた業政に、

「長野殿息女、鶴姫さまをお届けにまいりました」

と、運びこんだ櫃を業政の前におろした。

「昨夕、晴信家来・真田弾正忠幸隆のもとに鶴姫さま箕輪よりお越しなされ、夜分ご自害なされましたにつき、ご遺体をお父上様のもとにお届けにあがったのでございます」

竚立《ちょりつ》したまま一瞬、信じかねた顔つきの業政であったが、使者の供二人が櫃の蓋をあけるにおよんで、豪勇の誉《ほまれ》高い業政の顔からみるみる血の気がひき、表情が宙に張りついたようにうごかなくなった。櫃の中にはまさしく鶴姫の遺体がやや顔をうつむかせ、無心に寝入っているような姿で置かれていた。遺体は白衣につつまれ、香がたきこめられていた。いたいけなその姿に、

「鶴姫どの……」

つぶやくようにいって、櫃に手をかけたのは棟綱であった。

「何故、小次郎のもとへ……」

全身の血が凍りつくような悪寒をおぼえながら、棟綱は、思わず鶴姫のか細い体を抱きあげようとした。

「お待ちくだされ、棟綱どの。敵方の陣中に走ったものは、わが娘ではあっても引き取るわけにはまいらぬ。たとえ亡骸になっていようとも」

喉にかかった業政の声が震えをおびて棟綱をきびしく制した。

「武田家のご使者には苦労をかけるが、この遺体、もはや長野家にはゆかりなき者ゆえ、お持ち帰りになっていただきたい」

業政はあくまでも筋を通そうとした。業政がここで鶴姫の遺体を受け取ってしまっては、城中の将兵にたいして示しがつかぬのだ。鶴姫が小次郎のもとへ走った理由は、業政にも棟綱にも歴然としていた。武田軍のほとんどが岩尾から陣をひいていったわけも、これで明瞭となった。武田軍は、業盛と管領の援軍は来ぬことを知って岩尾を去っていったのだ。援軍の第二陣が来ぬとなれば、岩尾城などは放っておいても武田にとって障害とはならない。佐久に深く侵入し、北方の望月、芦田、長窪の諸城を落してしまえば、岩尾城は自ずと落ちてしまう。鶴姫は箕輪からもう援軍が出ぬことを、小次郎につたえたのだ。

（その鶴姫を、小次郎は無残にも見殺しにしてしまった）

棟綱は、昨夕から夜半にかけての鶴姫と小次郎の接触のしかたを容易に想像することができた。鶴姫はここまで来てしまっては、もう箕輪に帰ることも出来なかったし、帰るつもりもなかったであろう。父、業政よりは夫となるべき小次郎をえらんで箕輪城を出たときから、その覚悟はついていたはずである。小次郎はそれを知りながら、鶴姫を庇護しようとはしなかった。敵方の大将の娘と、今さら祝言をあげる気はまったくなかったのである。小次郎のこころをそこまで読めなかった鶴姫の不幸である。小次郎に引きずり廻されねばよいが……と常々思っていた棟綱の心配はあたってしまった。目前の城の中に父がいることを知りながら、鶴姫はそこへ行くことも出来ず、自害する以外にとる道はなかった。

「ご使者。長野殿はああいわれるが、わたしに鶴姫どのを引き取らせていただきたい。姫とはゆかりのある者でございますれば……」

棟綱は使者にそういってから、業政の方をぐいと見て、

「長野家の息女としてではなく、海野家の嫁としてわたしが引き取るぶんには異存ございますまい」

有無をいわさぬようにいいあらためた。使者に異論のあろうはずはなかった。

「では……」

「手厚く葬らせていただきます」

棟綱は源五郎を呼び、櫃のまま鶴姫を引き取った。

使者が去ってから、棟綱は鶴姫を褥《しとね》の上に移した。懐剣で喉を突いた遺体をきよめ棟綱は自分の手で薄化粧をほどこして遺髪を切った。出来れば彼女が箕輪で縫ってくれた小袖で遺体を覆ってやりたいと思ったが、代りの白布で鶴姫をつつみ、岩尾城内の景色のよい場所を選んで、源五郎と二人で埋葬した。

「小次郎さまの犠牲になられた……」

香華をたむけながら、源五郎がめずらしく語気つよくいった。その言葉が合掌する棟綱の胸にぐいと突きささるように響いた。小次郎がこのような仮借のない人間になったのは、他ならぬ棟綱じしんの所為《せい》であった。小次郎のとった冷酷無残な態度を恨みつつも、彼はそれを非難する気にもなれぬのであった。

(晴信と対抗するには、これくらいでなくては叶わぬ)

一方で恐れと憎悪をつのらせながら、これまでに育った小次郎に我が子ながら端倪《たんげい》すべからざる思

いをいだく棟綱であった。仇敵の武田家につかえ、鶴姫を見殺しにし、今、父と一族のこもる城に攻め寄せる小次郎の強靭な根性こそ、まさに棟綱が持つことの出来なかった弱小豪族の戦国魂であった。

七

膠着した戦局は、一変した。

岩尾を去った八千の武田軍は北上し、軍を三つに分け、望月、芦田、長窪の三城を同時にかこんだ。この三城は守備も手薄ではあったが、いかにも大胆不敵な、兵法の常識を無視した攻撃法であった。相手との戦力によほどの開きがなければ、かえって自軍を危うくする戦法である。晴信の気力、戦意はまさに長野軍を呑んでいた。

やむなく業政は岩尾城の守備を岩尾蔵人と棟綱にまかせて、佐久三城の救援に城を出ていった。長野軍が三城の救援に入ると同時に武田との攻防戦がはじまった。

一方、岩尾城では岩尾、海野二千の軍と残留する武田軍二千との対峙となった。こと岩尾城に関しては、兵力に差がないし、要害に拠る城方のほうがかえって有利であった。武田軍は単に岩尾の城兵を釘づけにするための押えでしかないように思われた。武田軍を討つ好機である。

しかし佐久三城の攻防は想像以上に急激な速度ですすんだ。まず望月城が包囲されたその日に落ち、芦田城も二日目に武田軍の猛攻にあい城主芦田信蕃《のぶしげ》以下大半の将兵が逃亡してしまい、落城も間近と思われる最悪の事態に陥っていた。この、城主逃亡の情報が、岩尾城にはいったとき、緊迫感につつまれていた城内の空気にただならぬ動揺がおこった。城内の士気を一気にくじくほどの衝撃をあたえていたのである。戦って敗れたのであれば、まだしものこと、城主の逃亡を招いたという事態は、すでにこの戦全般の勝敗を暗示するものであった。単に長野軍と武田軍の優劣というよりは、興っていく一族と、亡んでいく一族の勢いの違いを見事にえがきだしたものであった。

（おれの賭けは、敗れた……）

棟綱はこのときにはっきりと自分の賭けの敗北を認めざるを得なかった。

「小次郎さまの読みが正しかったようでございますな」

源五郎の考えもおなじであった。箕輪城下の弘禅寺で小次郎のいったことが、ひとつひとつ事実となって証されてきたような今度の戦であった。棟綱を踏みこえて成長していった小次郎との縮めようのない距離をまざまざと感じさせた。棟綱の予期した以上のしたたかな武将に成長した小次郎は、まぎれもなく今、戦国の勝利者の道を歩みはじめており、反対に棟綱は、敗北者と自ら認めねばならぬ立場にたっていた。

だが、動揺する城内の士気に反して棟綱の戦意はますます高まっていった。もはや戦の勝敗とはかけはなれた境地にたって、ただ一つ残された執念のために戦意を燃やす棟綱であった。それは自分の半生をついやした壮大な夢を果たすことでもあった。

……だから、その日夕刻、

「芦田、落城」

と報せが入ったときも、棟綱は顔色さえも変えなかった。衝撃と落胆を隠そうともしない城兵たちの中で、彼ひとり平静に以後の局面の変化を計るだけの余裕もあった。

「明日は出撃じゃな」

静かにいった棟綱に、源五郎すらも彼の心中をはかりかねた。

「戦の勢いは、もう止めることが出来ぬ。残るは業政どのがこもる長窪城のみじゃが、これも長くは持ちこたえられまい。そうなって、岩尾城の押えの二千がいつまでもここに止《と》どまっているはずがない。城内の士気の衰えを見て、一気に攻め落とそうとかかってくる」

棟綱のいった読みは、その夜のうちから現実のものとなっていった。

夜半、物具《もののぐ》の音と多勢の人間の動く気配で棟綱は目を覚ました。じっと耳をすますと城内の一角から抑えたざわめきが地を這うようにつたわってくるのがわかった。棟綱は人を呼ぶでもなく、身動きもしないで闇の中に目をあけたままずっと様子をうかがった。ざわめきは、岩尾一族が守備する方角から聞えてくる。夜明けまでにはまだ大分間があるが、棟綱はじっとこのまま動かぬつもりでいた。

しかし間もなく、近くに足音が響き、

「殿、起きてくだされ、岩尾一族が脱城いたしました！　一族こぞって城を逃げてゆきましたぞ」

小具足をつけた源五郎が駆けつけるなり叫んだ。

「うむ……」

棟綱はやむなく起き上り、

「海野一族にも脱落者はおるはずじゃ。敗《ま》けると分っておる戦じゃ、追うな」

と源五郎に命じた。

「殿は気づいておったのでございますか、もっと早く分っておれば、幾分でも脱城をふせげましたものを。わたしが不審に思って駆けつけましたときには、岩尾蔵人以下、一族全員城を空けて逃げ落ちたところでございました」

無念そうにいって、押し黙った。

「明日の朝になれば、海野一族ももっと減っておろう。こうなれば逃げたい者は皆逃げさせよ。逃げて何処《どこ》へ行こうと、小次郎の陣へ走ろうと好きにまかせるがいい」

なだめるように、たしなめるように棟綱は源五郎にいった。

翌朝になってみると、千二百の海野勢は九百余に減っていた。棟綱が思ったよりは脱落者は少なかったが、源五郎の憤怒はやまなかった。

「今残っておるのは皆精鋭の者じゃ。この九百で武田軍を迎え討つ！」

棟綱も具足をつけ、岩尾入城いらいはじめて海野宗家伝来の鎧甲《よろいかぶと》に身をかためた。

「やがて武田軍も動きだす頃じゃ。源五郎、貝を鳴らせ！」

「おう！」

源五郎がその場を走りだして間もなく、ほら貝の底力のある低い音が城内に響きわたった。棟綱が大手口に馬で進むと、配備していた海野勢はみな出撃の鎧装束で勢揃いしていた。棟綱は馬を下り、大将みずから見張台にのぼっていった。

武田軍は、川原の濃霧の中を見え隠れにうごいて、このときにはすっかり陣を大手口に通ずる位置に移し終えていた。はるかに遠望される武田陣に林立する幟、旗差物に棟綱は祈るような眼差しを向けた。

（この武田陣に、小次郎はいるのか……）

無念無想、不惜身命の境地にたつ彼のただ一つの気がかりは、小次郎が佐久三城の攻撃に出たのか、或《あるい》は岩尾攻城の陣に留まっているのか明瞭でないことであった。もしこの武田陣にいるのならば、当然小次郎は先陣として攻めかかって来るであろう。棟綱は武田陣中に、特徴のある小次郎の紋所、月輪七九曜を捜したが、もとより判別のできる距離ではなかった。向かい風にのって武田の陣鼓、押太鼓の響きだけがつたわってきた。切れ切れに晴れ渡ってきた朝霧の中から湧き出すように武田軍は大手口に向かって進撃してくるのであった。

源五郎は、出撃の命を今か、今かと待ったが容易に棟綱は命を下さなかった。しだいに距離を縮めてくる武田軍の先陣の幟、旗差物がようやくはっきりと棟綱に見えだした。

（違う……）

棟綱は腹の中で呻いた。次々に見えてくる旗差物の中にも月輪七九曜はなかった。

「小次郎さまの旗印が見えませぬ」

源五郎がつぶやくようにいった。棟綱とは違って、彼は重荷のおりた気持であったのだ。生まれおちていらい自分の妻の乳でそだて、ずっと成長を見守ってきた小次郎と刃を合わすことは、源五郎にはどうしても耐えられなかったのである。

「敵は肉迫してまいります。出撃の命をっ」

先陣の第一群が一町ほどの距離に迫るにおよんで、源五郎は焦《い》らだった。そのとき、棟綱は風を巻いて先頭を駆けてくる妙な旗差物、旗印に憑《つ》かれたように瞳を射はなちつづけていた。赤地に永楽一文銭を三枚ずつ、二列に六つならべた今まで見たこともない旗印である。源五郎も気づいて、

「永楽六文銭、何者の旗印でございましょう」

武田家歴々の旗印を思い浮かべていったが、誰のものとも符合しなかった。が、そのとき棟綱が呻くようにいった。

「六文銭は、六道《ヽヽ》銭の意じゃ。地獄参りの不惜身命をあらわす。ううむ、小次郎じゃ」

地獄には六つの地蔵があり、死者は報賽に一文ずつ供えていくという。死を恐れぬ表徴だ。小次郎は名を真田幸隆にあらため、今また由緒ある月輪七九曜を捨てて、旗印を六文銭にあらためていたのである。

「小次郎さまが、不惜身命の旗印を……」

「子供のころに教えたとおりの武士の魂を旗印にしおった。わしは、己の命を惜まず……と教えたのじゃが、小次郎め、己ばかりではのうて、一族、父の命も惜しまぬ覚悟で六文銭を旗印にしたのじゃ」

感嘆の呻きが棟綱の腹の底から突きあげてきた。

「ここまで徹したのならば、小次郎も晴信にひけは取るまい。源五郎っ、出撃じゃ！」

いうや、六十余歳の老体とは思えぬ身軽さで棟綱は見張台を下り、馬に乗った。今や遅しと待ちかまえた海野一族も物具を取って騎乗した。出撃の押太鼓が鼕々《とうとう》と鳴り渡り、大手口の城門が開かれた。

騎馬隊を先頭に弓隊、槍隊、徒歩《かち》の勢が狭い城門からあふれるように雪崩《なだ》れ出していった。棟綱は騎馬隊の中程に位置して、一旦、大手口で隊伍をととのえてから、軍配を振り、一気呵成に坂道を突撃させていった。

このまま突き進んでゆけば、坂道の中央あたりで両軍はぶつかり合うことになり、そうなれば雪崩落しに坂道を駆け下りる海野勢が有利であった。それを素早く察した武田方は坂道にかかるあたりで進撃を止め、川原と坂道の中程に広がる丘陵地帯に展開して陣をつくった。その真っ只中に雄叫びをあげて海野の騎馬隊は殺到していった。

激突した両軍の騎馬隊は喊声《かんせい》の中で槍を突き合い、太刀をふるい、馬の蹄《ひづめ》で蹴倒し合った。両軍の隊伍はたちまち乱れ、乱軍の中で棟綱は六文銭の旗印を捜しもとめたが、見つけることは出来なかった。棟綱の側に寄り添うように騎馬を躍らせていた源五郎ともいつしか離れ、彼の周りには槍持ちの騎馬が数騎ぴったりと付いて、敵の矢と槍から棟綱を守っていた。

しばらく激闘がつづき、丘陵には突き倒された将兵や馬が敵味方の別なく横たわっていた。間もなく乱軍もしずまり、敵味方はそれぞれ数カ所の足場を見つけてまとまりだした。双方、将兵は半分くらいに減っていた。棟綱は馬上から武田勢の群々に目をこらして六文銭紋を捜しつづけた。目ざす相手は、唯一騎、小次郎以外になかったのである。

海野の旗印を丘陵の一地点に立て、そこを一歩も動かず、小次郎の姿を捜した。あるいは小次郎も棟綱を捜し求めていたのかもしれぬが、いずれも目指す相手を見つけることは出来なかった。

やがて武田方は鉦を鳴らして兵を収集するや、処々に群がる海野勢目がけて襲いかかってきた。棟綱も押太鼓を鳴らしこれに応じ、第二の激突がおこった。棟綱が小次郎を見つけたのはこのときである。武田勢の群からややはなれて丘陵の高みからこちらをうかがう数騎の中に、まぎれもない赤地に六文銭を染め抜いた旗印が風に躍っていた。

「小次郎……」

思わず声を出して棟綱は馬首を向けた。小次郎も棟綱に気づいたのか、一瞬、動きを止めた。小次郎には明らかな逡巡がみとめられた。が、そのとき棟綱は短い叫びをあげて一騎駈けに走りだしていた。驚いた槍持ちの騎馬が棟綱を追って駆け出した。

棟綱は、太陽に向かって馬を駆った。小次郎のいる丘陵の頭上に朝陽がのぼり、一瞬、小次郎の姿が黒い影となった。影が陽の中に消え、棟綱の視界は光だけとなり、一切の物音も絶えた。棟綱は目のくらむような光の中を真っしぐらに駆け、駆けながら太刀を抜いていた。

不意に日輪の中から一騎の武者が姿をあらわし、棟綱に突進してきた。自分の馬の音と小次郎の馬の響きが重なるように響いてきた。太刀を頭上にかざし、渾身の力をこめて太陽を両断し、重い衝撃を上半身に感じながら棟綱はそのまま吸いこまれるように、さん然たる輝きの世界へ駆け抜けていった。

辛うじて重心をたもっていた棟綱の体がやがて崩れ、大地に転がり落ちた。小次郎の一刀はあざやかに棟綱の肩口から胸まで斬り下げていたのである。棟綱は数瞬、視界の隅に呆然と太刀を下げて振り返る小次郎の姿をとらえたが、やがてその姿は戦塵の中に消えていった。

（この一太刀で、小次郎は完全に、晴信をしのぐ戦国の鬼になりきった……）

彼方の喊声を聞きながら、遠のいていく意識の中で棟綱は恍惚と思いつづけた。


この戦に勝った真田幸隆は岩尾城主となり、数年後には小県郡の海野平も手に入れる。その後、武田晴信の信濃征戦にはかならず六文銭の旗印を押し立てた幸隆の軍が先陣となって戦功をかさねてゆき、押しも押されぬ武田家最高の参謀といわれるまでになる。

幸隆の死後は三男昌幸が、真田家をつぐ。

執念谷の物語

海音寺潮五郎

海音寺潮五郎　1901～1977

鹿児島県生まれ。国学院大学卒業後に中学校教諭となるが、1929年に「サンデー毎日」の懸賞小説に応募した「うたかた草紙」が入選、1932年にも「風雲」が入選したことで専業作家となる。1936年「天正女合戦」と「武道伝来記」他で直木賞を受賞。戦後は『海と風と虹と』、『天と地と』といった歴史小説と平行して、丹念な史料調査で歴史の真実に迫る史伝の復権にも力を入れ、連作集『武将列伝』、『列藩騒動録』などを発表している。晩年は郷土の英雄の生涯をまとめる大長編史伝『西郷隆盛』に取り組むが、その死で未完となった。

一

上州吾妻郡《あがつまぐん》は群馬県の西北隅にある。この県と長野県の境になっている鳥居峠の南北に連なる山々から湧き出《い》ずる流れが集まって、吾妻川となる。その吾妻川が渋川に至って利根川に会する約八十キロの間は、ほとんど全部が平野の少ない、峡谷地帯で、これがこの郡の中心地帯をなしている。現代では野菜栽培が盛んで、トラックを利用して東京や遠くは名古屋あたりまで新鮮な野菜を供給して、なかなかの景気であるということだが、少し以前まではひどいところであった。

なにせ、耕地が少ない。しかも、水田は吾妻川沿いに紐のように細い段々田が重なっているだけで、あとは山畑だ。農産物は言うに足りない。しかたがないから、桑を植えて養蚕をし、山の原野を利用して牧畜をして、やっと生をつないだ。

まして、これは昔も昔、戦国末期、天正初年の話である。谷川沿いの、細長い峡谷地帯の、さびしく、まずしい村々の様子を、一応胸裡にえがいていただきたい。

時代の風だ、こんなところにも、豪族といわれるものがおり、川沿いの村々にそれぞれに城をかまえていた。城といっても、石垣を築き上げ、天守閣を上げ、白堊《はくあ》の多《た》聞塀《もんべい》をめぐらした、今日われわれの概念にあるような、あんな立派なものではない。そんなのはその頃から中央にはやりはじめたので、地方では土をもり上げ芝を植えて塀とし、隅々に粗末な矢倉をおき、中心部に居館をおくといった程度のものであった。まして、こんな山里の小豪族の城では、それほどのこともない。単にやや大きい百姓屋敷であったろう。もっともちょいとした戦闘にたえる構造はもっていたろう。

その豪族の一つに羽根尾氏というのがあった。羽根尾は元来は地名だ。峡谷の中ほどから少し上流に長野原というところがあり、現在では相当大きな町となって、国鉄長野原線の終点になっているが、ここから上流に四キロほどさかのぼったところに、現在でも羽根尾という村がある。ここに居たから羽根尾氏を名のったので、本姓は海野《うんの》である。

鳥居峠の向う側にある信州小県郡《ちいさがたぐん》は、上古以来滋野氏の繁衍《はんえん》した土地で、この滋野氏から、海野、真田、禰津《ねづ》、望月、増田、常田《ときた》、小田切、矢沢、岩下などとわかれた。皆小県郡内における居所を名のったのである。あとで関係があるからつけ加えておくが、海野氏から真田氏が出、真田氏から矢沢氏が出ている。羽根尾氏は海野氏の一分派で、鳥居峠をこえて上州に来て、羽根尾におちついたのであった。

さて、海野の一族がここにすみついて付近の村々を領有するようになってから数代の後は治部少輔景幸、景幸の長男は幸世、入道して道雲、二男は幸光、三男は輝幸といった。

景幸
├幸世（入道道雲）
├幸光
└輝幸

話はこの輝幸のことである。

輝幸は体格雄偉強壮、百人力と称せられる大力で、くっきょうの荒馬乗、当時関東地方で最も盛行していた塚原卜伝《ぼくでん》の新当流を、卜伝について修行して印可を得たほどの達人であった。

（この時代、関東地方でいかに新当流が盛行していたかは、『甲陽軍鑑』に山本勘助がまだ今川家につかえている頃、勘助の刀法は京流であったので、人々が高く買わなかったのを、ある人が〝兵法は人による、新当流とて、上手ばかりではあるまい。勘助の刀法が新当流でないからとて軽んじてはなるまい〟と批評したという話が出ているのでわかるのである。卜伝という名人が出たので、こんなに世間から買われたのであろう）

以上にもって来て、輝幸は性質も勇猛である。とうてい、こんな山の中の小豪族の三男坊でおさまっている気がなくなった。

「世は戦国じゃ。おれが武勇をもってすれば、どこへ行っても、千石や二千石の身上《しんしょう》にはなれる。兵法の修行をしながら天下を経めぐって、よき主をもとめよう」

と、家を飛び出した。群書類従正篇におさむる『羽尾記』に、「兄弟親族をかへりみず、古郷を去つて兵法執（修）行に出づ」とあるから、一族の者がとめたのを振切って出たのであろう。

かくて数十年の間、天下を遍歴して、兵法の修行をして歩いた。もちろん、その間には度々《たびたび》戦争にも出て、武功を立てたらしい。「至るところ武勇の名誉をあらはして、時の人の耳鼻（目）を驚かす」と、『羽尾記』にある。しかし、どこでどんな働きをしたかは記載がない。

最後に輝幸のつかえたのは、甲斐の武田家であった。武田家では「上原」という名字になり、「能登守」に任官していたと、『羽尾記』にある。これはあるいは当時の地方武士によくあったように、勝手に名のっていたのかも知れない。

『甲陽軍鑑』によると、上原能登守は小山田兵衛信有の部下である。寄騎《よりき》であったのであろう。軍艦の三方ケ原合戦の条《くだり》にこうある。この戦《いく》さにおいて、信玄は最初のうち大事をとって合戦しないで通

り過ぎるつもりで、馬場信房、山県昌景、息子の勝頼らに、徳川勢にたいする備えを命じているところに、小山田が来て、

「唯今《ただいま》、拙者の隊の上原能登が物見してかえって来て申しますには、徳川方は九隊にわかれていますが、それが横にならんだだけの、ただ一重の、至って浅まなる備えとなっています。また、織田家の援軍は多勢でござるが旗色おちつかず、逃腰のていに見え申す。かれこれ、お味方勝利に帰せんこと疑いなき景気なりと申します。合戦おはじめあってしかるべしと存じます」

と、進言した。

信玄は、

「ふまえどころある申条《もうしじょう》なれど、今一度、念のために」

と言って、武田の家中で最も見巧者の評判ある室賀入道一実《もろざね》を呼び、上原能登と同道させてもの見につかわした。

間もなく、室賀入道は馳せかえって、

「上原がもの見、まことに上手でござる。今日の合戦、疑いなくご勝利でござる」

と報告した。信玄は決心をつけ、小山田隊を先鋒として合戦をはじめたというのである。

上原能登守——つまり輝幸が老巧な武へん者であったことがわかるのであるが、小山田兵衛の寄騎であったらしいところを見ると、大した身分ではない。せいぜい足軽二三百人をひきいる足軽大将というところであったろう。つまり、中隊長くらいのところ、若い時、大志を抱き、大言を吐いて古里を飛び出したに似ず、大した出世は出来なかったのである。運も悪かったのであろうが、器量も小さかったのであろう。

三方ケ原の合戦のあったのは元亀三年の十二月末で、翌年の天正元年四月中旬には、信玄は死ぬのである。

その翌年、信玄の一周忌がすんで間もなく、輝幸は武田家から暇をとって、吾妻の渓谷にかえって来た。六十六になっていた。家族は中務幸貞《なかつかさ》という三十四五の息子夫婦と、その娘が三人いたほかに、二十ばかりの妾《めかけ》が一人いた。輝幸の妾である。あとは男女の家来共がそれぞれ十人ばかり。

後に関係があるから書いておくが、中務幸貞の妻は、真田家の先代一徳斎幸隆の弟矢沢薩摩守頼綱の娘であった。

さて、羽根尾家だ。前述の通り貧寒狭小な土地の領主だ。いくら一族とはいえ、若い時に家を飛び出して、四十数年の間好き勝手に世間をほっつき歩き、老いの果てに家族連れで帰って来た輝幸はこまった存在であった。しかし、武勇たけた乱暴ものだから、ことわっておこらせてはことだ。当時羽根尾家は幸世入道は物故して久しく、その弟である幸光が当主であったが、大いによろこんだ様子で迎えておいて、機会を見はからって言った。

「そなたも知っての通りの身代であるところに、一族がまことに多い。とうてい、そなたの満足の行くようには行かん。それはわかってくれるよう。ついては、かんにん分として、吾妻を進ぜよう。受けてくれるように」

吾妻は羽根尾から南八キロ、浅間山の裾野といってもよい地点にある。ごく狭小で、地味も貧寒な土地だ。しかし、輝幸はむしろ上きげんで、

「やあ、それでも所領を賜わるのか。うれしいことでござる。足らぬは覚悟しています。何とか生活《たつき》の途《みち》は工夫しましょうわい」

と、顔一面の半白のひげを撫でて、からからと笑った。

幸光は輝幸が案外ものわかりよく諒解してくれたので、安心し、郡内の豪族らを招待して祝宴をひらき、輝幸の帰って来たのを披露することにした。

豪族ということばで表現したが、実はこのことばは少々過ぎる。地士《じざむらい》といった方が適当かも知れない。この褌《ふんどし》のように長い、うねうねとした峡谷と、この峡谷からひげ根のように派生しているいくつかの小さい谷間には、狭い耕地にしがみつくようにして、四十にあまる村落があるが、その村落の首長らが、つまりそれなのである。武士といってよいのか、名主といってよいのか、どっちつかずの生態を持ったもの共だったのである。

一体、士と百姓との区別がまだはっきりしない時代でもあった。この二つは江戸時代になると、日本全国、隅々にいたるまで劃然とわかれたが、この時代は中央でこそ分化がややはっきりとなり、その傾向が強まりつつあったが、地方ではまだそれはない。とりわけ、こんな山奥の峡谷地帯では、鎌倉時代や南北朝頃そのままの兵農一致の姿であった。部落は同族だけの社会であり、本家の主人が部落の長《おさ》として、平時には部落内の行政、司法、祭事、他部落との交際、掛合等、一切を処理し、必要な際には「何々の住人何のなにがし」と名のって、一族と家来筋の百姓らによって組織された軍隊をひきいて出陣する、という生態がそのままに守りつづけられていたのである。

この峡谷地帯には、この四十余人の各部落の首長らのほかに他所者《よそもの》がもうひとりいた。

羽根尾から二十キロくらい下流に岩櫃《いわびつ》というところがある。現在、郷原と言っているところがそこであるという説があり、郷原から三キロほど下流の原町の一部だという説があり、定説がないが、ともあれ、そのへんに越後の上杉氏に属する城があって、斎藤摂津守基国という者が、城代として派遣されていた。

当時の上杉氏は謙信の晩年で、関東までその勢力がのび、今の埼玉県あたりまでその旗風になびいていたから、峡谷の地士らももちろん上杉氏に帰服している。従って、斎藤摂津守の威勢はなかなかのものであった。峡谷の総督といった格であった。

羽根尾では、もちろん、これを疎外するはずがない。とくべつ鄭重に、当主の幸光が、輝幸を同道して出かけて行って、招待したのである。摂津守はよろこんで出席を承諾した。

二

その日になると、人々は続々として、羽根尾につめかけて来た。ずっと下流の一番遠いところは四十キロからある。その人々は前日に出発して、途中で一宿してやって来たのである。

羽根尾では出来るだけの料理をそなえて歓待した。もちろん、斎藤摂津守が尊者（主賓）である。余興としては村娘らの連舞《つれまい》や、昔から伝わっている獅子舞などを庭先で演じさせた。人々は大いに食い、大いに飲み、大いに満足したが、そのうちひとりがこう言った。

「今日の第一のご亭主である能登守殿の兵法が神妙であることは、われら幼い時から聞いています。一つ見せていただきとうござる」

賛成する者が多かった。

一体にこの時代は謙虚などという道徳ははやらなかった。そうした屈折ある態度を、人々は腹黒しとして好まず、出来るだけ直線的に生きようとした。だから、大言壮語は男の常としてめずらしからぬことであった。輝幸はわけてその性向が強かった。

人々の所望を聞いて、ひげの中の紅い口をひらいて、からからと笑った。

「兵法は、人を殺す術でござる。殺して見せねば、真の神妙はわかり申さぬ。しかし、せっかくのご所望でござれば、ほんの少し、ごらんに入れ申そう」

と言って、息子の中務幸貞とともに庭前で型をつかって見せた後、短い木剣をひっさげて座敷に上り、隅に行ってすわった。年に似ずたくましいからだが小山のようであった。

「どなたでもよろしい、また何人でもよろしい、そこの敷居あたりから、拙者に扇子を投げかけていただきましょう。何本投げかけられても、拙者は決して身にあてず、一本のこらずこの木剣で切りおとしてごらんに入れ申す」

人々は酔っている。おもしろがって、六人ほどの者が、人々から扇子を集めて、敷居のあたりに立ちならんだ。

「よろしいか」

「よろしい」

人々は掛声とともに扇子を次《つ》ぎ次ぎに投げた。まるで雨の降るようであった。輝幸は片ひざを立てただけの姿勢で、片手にとった木剣を目にとまらぬ早さで打ちふった。

たしかに高言した通りであった。四十数本の扇子は一つのこらず、鋭い刃物で切ったように両断されて散らばっていた。

人々の驚嘆している中に、輝幸は悠々としてふところから懐紙を出して引き裂き、紙捻《こより》をつくっていたが、

「こんなのはいかが」

というと、つと立ち上り、紙捻のはじをつばで濡らして、鴨居にぶら下げた。

どうするのかと、皆いぶかしがって見ていると、いきなり、

「エイ！」

と掛声して、木剣をひらめかした。

すると、紙捻の下一寸ほどが切れておちたのだ。

「エイ、エイ、エイ……」

つづけさまにふりおろす木剣は迅速をきわめて目にはとまらないが、掛声のひびく度に、おどろいたことには、紙捻は少しずつ切れて落ちるのであった。

はじをつばきで濡らしただけでおしつけてある紙捻だ。利刀をもってしたとて、切れるものではない。一度は切れても、二度三度と重ねては、ずりおちるか、ちぎれ落ちるかするは必定だ。それが木剣でいとも無造作に切れて行くのだ。人々は魔法を見せられる思いで、舌を巻くばかりであった。

輝幸はひげをかきなで、大きい肩をゆすって、からからと笑った。

「まあ、こんなことで、本日はゆるしていただきたくござるが、一応説明いたすなら、つまり拙者が持てば木剣も真剣と同じく、人を真二つにすることも出来れば、場合によっては鉄のかぶとといえども木ッ葉みじんに打ちくだくことが出来るということでござる。お疑いなら、ごらんに入れてもようござるが、それは改めてのことにいたしたい」

人々は高言とは聞かなかった。ほんとに言う通りの力があるに相違ないと思った。

宴はめでたくすんで、人々は帰って行った。

それから間もなくのことであった。斎藤摂津守のところから、輝幸に使いが来た。この前の礼を述

べた後、貴殿のような武勇の士とお近づきになれてまことにうれしく存ずる、ついては来る何日に、ご父子おそろいで拙者の居城まで来ていただけまいか、粗酒を献じながら、ゆるゆるとお話をうけたまわりたいのですという。

斎藤はこの峡谷第一の権勢者だ、輝幸にとっては親しくなっておいて損の行く相手ではない。

「よろこんでお請《う》け、参上いたします。摂津守殿によろしくお申し下され」

と答えて、使者をかえし、当日は早朝から、父子ともに騎馬で出かけた。

摂津守はまだ若い。中務幸貞より二つ三つ若いかも知れない。しかし、上杉謙信ほどの武将が見立てて、この峡谷の代官としてこの城をあずけたのであるから、相当武勇にもたけ、かしこくもある人物であろうと思われた。輝幸父子の来てくれたことを大いによろこんで、歓待した。摂津守はもてなし上手で、酒間の話も、出来るだけ輝幸に語らせて、自分は聞き役にまわった。輝幸は兵法の修行をして諸国を遍歴してまわった頃の話や、戦さ話や、武田信玄の逸事などを、きげんよく語った。日暮になっても興がつきず、ついにすすめられるままに夜に入るまで飲みつづけ、その夜は泊めてもらって、翌朝羽根尾にかえった。

数日立って、摂津守は答礼のために自ら羽根尾に来たが、その時、自分を兵法の弟子にしてくれまいかと頼んだ。

「ご所望ならば、教授申しましょう。しかし、貴殿これまで兵法の修行はなさったことはありませんな」

「ござらぬ。貴殿の前ではばかり多くござるが、武士にとってさほど大事なものには、思われなかったのでござる。今の拙者の考えはちがいますが」

輝幸はひげの中の赤い口をあけて、大きな声で笑った。
「そう拙者にお気をかねられんでもよござる。武士は心剛で、力強く、足腰達者であれば、兵法など知らんでもよろしい。知ろうが知るまいが、戦場での働きにはかわりはござらぬ。しかし、知っていても損にはならぬ。時によっては大いに得になることもある。が、貴殿はこれまで兵法をなされたことがない上に、すでに三十を越えておられるのじゃから、とうてい名人にはなれませんぞ。芸というものはどの芸も同じ、水際立った冴えが身につくには、子供の時からその道に入ったものでなければならんのでござる。それを承知の上で、なお修行してみようと仰せられるのであれば、ずいぶんお世話いたしましょう」

元来歯に衣《きぬ》はきせない男だ。ずけずけと言った。いつぞや自分が見せた兵法の冴えを見て、おのれもああなりたいという気をおこしたのかも知れないと推察したから、それは望むなと言ったのだ。

摂津守は笑った。
「それは覚悟しています。お聞きとどけいただいて、祝着でござる」

早速に誓いを立てて、師弟の契約を結んだ。

以後、輝幸は時々岩櫃に出かけて行って教授した。これを聞き伝えて、峡内の他の豪族らも弟子入りする者が多数出来た。これらの人々の間を父子が泊まりがけで教授して歩けば、結構所在なさもまぎれ、生活も立った。弟子になった豪族らは、食料、衣料、燃料等、気をつけて、馬の背に駄して羽根尾に送ってくれたのである。

三

その頃、輝幸の妾が妊娠していることがわかった。この女は駿河の今川家の家中の出であった。永禄十一年の歳末、信玄は自ら兵をひきいて駿河に入り、今川氏真を追いおとして駿府を占領したがその時、今川家の家中の子女で捕虜になるものが多かった。

これらは身代金と引きかえに返すのであるが、引取人がなかったり、身代金のなかったりした者は、甲府に連れて来て、セリにかけて希望者に売った。はじめ城内で家中の者に売り、なお売れのこった者は城下で領民に売るのである。

輝幸はその日城内でそんなセリがあるとは知らず登城して、その場所を通りかかったところ、ちょうどその娘が台にのせられて、セリにかけられているところであった。

上半身をはだかにされている娘は、胸は平たく、首は細く、鎖骨やあばら骨があらわで、まだ女になり切っていなかった。青白く痩せ細って、目ばかり大きいのがかえって病的な感じであった。

「目鼻立ちが尋常である故《ゆえ》、美しゅうなるであろうが、先が長い。病身らしゅうもある。美しゅうなるまでに死んでしまうかも知れん」

輝幸のまわりの人々はそうささやき合っていたが、それでも一貫文、二貫文とせり上げて行く者があって、八貫文になった。

八貫文といえば、当時の金銀値段では約金五両だ。普通の乗馬一頭の値段だ。しばらくあとをつけるものがなかった。

その時、輝幸は少女がかぼそい肩をすくめ、下を向いた時、涙が光りながら一しずくしたたったのを見た。機縁であったとしか言いようがない。曾《かつ》てもののあわれなど感じたことのない輝幸が、胸につき上げて来る熱いものを感じたのである。

「十貫文！」

と、いきなりさけんでいた。

八貫文ですら、過ぎた値段だと皆思っているのだ。あとをつける者はなかった。

輝幸は帰宅しても、少女を落札したことを一言も家人に語らなかったので、少女が送りとどけられて来ると、皆おどろいた。

「そなたの手許《てもと》で使え」

と夫人に言い、かかりの家来に銭を支払わせた。

少女はやっと十四になったばかりであった。今川家の家中で庵原《いはら》とて五百貫を取った家の娘であるが、一族は駿府の亡《ほろ》びる時、討死したり、虐殺したりされたらしいのであった。名は文《ふみ》であるという。

これらのことは、夫人が問いただして、輝幸に報告した。

「そうか。目をかけてとらせよ」

と、輝幸は言ったきりであった。

翌年夫人は死んで、輝幸は独りものになった。輝幸は六十であったが、強壮無頼の体質だけに、女なしには過ごせない。夫人の侍女数人をかわるがわるに召して枕席をはらわせていたが、文には目もくれなかった。輝幸の目にはこの小娘は、食っても腹の足しにはならん小鰯のようなものとしか見えなかったのである。

そのような月日が四年立って、信玄が亡くなった。輝幸はその頃からひまをもらって羽根尾に帰るつもりになり、お屋形の一周忌がすんだらそうしようと心をきめたが、その年の暮のある夜、夜食の給仕に出たのが文であった。飯を食っている間に、盆をかかえて前に斜めにすわっている文の姿がふと目にうつると、ほうとおどろいた。昔は眼ばかり大きくて痩せ細って青白かったのが、しっとりと肉がつき、皮膚に何ともいえないうるおいと艶《つや》が出ている。眼が澄んで美しい。唇が花のように紅い。あぎとや首筋や胸許に何ともいえない清らかな色気がにじんでいる。

時々、じろじろと見ながら、食事をおえたが、相手が膳部を引いて退《さが》りかけた時、声をかけた。

「今夜は汝伽《われとぎ》をせい」

輝幸の調子には、格別かわったところはない。家に奉公するおなごどもが自分の命令によって夜伽をするのはきまり切ったつとめであり、それは皆知っているはずと考えているのであった。

文ははっとしたようであったが、忽《たちま》ち首筋まで紅くなった。平伏し、消え入るような風情でうなずいて、去ったのであった。

その夜が最初であったが、気に入ったので、文ばかりを召した。他の侍女らが嫉妬して、文をいじめると、輝幸はおそろしく腹を立てた。

「うぬら、不埒な女郎どもめ！　おれが家におくことはならぬ！」

と叱りつけて、自分の枕席をはらったことのある女は一人のこらず、叩き売って、文を正式に妾になおしたのであった。

その文が身ごもったのである。すでに四月になるという。輝幸はこの時六十六になっていた。普通の者ならこんな老年になって子供が出来たというのは、きまり悪がるところであるが、輝幸はちがう。大いによろこび、誇らしげに一族の人々や、門人である峡中の豪族らに、

「われら、子供が出来申す。六十六という年でござるがな。人間の種には古びはなく、畑さえ新しければ芽立つものと見え申す。若でも、姫でもかまい申さぬ。授かりものでござるでな」

などと吹聴した。この年になってなお子供を妊孕《にんよう》させる力のあることを誇っているのであった。

輝幸には、幸貞のあとに男子一人、女子二人がいた。男の子は幼いうちに病死し、娘の子は二人ともすこやかに生い立って、それぞれに武田の家中に縁づいている。だから、文の妊娠は何十年ぶりのことであった。一族の者と幸貞夫婦とは、この点少なからず疑いがあって、輝幸にわからないように、いろいろと探索したが、文にはあやしむべきふしは全然見つからなかった。輝幸が威張るように、彼一人の丹誠になるものとしか思いようがなかった。

ともあれ、輝幸は大得意、大よろこびで、この気のあらい爺さまのどこにそんなやさしい心があったかと驚くほどのやさしさで、文をいたわり、いとおしんで、月の満つるのを待った。

やがてその年が明け、四月の末、文は女の子を産んだ。父親が老年であると、出来た子供はどこか弱いのであろうか、子供は普通より大分小さく、皺が多かったので、ひどく醜かった。しかし、輝幸のよろこびは一方でない。

「手がらであった、手がらであった」

と、文をいたわり、

「玉のようなとは、この子のようなのを言うのじゃ。種が年寄種じゃ、いくらかは小さくもあろうわい。じゃが、すぐ追いつく。追いついたら、見ているがよい。美しい、可愛い子になるぞ」

と、赤んぼの自慢をし、まるで夢中であった。赤んぼの名は夏野とつけられた。

この翌月の五月二十一日、三州長篠で武田軍と織田・徳川の連合軍とが大合戦して、武田軍が大敗した。信玄以来の名将・勇卒の大部分が失われ、武田家の武力は大低下した。輝幸の親しかった人もずいぶん死んだ。中にも、彼の一族の中で最も栄え、滋野一類の本家のような格になっている真田家の当主信綱とその弟昌輝とが戦死している。

輝幸は、武田家のことについては、

「勝頼様は強いお人じゃ。勇猛という点から言えば、天下にこれくらいのおん大将はあるまい。しかし、苦労ということをなさったことがない。戦さに負けたというご経験がないのじゃ。そんな人ほどあぶない人はない。こんどの敗戦はつまりはそれよ。しかし、多数のおしい人々を討死させなさったとは言え、なお余力をのこしてご一身にはなんの異状もなくお国許《くにもと》へお引揚げが出来られたのは、ご幸運であった。普通なら出来ることか。ひとえに信玄公以来の鍛練のおかげよ」

と言っただけであったが、真田家のことについてはかなりに強い関心を見せた。

「三男の喜兵衛昌幸が帰って嗣《つ》ぐであろうか。これが帰るわけに行かんとすれば、四男の市左衛門信《のぶ》尹《ただ》が嗣ぐことになるであろう。市左では荷が勝ちすぎるというなら、おれが家から誰ぞをやってもよい。真田ほどの名家を絶やすわけには行かん。なんなら、おれが嗣いでもよいぞ。おれはこの年になっても、まだ子供を生ませる力がある。真田家を嗣いでも、立派に立て直して見せるぞ、奮発すればまだ男の子の二三人くらいは作ることが出来るわい」

と、冗談半分に気焔をあげたのである。

真田家の三男喜兵衛昌幸は、少年の頃から武藤という家を嗣いでいた。武藤氏は武田氏の一門から出て重臣となった家で、なかなかの名家であった。信玄の時代にあとが絶えていたので、信玄は昌幸をもって武藤家を再興させたのであった。

武藤家は名門ではあっても、一旦絶えていた家であるから、身代はほとんどない。名跡だけのことである。しかし、武田の一門から出た重臣の家柄であるから、権力の座にはすわれる機会が多い。一方、真田家は信州豪族で、武田家に随身したのは、先代の一徳斎幸隆の時からである。外様であるといってよい。権勢の座につき得るためには、なお数代の忠勤を積まなければなるまい。しかし、身代は大きい。小県郡内で六万石ほどが領地になっている。

(喜兵衛が武田家で権勢をふるって大きな顔をしたいなら、武藤家を捨てはせんじゃろうし、武田家などで威張ってもせんがない、六万石の身代をついで大いに自立したいという量見なら、真田家の存亡の時でござる、帰ることを許していただきたいと、お屋形に願って、真田家に帰って来るであろう。もしも、そうせんじゃったら……)

おれがついでもよいと言ったのは、冗談めかしてはいたが、決して冗談ではなかった。本気だったのである。

間もなく、昌幸は武藤家を出て、真田家にかえり、当主となった。

「やれやれ、やはり喜兵衛が帰って来たか。じゃろう、じゃろう、六万石という身代じゃ。人の手にはわたしかねるわな」

と、輝幸は笑った。別段残念とは思わなかった。あんなことを言ったり、考えたりはしたものの、きっと昌幸が帰って来るだろうと見当をつけていたのである。

昌幸が任官して、「安房守」となったのは、この頃からであった。私称ではなく、正式の任官であった。昌幸の妻は菊亭右大臣晴季《はるすえ》の姫君だ。信玄の夫人が三条家から来た人なので、その世話で、こんな高貴な家からもらえたのである。もっとも、この頃の堂上家は衣食にすら窮していたので、子女を地方大名の妾や男色専門の小姓に売るのは常のことであった。武田家の名門武藤喜兵衛昌幸がしかるべく結納を積んで、正妻に迎えるというのであれば、容易にまとまったはずである。堂上家とこんな縁故があるのだから、朝廷に相当な献金をして、正式に任官されたという次第。

四

二年の歳月が流れて、天正五年になった。輝幸父子は斎藤摂津守をはじめとして峡谷内の豪族らの許をめぐり歩いて兵法を教授してくらした。輝幸の娘夏野は間もなく満二歳を迎えようとしていた。

輝幸の言った通りであった。瘦せしなびて真赤な顔をし、猿の子のように醜かった夏野は、最も美しく、最も可愛《かわ》ゆく、最もすこやかになっていた。

「夏野や、夏野や」

と輝幸は羽根尾にいる時はいつも抱いたり、ふところに入れたり、肩にのせたりして、連れて歩いたし、教授に出かけた時には、みやげを持ってかえって子供をよろこばせることを忘れなかった。

一体、輝幸は気のあらい性質に似ず、子供好きではあった。息子の幸貞に子供が三人ある。皆女の子で、末の子は武田家を牢人して羽根尾に帰って来る少し前に生まれたのだから、夏野よりちょうど一つ年上であった。輝幸はこの孫娘らをよほどに可愛がっていた。しかし、夏野にたいしてはそれ以上であった。

夏野が満二歳になって間もなく、いつもの通り輝幸は岩櫃に兵法教授に行った。斎藤摂津守は暮し向きも豊かであり、輝幸にたいする接待も懇《ねんご》ろであるから、ここへ来ると輝幸はいつも四五日は逗留するのであった。そのある日のこと、稽古がすんだあと、摂津守は例の通り酒をすすめながら、言った。

「いつも貴殿に申し上げようと思っていたことですが、羽根尾からここまで五里の道を、毎々来ていただくこと、まことにお大儀なことと存じます。もし貴殿において、おいやでなくば、当城内に貴殿のお住いをこしらえますが、お住み下さいましょうか」

輝幸にしてみれば、羽根尾の住いは必ずしも快くはない。生活《たつき》は父子の兵法教授で立っているから、一族の者に心配はかけないが、それでも皆に喜ばれているとは思われない。摂津守がそうしてくれるなら、まことにありがたいのである。しかし、ストイシズムは当時の武士の通性だ。しぶい顔で、

「われらがためばかりでそう思い立たれたのであれば、無用になされよ。五里くらいの道が苦になるような柔弱な拙者ではござらぬ。しかし、拙者がこの城にいることが、貴殿のおためになる——つまり、岩櫃城には武田家にある頃上原能登守として知られた、今の名羽根尾能登守輝幸がいる故、めったに攻めかかることなどは出来ぬなどと世に取沙汰されることをあてにしての、お話ならば、ずいぶん仰せに従いもいたしましょう。いかが」

と、あくまでも大言した。

摂津守は輝幸を尊敬しきっている。得がたい勇士であり、兵法の大達人であると思っている。実のない大言とは思わなかった。この人ならば、これほどの誇りはあるはずと思った。また輝幸の言う通り、彼がこの城にいてくれれば、人々がこの城を難《はば》かることはたしかであると思った。

「拙者の申しようが悪うござった。いかにも貴殿の仰せられる通り、貴殿が当城にお住い下さるなら、拙者は百万の味方を得たよりも心強くござる。なにとぞ、この城にお出でいただきたく、お願いいたします」

と、言った。

輝幸はうなずいて、

「さように仰せられるのであれば、まいりましょう」

と答えた。

二人は相談して、建てるべき家屋の設計などした。

一月ほどの後、輝幸の新居は岩櫃城内に完成して、輝幸は移り住んだ。幸貞は羽根尾にとどまった。岩櫃城内の新居は本丸と土居をへだてた裏手にあった。三棟あって、一棟は輝幸が文と夏野を連れて住み、一棟は男の家臣らが住み、一棟は女の召使いらが住んだ。その他に厩《うまや》も一棟あって、四頭の馬がいた。

平和な月日が明けくれた。輝幸も満足し、摂津守も満足であった。ところが、その年の暮、おしつまってからのことであった。夏野がふと風邪をひきこんだのがこじれて、高熱がつづき、重態となった。輝幸はあわてふためいて看病につとめたが、夏野はただ弱りに弱り、二十八日の深夜、ついに空しくなった。

掌中の珠といつくしんで来たのだ。輝幸の悲嘆は一通りでなかった。なきがらをふところにかき抱き、人々が何といっても、

「この子の供養にはこれが一番なのじゃ」

と言って放さず、ひたすらに泣きむせび、滝のように涙を流しつづけるのであった。一両日の後年が新しくなれば七十になる老人が、こんなに派手に嘆きかなしむのを、人々は見たことがない。

（何とまあ、臆面もなく泣かしゃることじゃ）

と舌を巻いた。

こうした場合の人間の感情は車井戸の釣瓶のようなものがある。かなしみは同じであるはずの文は遠くへはねのけられた気持で、あきれたように輝幸の傍若無人な悲嘆を見ていた。

輝幸は二夜一日の間、はげしく泣きつづけていたが、大晦日の朝になると、ぴたりと泣きやんで、家来共を呼んだ。

「夏野がこうなったこと、羽根尾へ知らせたか」

家来共はどきりとして顔を見合わせた。女の子のことではあり、幼女でもあるので、世間のしきたりに従って、知らせていないのであった。しかし、特にこう殿がお尋ねになるところを見ると、知らせてほしいと思うておられたのじゃから、きっとそうであろ、これはぬかったことをしてしもうたと、咄嗟《とつさ》にさまざまに心が働いて、あわてた。

「……つい、そのう……」

と、口ごもった。

輝幸のからだがのしかかるように前に出たと思うと、雷のおちかかるようにどなり立てた。

「知らせてはおらんのか！」

家来共はおびえ上って、一言の返答も出来ず、平伏していた。

「うぬらは、夏野はおなごの子ではあり、年もやっと三つにしかならぬ故、葬送《おくり》も内輪にするが世のならわしじゃと思うて、羽根尾に知らせもせざったのじゃろう。なぜに、おれが最もいとおしがっている子であることに思いおよばざったぞ。親類共はよいが、中務を呼ばぬということがあるものか。夏野は中務がためには妹じゃぞ。年はへだたっても、まさしき妹であることはまぎれないぞ。それほどのことに気づかざったとは、阿呆と言おうか、無礼と言おうか、おれは腹が立つぞ!」

どなり立て、どなり立て、合間にはぎりぎりと歯を嚙み鳴らすのだ。

家来共は平伏したまま、ふるえていた。今にも輝幸のうしろにすえられた刀架《かたなかけ》から、二尺八寸の大《おお》業物《わざもの》が、あの魔術のような迅速さで飛んで来るのではないかと、全身につめたい汗を浮かせていた。

輝幸はしばらく気を静めるように目をつぶって黙っていた後、言う。

「おれが腹立てているのがわかったか」

「ようくわかりましてございます。以後、気をつけますれば、こんどだけは、ご勘弁を」

「汝《わい》らはそげいな阿呆じゃ。おれにまた子供が出来ると思うているのか」

一言もない。はっとばかりに平伏した。

「さて、これから本題を言う」

と、輝幸は調子を改めた。

「夏野はわしがこの年になっての子故、恩愛一入《ひとしお》に切じゃ。なごりはいつまでも尽きぬが、明日より新年のことなれば、今日のうちに送り出さずば、城にとって不吉であろう。その方共、寺へ行って、卒去のことを告げ、昼過ぎから運んでまいる故、葬送《おくり》の用意をしてほしいと頼むよう」

「かしこまりました」

家来共は早速に城を出て、村の寺に向かった。思いの外《ほか》に主人の怒りが早く釈《と》けて、何事もなく済んで、大いに解放感があった。

家来共は二時間ほどで帰って来た。一切の準備をととのえて来たという。

輝幸は文に言いつけてなきがらに化粧をさせて、その枕頭に几《つくえ》をすえ、香を焚きながら自ら誦経しつづけたが、午後の八つ（二時）過ぎになると、涙ながらに小さな棺桶に入れ、家来共に持たせて、寺に出してやった。

送り出したあと、輝幸は居間で、熱くした酒を飲んでいた。誰もそばに寄せつけず、一杯々々に娘の記憶を呼びおこしながらかたむけていると、文が部屋の外から言う。

「申し上げます。あの衆がかえってまいりました」

声がふるえている。

「もう？　どうしたのじゃ」

文は涙をこぼした。

「ご門番が通してくれぬとのことでございます」

「なんじゃとオ？」

盃をなげすてて、ガバと立ち上った。大股に玄関に出て行った。

家来共は小さい棺桶を玄関にかきすえて、おろおろしていたが、主人の姿を見ると石だたみの上にひざまずいて、両手をついた。

「門番が通さぬとは、いかなるわけじゃ？」

どなるような声だ。

おどおどと家来共の答えたことはこうであった。彼らが下人共に棺桶をかつがせて、城門まで行くと、いきなり門番共が走り寄って来て、六尺棒をつきすえながら、棺桶を指さし、それは能登守殿お娘ごの棺桶ではないかとたずねた。そうでござる、明日は元日でござる故、今日これから寺へまいって葬送《おくり》をしたいと思ってまいるところでござる、お通し下されと頼んだ。すると、門番共は一斉に首をふり、威丈高になって言う。

「おら共が聞いたところでは、能登守様のお娘ごの亡くなられたは、一昨日《おととい》の夜中じゃったということでござるが、しかとさようか」

「その通りでござる」

「ふん、ならば、なんで昨日のうちに、遅うても今日の昼前に葬送《おくり》をさっしゃらなんだのじゃ。こうして正月を迎えるために門松を立て、しめ縄を張った上は、清浄潔斎の場でござる。忌々しや、死人なんぞを通してなろうか。思いもよらぬことでござる」

と言い張って、通してくれない。いたし方なくかえって来たというのであった。

元日を明日にひかえていればこそ、いつまでも抱きしめていたい恩愛を絶って、葬送を出そうというのだ。それをわからぬとは！　と、輝幸は真白なひげを逆立てて激怒した。

「通さぬとは舌長《したなが》な！　通さぬというならば、おれが通してみしょうぞ！」

とさけぶと、棺桶を縄でからげて背に負い、大手の門にむかった。長い大小を十文字に差し、大手をふって力足ふむようにして来る姿を見て、門番共はおびえた。門番小屋に居すくんでいた。

輝幸は城門をくぐって門松の立っているところまで来ると、左右の松を見、上のしめ縄を仰いで、大音に、

「この門松、このしめ縄があればこそ、むずかしいこと言うて、いとしいわが子のなきがらを通そうとせぬ。小面倒なる門松め！　むずかしいしめ飾りめ！　とりのけて通ろうぞ」

とどなり立てると、先《ま》ずおどり上ってしめ飾りをひきちぎって投げすて、次に門松を引きぬき、へしおり、引き裂いて投げ散らした。七十の老人というに軽捷なこと飛猿のようであり、力の強さは相

当大きな松の幹を枯れた小枝のように無造作にへし折るのだ。

門番らはとがめることなど出来ない。あらしの過ぎ去るのを待つ気持で、小屋の中で呼吸をひそめていた。

輝幸は悠々とおし通って、寺に行き、葬送をすませて、夕方帰って来た。

新しく門松が立てられ、新しくしめ飾りが張られている。門番は出ていない。きっと自分の来るのを遠くから見て、あわてて小屋に引っこんだのであろうと思った。輝幸は門松の間に立って、やや長い間熟視し、またしめ飾りを仰いでから、門をくぐって、自分の住いに入った。

五

この門松事件は、幼くして死んだ末女にたいする悲哀と愛惜のために、つい怒りを激発させたので、城主摂津守にたいして礼を失していることは、輝幸も知っている。よしないことをしてしまったと、後悔もし、もし摂津守から何か話があったら、謝罪するつもりでいたが、摂津守からは何の話もなかった。

正月半ば、上杉謙信は自分の分国になっている国々、それは西は能登、越中、飛騨から東は出羽、南は関東北部・信州の一部に至る十カ国におよぶのだが、それに、

「来る三月十五日、余は春日山城を発して上洛の途に上るべきにつき、皆々人馬をととのえて馳せ参ずべきこと」

との動員令を下した。

斎藤摂津守は出陣の人数からは除外されたが、関東地方の留守役数人の一人として、三月半ばから

厩橋城《まえばしじょう》に詰める任務があたえられた。

摂津守はこれを輝幸に語って、

「そうなれば、当城の留守が心許ないことになりますが、その時には貴殿のお力にすがりとうござる。お引受けたまわりましょうか」

と頼んだ。

「たしかに引受けましょう。ご安心あれ」

と、輝幸は頼もしく答えた。

摂津守が厩橋に行き、あとを引受ける場合、摂津守はいくらかの兵はのこしてくれるであろうが、それだけでは心細い。第一気心がわからんから、万一の場合に安心が出来ない。中務と一族の者を数人呼ぶことにしたいと、摂津守にも諒解を得、中務らにも話だけはしておいた。

しかし、謙信は出発に先立つ四日前、三月十一日に春日山城で脳出血でたおれ、十四日には四十九歳を一期として死んでしまった。織田信長をたおし、京師に旗を立てようとの壮図は空に帰したのである。

謙信のとつぜんの死によって、上杉家は大へんなことになった。謙信は生涯不犯《ふぼん》であったから、実子はなかったが、養子が二人あった。一人はいとこの長尾政景の子景勝、一人は小田原の北条氏康の子景虎だ。謙信は自分がそう早く死ぬとは思っていなかったので、いずれを世子とも定めていなかった。当然のこととして、家督争いがおこり、家臣や被官らもいずれかに味方して、さわぎはずいぶん深刻で、猛烈であった。

この争いが景勝の勝ちに帰し、景虎が自殺しなければならない立場に追いつめられたのは、その年の夏のことであった。これは武田勝頼が景勝の乞いを容れて味方したためであった。景勝は勝頼の援助を得るために、勝頼に臣従を誓い、上州方面の城を数城譲渡したのである。しかし、岩櫃城はそのなかに入っていなかった。

その頃のこと、真田昌幸は長篠で討死した真田信綱と昌輝との三周忌を行った。輝幸のところにも、通知が来たので、吾妻川をさかのぼり、鳥居峠をこえて真田郷に行った。

滋野氏から分れて、小県郡や吾妻郡にいる家々当主はほとんど全部、真田城に集まって、儀式はごく盛大に行われ、酒宴があって、人々は退散した。輝幸も羽根尾の連中と一緒に帰るつもりにしていると、昌幸は輝幸に言った。

「能登守殿はずいぶんと遠路であります。今夜は当城にお泊まりあって、明朝早くにお立ちあってはいかがでござる」

昌幸はこの時三十二、大分年が違うが、滋野一族の総本家のような格式のある家の当主としては、ずいぶん鄭重な言葉づかいだ。輝幸は快かった。

「拙者は途中羽根尾に一宿して、岩櫃にかえる所存でござる」

「ああ、そうでありますか。しかしながら、せっかくお出で下さったのでありますれば、一晩くらいお泊まり下さい。武へん話など、いろいろとうかがいたくござる。ぜひ、そうしていただきたいのです」

とうとう泊まることになった。

その夜、昌幸は酒肴を出してごく鄭重に接待したが、ほろほろと酔いの出る頃、微笑とともに、

「今日、家来共に聞いたことでござるが、去年の大晦日にこういうことがあったそうでありますね」

と、あの門松事件のことを語った。

「やあ、これは飛《と》んだことがお耳に入っています。あれは拙者が悪いのでござる。年甲斐もないことをしてしもうて、恥ずかしゅうござる」

と、輝幸は恥じた。

昌幸は首を振った。

「いや、いや、そのお年になられても、剛強無比、あっぱれな武へん立てでござる。千里の馬は年老いてまぐさ桶に首を垂れていても、志は戦場にあると申しますが、貴殿のことでありましょう。一族の長老に貴殿のような方のおわすこと、まことによろこばしく存ずる」

「そう年寄をおだてるものではござらぬ」

と言いながらも、輝幸は悪い気持はしない。弛《ゆる》みそうな頰を引きしめるのに大いにつとめなければならなかった。

「なんでおだてましょう。拙者は貴殿のご一生を考える毎《ごと》に、なんとも言えぬ気の毒な思いがするのでござる。貴殿は貴殿のご力量にふさわしいほどのご身分とご身代になられたことがない。まことに不思議でござる。そのお人がらとご力量とをもってすれば、一城や二城の主であられることはごくあたり前のこと。これまではご運が悪かったのでござるが、今やそのご運がめぐって来ています。およろこび申し上げます」

昌幸の態度は至ってまじめであり、ことばはうやうやしい。輝幸は首をかたむけ、昌幸を凝視していたが、むっとしたような顔になって、口をひらいた。

「安房守殿、わしは今年七十になるのでござる。この年になって、何の好運のめぐり来ることがござろうや。年寄をからかうものではござらぬ」

昌幸はにこりと笑った。

「拙者は一族の長老にむかって、さような失礼なことはいたさぬ。ほんとのことを申しているのでござる。――しばらく、お耳を貸して下されい」

のび上って、耳もとに口を近づけてささやいた。長い白い毛が生えて、渦を巻きながら外へにょっきりと出ている耳だ。ぼそぼそとささやくにつれて、毛の先《さ》きはゆれて、昌幸の口もとをくすぐった。

輝幸の長い白い眉毛の下の目が大きく爛《らん》と見はられ、いく度もうなずき、いく度も微笑した。

六

岩櫃にかえって数日すると、羽根尾から中務が来た。二十人ばかりの供の者を従えていた。

「所用あって厩橋までまいります」

と父に言った。摂津守のところにもあいさつに行って、そう言った。

翌朝、中務は出発した。輝幸は摂津守とともに大手の門で見送ったが、中務が去り、それぞれの住いに引返す時、ふと言った。

「おひまならば、あとでちょっとお訪ねいたしとうござる。昨日、中務が差してまいった刀が、見なれぬこしらえでありますので、尋ねますと、このほど海野（今の信州上田）にまいってもとめ出したものの由《よし》。ぬいて中身を見ましたところ、稀代のわざものでござる。あまりなる見事さに、貴殿のご一覧にもそなえたいと思いましたので、しばらくあずけて行けと申して、拙者の差換えを差させてたたせました。持参いたします故、ご覧下されたい」

「ほう、それは。ぜひ拝見しとうござる。貴殿ほどの方がそれほどまでに仰せられるのであれば、さぞかし立派なものでありましょう。どこのものでござるか」

と、摂津守は大いに興味ありげな様子を見せた。

「それはあとの楽しみになされよ。すぐ持ってまいります」

本丸の門前で別れて、摂津守は本丸にかえった。しばらくして、輝幸がやって来た。

摂津守は楽しみにして待っている。すぐ客間に通した。

輝幸はふくろの紐を解いて、刀をとり出した。長い刀だ。三尺二三寸はあるにちがいない。鞘は朱に金泥をまぜて塗ってあり、鞆《つか》は朱色の紐で巻き、大きな角鍔《かくつば》やつか頭《がしら》は鉄であった。派手ではあるが、最も頑丈そうなこしらえである。

普通、人に刀を見せる時には、鞘におさめたまま差し出すのであるが、今、輝幸の作法はちがった。すらりとぬきはなつと、

「ごらんあれ」

といって、片ひざを立てた。重ねも厚く、はばも広く、身の毛のよだつばかりの豪刀だ。おそろしく反りが強い。それを渡すつもりか、どうか、よくわからない。つかんだ手をつき出しているところはわたすつもりのようでもあるが、切先きをこちらに向けるがごとくして立てているところを見ると、それが兵法の構えの一つになっているようでもある。

「これは備前長船《おさふね》の住人、長光の作。長さ三尺三寸、直刃《すぐは》で、鋩子《ぼうし》は浅くのたれています。この腰反の強くしてふんばりのあるところ、なんと見事なものではござらぬか。斬れますぞ。拙者がこれをふるえば、鉄壁といえども水もたまらぬでござろう。茶臼割と名づけられている由。さもあろうこと。

よくごらんあれ、よくごらんあれ」

渡しはしない。つかがしらをにぎった拳をくるりくるりとまわすと、刀身はどぎどぎするほど鋭い光をぎらぎらと放った。

することが何となく異様であるようなので、摂津守は輝幸の顔を見たが、あっとおどろいた。おそろしい形相になっているのであった。真白な髪と真白なひげをさか立てた顔には、ぞっとするほど殺気に満ちた表情があり、長く白い眉毛の下に落ちくぼんでいる両眼には、最もおそろしい殺気がある。

「さあ、ようくごらんあれ、ようくごらんあれ……」

一語ごとに、刀をつき出す。それはあたかもこちらの面部を目がけて突き刺そうとしているかのように思われた。摂津守はその度に知らず知らずに身をのけぞらせた。おそろしくてならない。居たたまらなくなった。

「まことに見事なものでござる。拙者一人にて拝見するはおしゅうござる。家来共にも拝見をおゆるし下さい。唯今呼んでまいります」

と言って立ち上って、室外に去って、

「これこれ、皆まいれ。まいって、能登守殿ご持参の名刀を拝見いたせ」

と呼ばわりながら、そのへんを歩きまわっていると、家来の一人が来て、唯今大手の門の門番所から報告があった。先刻出発した中務幸貞殿が、急用がさしおこったといって、引返してまいられたという。

「何じゃと？　中務殿が？　人数も連れてか？」

「のこらずお連れになっている由でございます」

摂津守は色を失った。輝幸父子がしめし合わせて自分を殺して城を奪おうとしていることは疑いないと思った。

「そうか。よしよし、わかった、わかった」

と、一応家来を退《さが》らせておいて、あわてにあわてて身支度し、妻子を引連れ、馬に乗って、城の裏門からぬけ出して、越後にむかって落ち行《ゆ》いた。

一方、客殿では、輝幸は集まって来た摂津守の家臣らを前に、刀の説明をはじめた。

「これは備前長船の住人長光の作。長光は名の高い鍛冶ではあるが、これはとりわけて上作じゃ。刃渡り三尺三寸、重ねははばきもとで五分、はば一寸五分、そりが一寸三分、豪刀ではあるが、手のうち至ってよろしい。こういう刀を持てば、百、二百の人数でも、造作なく斬り平げることが出来る。さあ、近う寄ってよく見るがよい。近う寄って、近う寄って」

と言っているが、刀は渡そうとはしない。

なにか様子がおかしいと、摂津守の家来共が思いはじめた時、どこか本丸の玄関のあたりで、どっと鬨《とき》の声があがった。人々がはっとした時、輝幸は仁王立ちに立ち上った。刀を脇がまえにして、おそろしい目で一同をにらみ、おそろしい声でさけんだ。

「その方共、そこを動くな！　一寸たりとも動かば、忽《たちま》ち斬って捨てるぞ！」

輝幸の兵法が魔法のような精妙さを持っていることは、皆よく知っている。動けばあっという間もなく飛びこんで来て、両断するにちがいないと思った。呪縛にかかったようだ。一同こおりついたようになっていた。

どかどかと足音がして、庭の方から、一隊の人数が来た。中務幸貞とその家来共二十人ばかりであった。

中務は、縁先きで式代《しきだい》して、父に言った。

「摂津守殿は、つい今し方、ご家族同伴、裏門からいずれかへ参られました。何やら、あわてふためいたる様子に見えました」

輝幸は構えを少しもくずさず、

「はて、それはいぶかしいことじゃ。先刻、そちがこのほど求め出したこの刀を、おれがお目にかけたところ、急に何やらおかしげなる様子で、勝手の方に消えたまま出て来られぬので、いぶかしく思うていたところであった。さては、おれの人相がこのように猛悪である故に、おびえなされたのじゃろうか。さても臆病千万、一城をあずかるほどの武士として、あろうことか！」

と言って、からからと笑い出したが、忽ち至ってまじめな顔になり、摂津守の家来共に言った。

「聞く通りの次第じゃが、これほどの城に主人がなくてはかなわぬ。摂津守殿は捨てて往《い》なれたのであれば、わしが拾おうと思うが、異議あらば言え。聞こう」

輝幸は依然として構えをとっている。その異議を一ことでも言ったら、そのまま飛んで来て、首を宙に飛ばすに相違ないと思われた。

「何じょう異議を申しましょう。すべて仰せの通りでございます」

と、一人が言うと、皆それに同じた。

七

こうして、岩櫃城は輝幸の手に帰した。

これはすべて、真田昌幸の立ててくれた計略による。昌幸は去年の大晦日に輝幸が岩櫃城の大手の門であのような乱暴をしたにかかわらず、斎藤摂津守が全然これを不問に付したことを知ると、これは摂津守が輝幸の勇力を恐れているためと判断して、

「謙信の生存中さえ、かほどまで貴殿を恐れはばかっていたのでござる。今や謙信が死に、上杉家にお家騒動がおこり、もみ合いへし合いして、やっと景勝の世になった今では、一層恐れるはずでござる。かようかようなされよ。必定、摂津守はふるえ上って、退散するでござろう。すなわち、岩櫃城は貴殿のものとなる。あの峡中の士共も、貴殿に属することは言うまでもござらぬ」

と、輝幸に説いたのであった。

昌幸の図ってくれた通り、岩櫃城は輝幸のものとなった。

（安房守のやつ、なかなかの知恵者だとは聞いていたが、その通りじゃったわ。おれもこの年になって、やっと一城の主《あるじ》になれた。うれしいことじゃ）

と、よろこんで、峡中の豪族らに、このほど斎藤摂津守は自分に城を譲りわたして、越後に帰った故、今日より岩櫃城の主は自分である、左様ご承知あって、摂津守にたいしたように自分にたいしていただきたいと、服属を要求した。

こんなことはどこからともなく真相が聞えて来るものだ。豪族らは摂津守の臆病をおどろいたり軽蔑したりしながらも、輝幸の悪辣をにくんだ。老年の輝幸をあわれみ、信頼して、居城に迎えて養っていた摂津守を裏切ってこんなことをするとは、以《もっ》ての外の悪逆であると、皆考えていた。だから、返事もしないで打ち捨てておいた。

輝幸は腹を立てた。

「おのれ山猿共め！　世間の狭さの故に、おれがどれほどの者であるかを知らぬと見える。よしよし、目にもの見せてくれる」

　と言って、羽根尾に連絡して一族の者共を呼びよせ、豪族共の征伐にかかった。すると、峡内の豪族らが一斉に蜂起したのだ。

　輝幸は激怒したが、下流地方に向かおうとすれば、上流地方がおしよせて来そうであり、上流地方に向かえば下流地方がさかのぼって来そうであり、川筋以外の土地の豪族らもまだ不穏であり、どうにも出来ない。呪縛に逢ったように、岩櫃城に居すくんだ。とうとう書面を持たせて真田郷に急使を馳せる。

「ご教示の通りとり行ったところ、城は難なく手に入れることが出来たが、城内の地士共が命を奉ぜず、反抗の色を立て、収拾することが出来ない。そなたに譲り申すべきにより、速《すみや》かに出馬あって、一揆共を成敗していただきたい。当地への御発向、お待ちいたす」

　という文面であった。

　急使は二日目の夜なかに、昌幸の返書をもって帰りついた。

「岩櫃城が貴辺の手に落ちた由、まことに慶賀の至りである。拙者の計略によってとの仰せであるが、それは違いましょう。拙者がいかに妙計をお授けしても、貴辺の武勇なくばどうしてここに至りましょう。ひとえに貴辺の力である。今にはじめぬことながら、感服いたした。さて、岩櫃城を拙者にくれるとのおことば、ありがたいことである。その思召《おぼしめ》しならば、拙者直ちに出馬、一揆共とり鎮め申すでありましょう。平定の上は、貴殿を城代として岩櫃城をあずかっていただく心算であれば、お含みおき願う」

せっかく自分のものにした城を、滋野一族の総本家である真田家とはいえ、譲らなければならないのは、大いに惜しくはあったが、一揆共にたいする怒りはそれより強い。

（おのれ見ておれ、安房が来らば、その先陣を引受け、一々唐竹わりにしてくれる）

と、きおい立った。

真田の軍勢は、その翌日にはもう鳥居峠をこえて、吾妻川沿いに下って来た。羽根尾氏がこれに応じたのはもちろんのことだ。付近の大前、西窪、鎌原らの諸氏も応じた。これらは皆元来滋野氏だから、そうだったのであるが、真田氏が信州の大族であり、武田氏の有力な部将であり、当主の安房守昌幸が知勇抜群の人であることは、皆知っている。下流の豪族らも先きを争って帰服を申しおくった。

輝幸は大いに腹を立てた。

「帰服？　信用なさるべきはござらぬ。有無をいわさず、踏み潰しなさるがようござる。われらお先《さき》手《て》をうけたまわり申す」

といきり立ったが、昌幸は、

「降参しようという者を、そうは出来ませぬ。許さずば、一人のこらず反抗の色を立て、難儀なことになり申す」

といって、申込みを容《い》れたので、数日にして、吾妻郡全部平定した。

昌幸は主家である武田家の認可を得て、吾妻郡を自分の領地としたが、約束の通り輝幸を岩櫃城代として、郡内の諸豪族の支配をまかせた。

豪族らも、輝幸を主人として仰ぐのはいやだが、昌幸の代官として仰ぐのならいやではない。郡内は平静になった。

ほぼ一年の間、なにごともなく過ぎて、天正八年の夏が来た。

その一日、昌幸がほんのわずかな供まわりで、吾妻川沿いの道を下って岩櫃城にやって来た。何の知らせもなかったので、輝幸父子はおどろいて迎えた。

「ちとおり入って相談せんければならんことがおこったので来た」

といって、人を遠ざけて、父子を相手に長い間密談して、翌日帰って行った。

八

岩櫃から東北二十六七キロに沼田という土地がある。沼田は利根川の上流地帯で、利根本流と片品川・薄根川の三つが合流する地点で、これらの川のデルタが相当ひろい盆地を形成している。そのデルタ地帯には水田、東南の赤城山の裾野には水田・陸田、さらにその上は牧畜といった具合で、なかなか豊かな土地である。

元来ここには王朝末期あたりから、沼田と名のる豪族がいた。ここの沼田氏は本姓はよくわからない。豊後の緒方の一族が罰せられてここに移されたのの子孫だとも、関東八平氏の三浦一族であるとも、清和源氏新田氏の一族であるともいわれていて、定説がないのである。とにかく、土地の名をとって沼田と名のり、連綿数百年ここに城を築いて居住し、付近一帯を領有していたが、この小説の数年前に、お家騒動がおこり、家臣らが逆心をおこしたので、当主の沼田万喜斎とその子景義とは出奔して、会津の芦名家を頼って身を寄せた。

沼田氏の出奔によって、沼田には定主が亡くなったので、忽ちここは小田原北条氏と越後上杉氏との争地となり、はじめ北条氏のものとなったが、間もなく上杉氏にうばわれた。

北条氏は奪還の志を捨てなかったが、間もなく謙信が北条氏康の子供を養子にし、自分のはじめの名である景虎をあたえて名のらせるほどに愛したので、北条氏は上杉氏に親愛して、沼田奪還の心を捨てた。

謙信は沼田に藤田信吉という武士をつかわし、沼田城代として付近一帯を治めさせた。

ところが、一昨年、謙信が死に、上杉家にお家騒動がおこり、景虎が殺されたので、上杉家と北条家との親しみは断絶した。

「こうなれば、沼田を上杉家のものとしておくべきではない。かの地は、沼田万喜斎父子出奔の後は、わが家のものになっていたのを、上杉が奪ったのである。奪回すべきである」

という意見が、小田原城中で出た。北条氏はついに武州鉢形城主北条氏邦に奪還を命じた。氏邦は大軍をひきいて来て、沼田城を攻めた。上杉家のお家騒動は景勝の勝ちに帰したとはいえ、とうてい兵をくり出して沼田に援軍を送る余裕はない。藤田は非常な苦境におちいった。とうとう降伏してしまった。

氏邦は降伏を納《い》れて少しも抵抗の罪を問わなかったばかりか、これまで通りに藤田を城代に任じて、自らは武蔵に引揚げた。

以上は、一昨年のことだ。上杉家で景虎が景勝に殺されて間もなくのことであった。

ところが、この頃、景勝から武田勝頼に、

「沼田は本来は当家のものであったが、この頃北条家が奪ってしまいました。当家はまだ微力でとうてい奪還は出来ぬであろうと存じます。もし、貴家において攻め取り給うならば、献上いたします」

と言って来た。

長篠の敗戦以後、勝頼は何とかして名誉を回復したいとあせり切っているが、沼田をわがものにしたくらいでは、恥は埋まりはしない。真田昌幸を呼んで、しかじかと上杉家から申して来た、その方にまかせる故、しかるべく経略いたすようと命じた。

昌幸は勝頼が雪辱の機会を渇望していることを知っている。勝頼のためにその機会をこしらえてやろうと思った。

「沼田は山間の僻地ではござるし、北条氏としてはその分国からずいぶんかけ離れている飛地でござるが、これを奪われては北関東の豪族らの心がゆるぎます故、ずいぶん手強い抵抗をいたすであろうと存じます。あるいは、小田原から後ろ巻の大軍がまいるであろうと存じます。そうなれば、拙者のような小身者の手勢では勝算がございません。後ろ巻の勢をたまわりましょうか」

と言うと、勝頼は見る見る興奮した。

「つかわす段か。もし、小田原から氏直なり氏政なりが自ら乗り出すなら、おれも乗り出す。そうだ！　ぜひ氏直か氏政をおびき出すように工夫せよ。それが出来たら、抜群のことに思うぞ」

「かしこまりました。何とか工夫いたしましょう」

昌幸は真田郷にかえり、工夫をこらした後、岩櫃に出かけて来たという次第であった。

昌幸の命を受けた輝幸父子は、物見の兵を出して、沼田の要害をうかがった。岩櫃から沼田に行くには、吾妻川の支流である名久田川沿いにさかのぼって、峠をこすのが一番の近道であるが、その他にもいくつかある。兵らはあらゆる道から行って、沼田を偵察した。その偵察がすむ頃、昌幸は兵をひきいて来て、偵察の結果にしたがって、沼田領の方々の小城や砦をしくしくと占領した。

上杉謙信の死後、北条氏の勢力圏は大いにひろがったとは言え、上州まではのびていない。上州の豪族らの少なからぬ数が武田氏に所属しており、そうでないものも北条氏に敵意を見せないというだけのことで、武田の勢いが強くなればそれに属するに違いないのである。つまり沼田はいわば武田の勢力圏内に孤立している土地であった。だから、これを攻略するには、本来ならこんな攻め方をする必要はない。油断を見すまして、一気に乗取る策が適当なのであるが、北条氏直か氏政をおびきださねばならないので、こんななまぬるい方法をとったのであった。

昌幸の戦術は的中した。急報に接して北条氏邦が武蔵から急行して来て、城に入った。昌幸は自らの兵をあるかぎりくり出したばかりでなく、勝頼に兵の差遣を乞うた。

「当方が大軍をくり出せば、敵も連《つ》られて大軍をくり出さぬわけに行かず、やがて氏直か氏政がみずから出てまいりましょう。そこでお屋形ご出馬遊ばされますよう」

勝頼は援軍をおくった。大軍である。

城方では小田原に急使を馳せた。ついに当主氏直がみずから大軍をひきいて出て来た。

昌幸は甲府に急報した。

「よし！」

勝頼は直ちに甲府を出発した。彼はこの山奥の盆地で、北条氏直を痛破することによって、長篠の恥辱を雪《すす》いで、名誉を回復しようと決心していたのだ。

両軍ともに細作《しのびのもの》を夏の野の虫のように放っているから、たがいの動きは手にとるようにわかる。勝頼が甲府を出発して信州に入り、佐久道をとっているから、中山道に出て、軽井沢から碓氷峠をこえて上州に入るつもりであろうという知らせが、北条氏の本営にとどいた。

碓氷峠をこえて来る以上、先ず厩橋に出、そこから利根川沿いにさかのぼって来るつもりに相違ないと判断した。とすれば、北条軍は退路を絶たれて、この山中の盆地に孤立しなければならないことになる。

軍議が行われた。これしきの土地の争奪に、それほどの危険をおかすことはないという意見が主力をしめ、ついに氏邦だけをのこして、引揚げることになった。

「堅固に守ることを専一にせよ。決して出て戦ってはならぬ。武田勢は野戦には強いが、城攻めは得意とするところではない」

と、氏邦と藤田とに言いおいて、潮のひくように、利根川沿いの道を南下して、引揚げてしまった。

勝頼は佐久道から中山道に出たところで、氏直が沼田を引揚げにかかったという報告を受取り、急ぎに急いで、碓氷峠をこえて厩橋に来たが、北条勢はすでに三日前にここを通って、南に向かったという。ふり上げた拳のやり場がない気持だ。

勝頼は猛烈に腹を立てて、沼田に到着した。そうでなくても、猛気絶倫をもって自任している勝頼だ。到着するや否や、

「この小城に、何をためらうことがある。一気に乗り取れ！」

と、はげしい下知を下して、全軍に猛攻撃させたが、要害は堅固であり、城兵は勇敢であり、犠牲ばかりが多かった。勝頼は一層腹を立て、いく度もくり返させたが、同じだ。攻めあぐんだ。

昌幸は猛攻撃の行われている間、城方の様子を注意深く観察していたが、やがて本丸の藤田の持口《もちぐち》と二の丸の北条氏邦の持口とが、しっくりと行っていないようであることに気づいた。たがいに緊密な連絡をとって、本丸が攻撃されている時には二の丸が掩護《えんご》し、二の丸が攻撃されている時には本丸が掩護するというのが、籠城の際の戦いぶりでなければならないのに、ほとんどそれをやらず、てん

でんばらばらな戦さをしているようであった。

（よくあることじゃ。氏邦が権威をかさに着て威張るので、藤田はおもしろくないのかも知れん）

と、推察して、忍びの者を城内にもぐりこませてさぐらせると、その通りであることがわかった。

昌幸は勝頼の陣中に伺候して、自分のさぐり知ったことを報告し、まかせていただきたいと願って、許しを得た。

昌幸は藤田に書面をおくって、武田家に味方することをすすめた。藤田は裏切を約束して、念入りに打合せをした。この打合せに従って、昌幸の軍勢が二の丸の木戸を破って乗り入ると同時に、藤田勢は防戦につとめている北条方に鉄砲を撃ちかけた。背後から飛んで来た鉄砲玉に、北条方は狼狽し、怒り、恐怖し、混乱しきって、這々《ほうほう》のていで城を出て潰走した。

この藤田信吉という男は、後に上杉氏に帰参したが、関ケ原戦争の直前に、上杉家を退散して徳川家康の許に行き、上杉家の秘密を密告している。天性、裏切癖のある人間だったのか知れない。

ともあれ、沼田城は落ちたのである。勝頼は沼田の領地を昌幸と藤田とに半分ずつあたえ、沼田城は二人で相持《あいもち》で守らせることにして、甲府にかえった。

昌幸は輝幸を自分の名代としてここに移した。

九

しばらくは何事もなく過ぎたが、その年が暮れて新しい年になる頃から、輝幸は他人と共同で城を守っていなければならないことをうるさく感じはじめた。

（寝床を半分人に取られている気持じゃ。しんきでならぬ。追い飛ばしてくれよう）

と思ったが、工夫がつかない。岩櫃城を取った時のようにうまくやりたいが、あの手はもう使えそうにない。やはり、昌幸に相談するよりほかはないと思った。

そこで、ひまを見つけて、真田郷に行き、昌幸に会った。

「藤田は武へん者ではござるが、あくまでも踏みこらえる勇気はない男でござる。つまりは反覆の小人と申してよろしい。はじめ上杉にそむいて北条に属し、今また北条にそむいて武田家に属しましたが、今後武田家にそむかぬという保証はないのでござる。かかる者と相持にて城を守るほどの不用心なことがござろうか。武田家のためにも、真田家のためにもならぬやつでござる。ご処置あってしかるべし」

「仰せのおもむき、一応道理ではござるが、藤田を説いて当方に味方させたのは拙者でござる。義理がござる。藤田の身の立つように先ずいたして、それからでなくば、どうにもなり申さぬ」

「さらば、そうして下され。われらはこうと思いかけては、辛抱の出来ぬ性質でござる。一刻も早くしかるべく処置あって、あの者をわれらの目の前から遠ざけていただきたい」

「お気持はわかり申すが、ま、しばらくご辛抱ありたい」

昌幸は笑って、その日は酒などふるまって、翌日帰した。

数日の間、昌幸は思案にふけっていたが、やがて旅支度して、甲府に向かった。

元来、藤田は越後武士だ。越後内に本領があって、沼田には沼田城とその周辺の土地の城代および代官として、赴任したのだ。だから、藤田が北条氏に降伏した時、上杉氏は藤田を士籍から除き、本領を没収した。上杉氏としては当然の措置であった。

昌幸は勝頼から、上杉景勝に、藤田の本領を返還して、その士籍を回復してやるように要求させる手を考え出したのだ。勝頼の助力によって家督相続競争に打勝つことの出来た景勝は、この要求を拒否するはずはないと見たのであった。

やがて甲府についた昌幸は、勝頼に説いた。勝頼だって、藤田のように二度も反覆の経歴のある人物は好きでない。

「よかろう。そう越後に言うてやろう」

と承諾した。

数月かかったが、景勝は勝頼の要求を入れ、藤田に、越後にかえって来い、本領を安堵してやろうと通達した。勝頼が保証に立ち、昌幸がその取りつぎに立つというようなことがあった後、藤田は沼田を引きはらって越後に帰って行った。沼田は真田家だけのものになったのである。

輝幸の満足は言うまでもない。二の丸から本丸にかけて歩きまわりながら、

「これでやっとひろびろと眠れるわ。もはやいかなる剛敵が押寄せようと、不安なことは露ばかりもないわ」

とつぶやいた。しかし、住むのは前のまま二の丸であった。

輝幸にとって快い日が数カ月流れて、夏になった。そのある日、輝幸はふと自分がすでに七十三の高齢になっていることを考えて、ぞっと恐怖した。

(どこも悪いところはない。若い時と同じように達者じゃ。しかし、年寄の達者はあてにならぬ。今日にもぽっくりと行くかも知れぬ)

と思って、不安でならなくなった。

その夜は久方ぶりに文を召した。何のさわりなく行うことが出来たが、それでも不安はのかなかっ

た。

(ともあれ、いつ逝くかも知れぬ身であることは覚悟しておかねばならん)

と思った。

万一のことがおこった際のことに思案がおよぶと、なんにも準備がしてないことに気づいた。

(こりゃアいかんわ。はっきりとおれが身代として、中務に譲れるのは、吾妻しかない。岩櫃はおれが力で手に入れたものではあるが、おれがものとなっているやら、房州のものとなっているやら、所属がはっきりしとらん。まさかとは思うが、目の玉の黒いうちにはっきりとしといた方が安心じゃ。ひょっとして吾妻だけしかもらえんとなっては、一大事じゃ。猫のひたいのような痩地だけで、どうして生活《たつき》が立とう。そうなれば、文を養おうにも養えんことになって、あれも路頭に迷わんければならんわい)

と、思いめぐらすと、書面をかいて、使者に持たせてやった。

その文面。


今年の初頭、沼田城とその所領地とは、悉皆《しっかい》貴殿のものとなりました。まことにめでたきことであります。しかしながら、憚《はばか》り多くはござるが、このことには拙者の才覚が相当にお役に立っているのではござるまいか。

ともあれ、貴殿の上州における領地は唯今では利根郡と吾妻郡との全部におよぶことになりました。そこで、お願いいたしたいことがござる。元来、吾妻郡が貴殿の所領となったそのもとは、拙者が一人の働きをもって岩櫃城を乗取ったことにあります。拙者は都合あって、当時貴殿に岩櫃城を献上し、城代に任ぜられ、その後当沼田の城代に遷《うつ》って今日におよんでいますが、つらつら精思しますに、拙者は当年とって七十三という高齢でありますのに、はっきりとわがものとして所持いたすは、兄より分与された吾妻の狭い狭い土地だけであります。愍然《びんぜん》の至り、顧みて自らをあわれまずにはいられません。

願わくは、安房守殿、岩櫃城とその付属の土地を拙者にたまわるまいか。これによって拙者は余生を安堵し、子孫の計もなしたいのです。

使いの者は三日後に、昌幸の返書をもって帰って来た。

芳書拝見いたした。お申越しの条々、一々道理であります。岩櫃はあの節貴辺が拙者に賜わったとは言い条、元来貴辺のお手柄の地でござれば、貴辺にお望みがある以上、拒むべきにあらず、快く返し進じましょう。それどころか、貴辺の働きによって岩櫃城が手に落ちたからこそ、吾妻郡全部が手に入ったのでござる故、貴辺の手柄は莫大で、吾妻郡全部を貴辺に進上したいとさえ思っています。進上しましょう。もっとも、湯本、鎌原、横谷、西窪、植栗、河内の六郷は、その地の士共が深く当家に心を帰して忠誠を誓っていますので、今更他家に帰属させるのは不愍《ふびん》でもあり、また貴辺にしてもことめんどうと存ずれば、進上いたすまじ。しかし、この他の諸郷は、その他の士共ともども、子細なく進上いたすべければ、ご被官になさるべし。もっとも、沼田城代の儀は従前のごとくおつとめあるべし。

先ずは以上ご返答まで。

これはまた文字通りに望外なことであった。

「さすがは房州、切ればなれのよいことじゃわ。たしかにわが一族中第一の器量人よ」

輝幸は大満悦で、昌幸から指示のあった六郷をのぞく吾妻郡全部にふれを出して、安房守の譲りを受けて自分の所領となった故、その旨心得るようにと言いわたした。士共の中にはよろこばないものもいたが、昌幸から懇諭して、ことなくおさめた。

輝幸のよろこびは言うまでもない。しげしげと吾妻郡に出かけて行っては、次第に秋めいて来るにつれて作物の成熟して来る田畑をめぐり歩いては、これらが租《そ》となって入って来る年の暮を思って、老いた胸をときめかした。

十

吾妻川の峡谷地帯も、沼田盆地も、あらかたとり入れがすんで、赤城連峰の巓《いただき》に雪の来る頃、昌幸のところから急使が来た。

「この頃、確かな筋から得た情報によれば、近々北条氏が沼田奪還のために軍勢を発するとのことである。当方より舎弟隠岐守信尹を大将として差しつかわす故、力を合わせて防戦あるべし。万一、信尹到着前に敵押寄せたらば、必ず城にこもってずいぶん堅固に防戦あるべく、決して城を離れて戦ってはならない」

という口上であった。

輝幸は利根川沿いの道々に遠く厩橋の向うまで見張の兵を出して警戒する一方、本丸の掃除をして、信尹の来るのを待った。

数日の後、先ず軍勢が到着し、その翌日、信尹が到着した。それは十月二十二日であったと、『羽尾記』は記載している。

信尹は三十四五の男だ。たけが高く、色が白く、鼻が高く、凹んだ目が茶色で、ひげが濃くもじゃもじゃと頬のあたりに渦を巻いているが、いくらか赤みをおびているので、輝幸は昔武者修行して天下を歩きまわっていた頃、九州で見た南蛮人に似ていると思っている。

輝幸は出迎えて、あいさつした。

「ご苦労でござる。安房守殿のお知らせをいただくとすぐ、厩橋の向う倉賀野、岩鼻のあたりまで、見張の者を出していますが、まだ敵の姿は見えぬとのことでござる」

「ああ、さようでござるか、さすがに一族の長老、ご老巧なお手くばりであります。若年者でござれば、よろしくお引きまわしのほど、お願いいたします」

と、信尹は至って鄭重であった。

その夜は、輝幸は本丸に伺候して、酒を酌みながら、さし迫っての戦さの相談や、それが済むと懇親話をして、ずいぶん更《ふ》けてから、二の丸に帰って来た。

翌朝は昨夜の酒気が少し胸にのこって、気分が重かったが、いつもの通りに早く起き、つめたい水で顔と全身を洗って気力を回復した。

食事をすませてしばらくすると、羽根尾から一族の隼人正《はやとのかみ》正幸という者が来た。夜通し馬を飛ばせて来たとて、馬も本人もほこりだらけになっていた。

輝幸は息子の中務幸貞とともに会った。

「不思議な風説を聞きましたので、お知らせにまいったのです」

と、前置きして、隼人正の言ったことはおどろくべきことであった。北条方が近々に押寄せて来るのでその防ぎのために信尹がつかわされたというのは言立てで、本当は輝幸父子を討取るためであるという、まことにゆゆしいことで、まことしからず覚えるが、万一のことを思って、馬を走らせて来た、ともかくもご油断はあるべからずというのであった。

輝幸はからからと笑った。

「房州がおれを討取るじゃと？　なんのためによ。房州にとっては、おれはずいぶんためになっている男じゃ。おれを打殺して、何の得が行こう。阿呆なうわさ立てるやつがいるのう」

「拙者もそうは思うのでござるが、説をなすものは、ご老体がこの前、岩櫃城を返してほしいと申された時から安房守の心に変化がおこって来たと申すのです」

輝幸は一層笑った。

「おれは岩櫃を返してくれと言うたのだが、房州は六郷だけをのぞいた吾妻郡全部をくれた。房州はおれが心を攬《と》って、なお働かせるつもりでいるのよ。変化ならこれが変化。悪い変化であるものか」

「そう申されればそうですが」

「せっかく知らせに来てくれたは礼を言わねばならぬが、この知らせは役に立たんのう」

ずっと黙って思案にふけっていた幸貞が、口をひらいた。

「父上の仰せられることは道理でありますが、一応隠岐守殿の様子をさぐることは、この際必要ではありますまいか。うわさのあるところには、実のあることが多いものでありますから」

「よかろう。その要はないと思うが、その方どもの念ばらしのためじゃ。誰かれと言おうより、隼人正、そなた本丸に行って、お手伝いのためにまいったというて、隠岐に会い、様子を見てまいるよう。ちょうどよいわ、そのほこりだらけな様子でまいれば、隠岐も信用してくれよう。ハハ」

と、輝幸は笑った。

「かしこまりました」

隼人正は、本丸に出かけて行ったが、なかなか帰って来ない。

しかし、輝幸は疑わなかった。

「大方、引きとめられて、酒でもふるまわれているのであろう」

と言っていたが、中務幸貞は大いに疑惑した。

「念のためでござる。今一応つかわしてみましょう」

と言って、家臣の富沢某という者をえらんで、旨を含めてつかわした。

これもかえって来ないばかりでなく、本丸の方がさわがしくなったかと思うと、家来共が、本丸の様子がおかしいと知らせて来た。

輝幸は居間を立ち出で、本丸の見える庭の端まで出て見た。沼田城は三つの大河のつくるデルタ上に位置しているので、濠に水を引くのは至って便利だ。本丸も二の丸も満々と水をたたえた濠をめぐらし、両者の連絡は濠に架したせまい橋でついている。壕は蓮や菱などすっかり枯れすがれて、つめたげな水のたたえた上を、初冬の風がわたって、さざ波を立てていた。その濠をこえた向うに枯草の土居があり、柵を結ってあるのが本丸だが、なるほどそこの様子がものものしくなっている。葉の落ちつくした木や松などの生えたそこにいる兵士共のこちらを見ている様子が緊張し切っている。戦いを前にした場合の興奮の姿であることは、輝幸にはすぐにわかった。

うわさはまことであったのか、さては房州がおれの望み以上に吾妻郡全部をくれたのは、おれをあざむいて安心させるためであったのか、それとも、その後に讒言《ざんげん》するものがあって疑いはじめたのか、などと思いながらも、至って平静な様子でしばらく凝視してから、座敷にかえり、息子に命じて、安中勘解由《かげゆ》という家来を呼んで来させて、安中に言った。

「今朝方、羽根尾から隼人正正幸が来て、しかじかの風説がある故、用心せよと知らせてくれた。それで、様子を見るために隼人正を本丸につかわしたが帰って来ん。重ねて富沢をつかわしたが、これも帰って来んばかりでなく、本丸の様子がいぶかしい色を見せて来た。隼人正が知らせてくれたことは実正で、定めて二人とも討取られたのであろう。不慇千万なことをいたした。しかしながら、天も照覧あれ、わしは討取られねばならぬほどの悪心を房州に抱いたことがない。必定、讒者《ざんしゃ》の佞言《ねいげん》によって房州は惑わされているのじゃと思う。その方、大儀ながら今一度本丸にまいって、隠岐に会い、わしが心の曇りないことを申して来てくれい。危ない故、軍使となって行ってくれい。軍使を討たぬは古今の法じゃ」

と、懇々と言いつけた。

「かしこまりました」

安中は小具足姿になって、童子一人を供につれて本丸に向かったが、二つの丸をつなぐ狭い橋の中ほどまで行くと、二人の武者がばらばらと本丸の門を駆け出して来て、橋の袂《たもと》をかためた。一人は槍を持ち、一人は薙刀《なぎなた》を持っている。その穂先きがきらきらと輝いた。

覚えず安中がためらって立ちどまると、二人武者は穂先きをそろえて、馳せて来る。

「軍使でござるぞ！　軍使でござるぞ！」

と、安中はさけんだが、耳にかける模様はなく、ひたすらに突進して来る。安中は覚悟をきめた。

「わッぱ！　汝《われ》は早く逃げかえって、能登守様に、このことを申し上げい！」

と、少年にさけんでおいて、刀を抜きはなち、真向にふりかざしながら、突進して行った。

「エイヤ！」

さけんで、安中は槍をはね上げてふみこみ、薙刀を持った方に斬りかかったが、相手は薙刀の先きにかけて刀をはね上げた。同時に、槍がうなりを生じてはらって来て、横ざまに、したたかにぶったたいた。安中はらんかんをこえ、まっさかさまに、しぶきを上げて、濠にたたきおとされた。安中はここで死にはしなかった。濠をおよいで二の丸に逃げかえったと、『羽尾記』にあるが、それはもうこの小説には縁がない。

逃げかえって来た安中の従者の少年から、様子を聞くと、輝幸は中務に言った。

「勘解由が軍使であると名のったに、そのあしらいをせず、討取ろうとしたのは、隠岐が飽くまでもわれらを討取る決心で来ていることを語っている。われらに逆心があるなら、討取られてもしかたのないことじゃが、われらには毛頭それはない。まことに無念である。その上、わしには文しかおらぬが、そちには妻子がいる。その子はわしがためには可愛い孫じゃ。ここは死んではならぬところじゃ。一先ず迦葉山《かしようさん》にのがれて、身にあやまりのないことを房州に申訳しよう。身にあやまりのないのは実正である故、聞きわけられぬことはあるまい。もし、それでも聞きわけられねば、腹切ろう。死に急ぐことはないぞ」

輝幸の逃げようという迦葉山は、沼田の北方十二三キロにある高さ一三二二メートルの山で、山中に弥勒寺という寺がある。

中務は父の猛威におさえつけられて、いつもあまり自分の意志を見せたことはなかったが、さすがにこの時は言った。

「安房守は智恵才覚抜群の者でござる。讒言などにまどわされて人を見損ずる者ではござらぬ。彼がもし讒言を信じたとするならば、信ずる方が都合がよいために相違ござらぬ。つまり、安房守は父上を恐れにくむようになったのでござる。いやいや、岩櫃城とその土地がほしいのでござる。こちらの所望に越えて、吾妻郡全部をくれたのは、こちらを安心させて出しぬくためであったのでござる。父上ほどの武勇の人が、空だのみして未練なふるまいを見せ給うこと、残念でござる。いさぎよく二の丸を守って血戦して、討死いたすがようござる」

と、中務は辞気ともに壮烈であったが、輝幸は首をふった。

「おれはもうこの年じゃ。いのちなど、露おしくはないが、孫が不愍じゃ。女の子のことなれば、生命《いのち》を取られることはあるまいが、寄るべない身となっては、年頃になっても、よい家には嫁に行けぬ。助かるものなら助かり、言訳の立つものなら立てたい。おれの言う通りにせい」

と言って、中務を説き伏せ、家来共を集めるように命じた。

輝幸は甲冑をつけて、文を呼んだ。

「その方は女のことであれば、敵は何ともしはせぬ。中務の女房子供らと一緒になってあとにのこり、後の吉左右《きっそう》を待て。わしの推察の通りに運ぶなら、そう遠からぬうちに、再会出来るはずである。からだを厭《いと》えよ」

と言い聞かせた。

文は泣いて、うなずくばかりであった。

「しばらくさらばじゃ。くれぐれもからだを厭えよ」

輝幸は居間を立って、縁際まで引きよせさせた馬にまたがって、中門を出た。百五十人ほどの家来共が、中務にひきいられて集まっていた。その前に馬を立てて、輝幸は言った。

「これから城を出て立ちのくことにする。おれが先頭に立つ故、皆々ついてまいればよい。おそらく、おれが一太刀二太刀打つだけで、敵は恐れて近づかぬであろう故、その方共も強いて戦うにはおよばぬ。ただ、敵が打ってかかったらば、ずいぶん手きびしく戦え。中務は殿《しんが》りせよ」

すでに出発することになった時、中務の娘が走り出して来て、中務の草摺にすがって泣き出した。連れて行ってと泣くのである。すぐ女中が出て来て引きはなしたが、娘ははげしく泣きつづけて、こんどは祖父の方に来ようとしてもがいた。

この娘は夏野より一つ年上だったので、夏野の死んだ後、輝幸は大へん愛した。父を慕って泣きむせぶのを聞くと、老いてもなおたくましい輝幸の胸はうちから掻きむしられるように苦しくなった。

「よし、よし、さらば召連れよう。馬引け」

といって馬を連れさせて来て、金銀を入れた小袋を娘の腰につけさせ、馬にのせ、馬丁を一人つけて口綱をとらせた。

「その方は何をするにもおよばぬ。おくれぬようにしてついて来るだけでよいのだ。心得たか」

「心得ました」

こうして、二の丸の門をひらいて、突出した。

門前には真田勢がひしひしとつめかけていたが、輝幸が黒革縅《くろかわおどし》の鎧に黒塗の冑、漆黒の馬に黒鞍おく、という黒ずくめの姿で、さっと馬を乗り出すと、威風におそれてむらむらとひらいた。輝幸は三尺三寸のあの茶臼割をぬいて肩にかけ、左に手綱をとって、悠々と馬を打たせる。肩にかついだ刀身だけが、すべてが黒い中に白く、時々きらきらとかがやいた。威風はあたりをはらった。百五十人があとにつづく。無人の野を行くようであった。

しかし、当時の武士である。恐れてばかりはいない。自らが恐れていると気がつけば、何くそ！と反撥する者が必ずいる。そういう連中が、名のりかけては斬ってかかった。名前はそれぞれわかっている。長野舎人《とねり》、田口又右衛門、木ノ内八右衛門らだ。これらが斬ってかかるのを、輝幸は一太刀か二太刀で斬って捨てたが、このすきに他の者共も従兵らに攻撃をかける。混戦になって、討取られる者が多数あった。中務の娘の乗った馬も、いつかはぐれた。これは馬丁がわざとはぐれさしたのである。馬丁は道ばたの畑の中に馬を引きずりこみ、娘を馬から抱きおろし、腰につけていた金銀の小袋をうばいとり、幼い主人をそこに打ちすてて逐電したと『羽尾記』にあるのである。

輝幸一行は追いすがる敵を討ちすて討ちすて、迦葉山への道発知《ほっち》の尾名坂の北まで来たが、もうこの頃には従兵は一人のこらず討取られたり、逃げ失せたりして、父子二人になっていた。二人はかさにかかってせまる敵を斬り散らした後、父子同音に謡《うた》いをうたいながら、敵の死骸に腰をかけ、さしちがえて死んだ。

時に天正九年十月二十三日、短い冬の日が沈もうとする頃であった。

この沼田が真田家に所属するか北条氏に所属するかの問題が、真田家と徳川家とが敵対する原因となったのであり、豊臣秀吉の小田原征伐の動機にもなったのであり、さらにずっと後年関ケ原合戦の時、真田家が西軍に味方して、秀忠の大軍を信州上田城で防ぎとめて、秀忠を関ケ原大会戦の間に合わせなくした遠因ともなり、ひいては秀忠は危うく家康のあと目相続を棒にふりそうになったのである。

沼田はその最初から、真田家の執念のかかっている土地なのである。

刑部忍法陣

山田風太郎

山田風太郎　1922～2001

兵庫県生まれ。少年時代から受験雑誌の小説懸賞に応募、何度も入選を果たしている。東京医科大学在学中に、探偵雑誌「宝石」に応募した「達磨峠の事件」でデビュー。ミステリー作家として活躍するが、1959年刊行の『甲賀忍法帖』からは、超絶的な忍法を使う忍者の闘争を描く“忍法帖”シリーズで一世を風靡する。1975年の『警視庁草紙』からは明治時代を舞台にした伝奇小説で新境地を開き、その後『室町お伽草紙』、『柳生十兵衛死す』などの室町ものに移行している。晩年には、シニカルな視点から人生を語ったエッセイも執筆している。

一

「拙者、左衛門佐《さえもんのすけ》さまお手飼いの猿飛佐助と申すもの」

輿の傍にただ一人ついていたずんぐりむっくりした男が、笠をとって挨拶したが、大谷刑部《ぎょうぶ》はその男にはまったく眼もくれず、きっと輿の方を見ている気配であった。

「主人申しつけによって、奥方さま、信濃よりはるばる北陸路をおつれ申してござる」

刑部はやっといった。

「鞆絵《ともえ》、なにゆえ帰って来たぞ」

しゃがれた、不透明な声である。刑部は白い綸子《りんず》の頭巾をかぶっていた。世にある種の頭巾ではなく、頭からすっぽり肩までかぶった布に、二つ穴をあけて、わずかに眼ばかりのぞいた異様な姿であった。その眼も銀の一線のごとく細くて、眼のまわりは何やらあいまいである。

大谷刑部吉隆、越前敦賀《つるが》の城主である。この慶長五年の春、所用あって二、三日のうちにも大坂へ出立しようとしているところへ、突然城門の番士からの報告であった。おととし信州上田の真田家へ嫁にやった娘の鞆絵が帰って来たというのだ。

それで、本人みずから本丸の口まで出て来たのだが。――

「…………」

輿から下りて、地上に手をつかえた鞆絵は、さすがに驚きの眼を大きく見ひらいていたが、しかしとみには声も発しなかった。

父の刑部が癩《らい》にかかったという知らせが信濃へもたらされたのは、彼女が輿入れしてからまもなくのことである。そのため、ちょうどそのころ太閤死去直後の動揺いちじるしい豊臣政府の役職から一切身を引き、敦賀に隠退するというのであった。むろんその報には驚き、しかしまさかそんなことが偽りであろうはずもないので、その後次第に信じつつ案じて来たが、いま現実に覆面の父を見て、彼女はいうべき言葉も失ったのだ。

ただ、刑部の方も、しばし黙って輿の方を凝視していたのは、ただ嫁にやった娘が突然はるばる帰って来たというためばかりではなく、その容姿に別れて二年経過したというだけではない、微妙な変化を認めたからであった。

それについての問いを投げようとする前に、上田からついて来た従者がいった。

「奥方さま、御懐妊ゆえ、おつれ申しました」

「——ほ」

さすがに、細い眼がやや大きくなって、かがやいた。

「それは、めでたい、よう帰って来た！」

といって、すぐにまた、

「しかし、それならいよいよ以《もっ》てなにゆえに？」

と、きいた。従者は答えた。

「こちらでお産をなされた方が御安泰でありましょうなあ——というのが、真田の大殿さまのお考えでござりまする」

上田城主、すなわち真田安房守昌幸――鞆絵の舅《しゅうと》のことである。

それはなぜか、ときくより刑部は、はじめてこの真田の家来に眼をやった。

まだ若い。二十過ぎだろう。背はひくいが、よく肥《ふと》って、ピチピチしている。いかにも愉快そうな童顔をしているが、くりっとした眼には不敵な光があった。袴もつけず、膝までのつんつるてんの山着みたいなものを着て、大刀こそ一本落し差しにしているが、一見したところ侍とも見えず、山国の猟師といった風態だ。気がついてみれば、信濃から北陸道を、輿のかつぎ手は別として、供はたったこの若者一人らしいが、その眼を見れば、なんとなくなるほどと思わせる。いたずらッ子みたいな瞳の中に、ふしぎにけものめいた光を放つ瞳孔があった。

異形の刑部を見る眼も、その不敵な、いたずらっぽい、けものめいた光を失わない。

「猿飛――とか申したな」

「はじめて御意を得まする。佐助と申します」

「鞆絵が上田で子を産んではなぜ危ないか」

「それは、刑部さまの方がよく御存知でありましょうが」

そして、この若者は、ふふっ、と笑った。

じっと頭巾のあいだから、それを――どうやら視力もあやしげな感じで眺めていた刑部は、ふとまわりの侍臣に気がついて、

「まず、来い」

とうなずいて、先に立って城へ入っていった。

二

信州上田城の真田父子。――

刑部が娘を縁づかせたのは、次子の左衛門佐幸村で、昌幸はその父だが、むろんこのころには父の昌幸の方がよく世に知られている。恐ろしいいくさ上手として、またひとすじ縄ではゆかない老獪の臍《へそ》まがりとして。

もと武田信玄の侍大将であったが、武田家滅亡後、上杉、北条、徳川などの角逐の中に、ときには北条について上杉とたたかい、ときには上杉と結んで北条とたたかい、しかも決して弱者として使役されるのではなく、徹頭徹尾自領保全の方便として、一の力を利用して他をしりぞけ、よく信濃の一劃の小天地と辣腕無双の名を残した。

東国が徳川の勢力範囲になってからもこれに屈せず、しばしば徳川軍をからい目にあわせ、のちに秀吉の斡旋でようやく長子信之を家康に仕えさせたものの、なお徳川何するものぞとそらうそぶいているところがある。煮ても焼いてもくえない老武将であった。そしてまた子の左衛門佐が、いくさと叛骨にかけては父に輪をかけた男であることは、だれよりも刑部がよく承知している。

その真田父子が、身籠った嫁を返して来た。上田で産んでは危ないという。その理由は刑部が知っているはずだという。――

改めてきけば、どうやら靹絵は懐妊三、四カ月にあたるらしい。

その夜、刑部は猿飛佐助という男を、天守閣の高い一室に招いた。

「佐助、安房どのはやはり徳川に弓ひかるるおつもりか」

と、刑部はきいた。佐助は答えた。

「されば、いままでのゆきがかり上、徳川の天下となれば真田はない――少なくとも信濃に真田の国はない、とのお考えで」

「徳川の天下、と申して、家康どのはいま大坂におわし、あくまで秀頼さまのうしろ盾として豊臣家をもりたててゆこうとなされておるではないか」

「ふふっ」

佐助はまた例の人を小馬鹿にしたような笑い声をたてた。そして、刑部の言葉にはとり合わず。

――

「大殿には、世に大乱起るはこの秋、いや、ここ二、三カ月のうちと見ておいでなされまする」

といった。

大乱とは何をさすか。いますでに奥羽に於いて上杉景勝が徳川に対してしきりに戦備をいそぎつつあるという噂がかまびすしいが、それが発火点になるというのか。それでは真田昌幸はその景勝と相呼応しようというのか。――

尋ねるか、と思ったら、刑部は何もきかず、わずかにあけた窓の明り障子から、夜の大空と海を見ていた。

この敦賀の城は金ヶ崎という岬の上にあり、古来、雨のふる夜はここから海に、城や騎馬群の幻が見えるという伝説がある。南北朝のころ、新田や足利の合戦が行なわれたという史談から出たことか、或《あ》るいは日本海によく見られるという蜃気楼のたぐいの変形したものか。しかしこの夜、海の上には春のおぼろな満月だけがあった。

ひるま、はじめてこの覆面異形の武将を見たときには平然としていた佐助も、このおぼろ月の天守閣に寂然と坐っている同じ人に、このときわけもわからず惻々《そくそく》たる妖気をおぼえた。——

そもそもこの大谷刑部という人物が、ただの豊臣家の一大名ではない。ひとすじ縄ではゆかない真田父子が、あえてその娘を迎えて縁を結んだだけのことはある武将だ。

生まれは豊後、大友宗麟につながる出身という。十六歳にして、当時姫路の城主であった羽柴筑前守の小姓となり、その聡慧機敏を以て石田三成とともに信寵を受け、吉隆という名も秀吉の吉をとって与えられたほどである。そしてまた秀吉の天下制覇とともに、その奉行の一人となった。

秀吉の晩年、豊臣家の諸将は、加藤清正ら武将党と、石田三成ら官吏派に分れて内争したが、経歴上、表面的にはこの刑部吉隆はむろん後者に属する。事実、彼と三成は小姓時代以来の盟友として知られている。にもかかわらず。——

武将派はもとより、家康までがこの刑部だけは三成とはちがう眼で見ていた。とくに家康は深く心をかけた。当時の諸書にも、この両者がいかに親近であったかがいろいろ記されている。

「大谷刑部吉隆は頃年《けいねん》大神君御懇意云々」（家忠日記）

「大刑少（大谷刑部吉隆）内府様へ御出頭の由《よし》、珍重に候《そうろう》」（直江山城答書）

刑部の方でよしみを通じたのか、家康の方で誘ったのか、いずれにせよ刑部がただの人物ではなく、また家康もたんに石田派切崩しの方便としてこれを利用したというより、刑部自身に家康をひく何かがあったことは、この後に於《お》ける彼の行状を見ればあきらかだ。

事実彼は、秀吉生前からただの寵臣ではなく、しばしば無遠慮な忠言をこころみて秀吉のきげんをそこねたという。——しかも、そのころは堂々の美丈夫であったといわれるが、いまはその面貌はおろか、年のころもさだかでない。ただし、これでまだ四十二歳、ということは佐助もきいている。

「佐助」

ややあって、刑部は頭巾の顔をもとにむけていった。

「うぬが来たは、ただ娘を送るためだけではないな」

「御意」

と、佐助はちょっと頭を下げた。

「わしを真田と共謀させようと思うてか」

「御意」

頭巾のあいだの細い眼がまばたいた。相手の言葉よりも、その恬然とした態度にややめんくらったようだ。

「同心させて、上方でわしに徳川どのへ謀叛《むほん》させようというのじゃな」

「仰せの通りです。ただし、徳川に謀叛という言葉はあたりますまい。刑部さまの御主家は豊臣家のはずでござりますするから」

刑部は苦笑した。

「しかし、わしにここで騒動を起せと望むならば、娘の安全をはかるために送るという口実と矛盾するではないか」

「刑部さまはきかれまい、と左衛門佐さまは仰せられております」

佐助はにやにや笑いながらいった。

「太閤殿下御他界なされるやいなや、病いに名をかりて、豊臣徳川の争いから韜晦《とうかい》をはかるほど利口な刑部どのゆえ、とも申されました。もっともこれは大殿さまのお言葉で」

「病いに名をかりて？　ばかめ、仮病ではないぞ。――」

刑部の声はかすれた。

「仮病であったら、どれほどよかろうか」

「いや、それがどうやらまことらしいことは、拙者も認めました」

佐助はいったが、眼はなおくいいるように頭巾のあいだをのぞきこんでいる。

「それゆえ奥方さまをお送り申して参った次第でござりまするが、安房守さま左衛門佐さま御本心のお望みは、右申したごとくに相違ござりませぬ。されば、佐助、そのお心をくんで、何とぞ刑部さまに御改心、いや御決心のほどを願いあげたく。――」

この若者がただものではないことはすでにあきらかに看取されていたが、こうまで押しがふといとは――と、やや刑部も呆れたようだ。

「うぬは内府をただのお人と思うておるか。信濃の山猿の人おじせぬにもほどがある」

と、いった。

「太閤殿下すら、さてさて黐《もち》にても網にてもとられぬお人かな、と持ち扱いかねられた智勇兼備の英雄であるぞ。このお方に向って弓矢に及ぶとは、あたかも壁に卵を投げるにひとしく、沙汰のかぎりじゃ。ましてやこの一小大名の刑部ごとき。――」

「石田治部少輔さまがおわします」

反家康党《アンチ》の首魁石田三成は、いま大坂にあるが、寂としずまり返っていて、一見そこからなんの風雲の立つ気配もない。

が、ここまで機微にふれることを、公然の秘事のごとく平然と口にするこの信州の山侍に、刑部の眼が銀色にひかった。

「治部少か。あれはわが友、いかにも当代切っての大才物じゃが、しかし天下をとるという器ではない。天下をとるには、あれはあまりに切れ過ぎ、人に憎まれ過ぎる。――」

しかし、その声には、悪口というより、あきらかに友情に発する憂いのひびきがあった。

「まかりまちごうて、石田が天下をとるとする。いや、味方となった者も、あれに天下をとらせはせぬ。御幼君の秀頼さまとおん母公淀君さまの御後見というかたちをとらせるであろうが、この淀君さまがまた、高台院さまとちごうて万民に仰がれるようなお方ではない。恐れながら、ひっきょう新しき大乱のもととならせ給うは必定ともいうべきおん女性じゃ。淀君さまと石田治部両人の支配する天下、わが親しき人々ながら、思いやるだに戦慄のほかはない。――」

「………」

「もとよりわしが豊臣家の滅びることを欲するわけがない。それどころか、豊臣家の御安泰を祈ればこそ、すべては内府におまかせするのが唯一第一の法と信じておるのじゃ」

つぶやきつつも、刑部はしかしほかのことを考えている風であった。

「佐助とやら」

「は？」

「わしは、二、三日のうちにも病体をおして大坂へ立つところであったよ」

「――は」

「打明けて申せばそのことよ。治部に妄動すなと忠告し、かつまたもし妄動するならばこの刑部は、豊臣家のためにも徳川家につかざるを得ぬ、ということを断わりにゆくためじゃ」

　刑部はいった。

「しかるにいま、信州の真田父子が妄動しようとしておることをきく。いや、そんなこともあろうかと、実は案じておった。怖れはまことになったわけじゃが、あの親子、わしが申したとてきく気性ではない。されば、うぬがこちらにまかり越したのを幸い、うぬをこれより大坂へつれていってやろう」

「――な、なんのためでござりまする？」

「真田や石田が維持しようとする豊臣家なるものの実体を、何かにつけて見せてやるためよ」

「へっ？」

「そして、うぬの見たところを、そのまま真田父子に告げよ。信濃の妄動に水をかけるには、それがいちばんの法であろう」

　猿飛佐助は腕をくみ、ひとりごとのようにいった。

「木乃伊《ミイラ》とりを木乃伊《ミイラ》にするとはこのことか」

「佐助、ところで、おまえにききたいが、うぬは真田家で何の役をつとめておる？」

　佐助はわれに返り、まんまるい眼をあげ、にやっと笑った。

「忍びの者で」

「なに、忍びの者？」

三

真田家の忍びの者。——

そうと知ったから刑部のさせたことであり、かつまたその指図以上に佐助に出来た行為であった。淀君の居室の天井裏に、刑部もろともひそむという離れわざがである。

慶長五年四月の大坂城。

太閤他界して二年とはいえ、その遺児秀頼と母公淀の方はすこやかにここにあり、かつ家康も同じくここに腰をすえて、巨城の重みは毛ほどもゆるがないかに見えた。諸大名ことごとく織るがごとくにこの城に参礼し、その対象たる八歳の秀頼のそばには、つねに咲きほこる大輪の牡丹のような淀君か、養父のごとき家康の温顔があった。

大谷刑部少輔吉隆参上。——

その声は、連日波のように東西から諸大名の伺候する中にも耳目をひいた。

一つにはこの人物が妖病を患って、ここのところ北の領地に隠栖し、長らく人々の前に姿を現わさなかったという事実からの好奇心に発したものであったが、もう一つは、彼自身の重み、加えて——内実は豊臣か徳川か、いずれかに大別される諸大名の中にあって、珍しくそのどちらとも判じがたい、むしろどちらにも属すると見られる立場にもとづくものであった。

たった二つ、穴があいただけの頭巾、城中にあっても手袋のごときものをはめているというぶきみな姿にもかかわらず、人々が争って挨拶に来たのもそのためである。

むろん、刑部は秀頼に謁し、家康に謁した。家康にいたっては、この業病の武将のそばへやって来て、あわやその手をとらんばかりであった。

家康はそのとき刑部にどんな言葉をかけたか、これに対して刑部が何を約束したか、また刑部がやはり大坂にあった三成に逢って何をいったか、刑部の侍臣といった顔をしてそばにくっついていた佐助はすべてきいた。一つは想像通りであり、一つはかねてきかされていた通りであった。

ただ少々意外であったのは、絶縁状ともいうべき口上を投げつけられた三成が、一見、白面の才子と見えるのに、

「刑部。それはおぬしの疑心暗鬼じゃ。なんでわしがそのような大それた乾坤一擲の暴挙を企てようか。心配するなといいたいが、思いもよらぬことゆえ挨拶のしようがないわ」

と、平然と笑っていたことだ。

しかし、特記すべきことは別にある。

大坂城に泊っている一夜。――刑部が佐助に、淀君の居室の天井裏にひそんで見ることを命じたのだ。さすがに夜ではなく、それが夕刻のことであったのは、刑部らせめてもの慎みであったろう。

「真田父子を翻心させるためには是非もない」

と、刑部はいった。

ともあれ、敦賀出立以来、この若者の驚くべき軽捷な体術を実見するに至っての着想らしかった。

しかるに、これに苦もなげにうなずいた猿飛は、

「御説明役に、刑部さまもごいっしょにいかが？」

と、笑っていい出したのだ。

「ばかめ」

「御覧なされ」

猿飛佐助はふわと躍り立った。刑部は頭巾の中で、「あ」とさけんだ。佐助はそばにあった雪洞《ぼんぼり》の

上に鳥のごとくとまったからだ。細い木と竹と、薄い紙から出来た細工物の上に。ずんぐりむっくりしたからだに似合わぬ身の軽いやつ、とは見ていたが。——

「刑部さまを負《お》ぶっても同じことでござる」

ややあって、刑部が、

「病いがうつるぞ」

といったのは、佐助の思いつきと体術にすでに心をとらえられたあらわれであった。これに対して佐助は、「ふふっ」と例の笑いを笑った。

で、佐助は刑部を背負って、大坂城の部屋部屋の天井裏を動きはじめたのである。天井は鼠の走るほどの音もたてなかった。そして彼らは淀君の居室の上に達し、やおら佐助のとり出した錐のような道具で、まるでとろけるように四個の穴をうがって、そこから下をのぞくことになったのだ。

「……ふっ」

佐助は、刑部にしか聞えぬ声だが、そんな息をもらした。

下では二人の男女が、ぴったり顔を重ねているのが見えたからだ。顔は重ねていたが、何とも不自然な構図ではあった。

女は脇息にしどけなく身をもたせたまま、首をうしろにねじまげ、男はその背後からかぶさるような姿勢で口を吸っていた。——顔を離してあえいだのは、まず男の方であった。

「ひ、人が参ります」

「よいわ」

と、女は平気でいった。

「愛《う》いやつ。……もういちど」

そして、白い腕を蛇みたいにくねらせて、男の首をまたかかえこんだ。

「——見たか」

と、刑部がささやいた。

「かねてより噂はきいておったが、まことであった。いや、それをきょうここで見ることになろうとは、はからざりき天の配剤。じゃが、それをおまえに見せたことを、見せた甲斐《かい》があったというよりも、わしの腸《はらわた》がねじれるようであるぞ」

この刑部ほどの人間が、たとえ抑えているとはいえ、こんな激情を秘めた声を出すのは珍しい。

「太閤さまが泣かれよう。見よ、これが天下の女あるじの所業じゃ。わしも泣かずにはおれぬ」

沈毅重厚ときこえたこの刑部の本質は、存外多血多感なのではなかろうか、とふと佐助は感じた。

しかし、豊臣の家来たる者なら、だれでも長嘆瞑目せずにはいられない光景にはちがいない。女人はいうまでもなく淀君だが。——

「あの男は？」

「大野修理という小姓じゃ」

そのとき、唐紙の外で声がした。

「入りゃ」

と、淀君はいった。大野修理はすばやく、それ以前からの——淀のお方の肩をもむ、という動作に返っている。三十をやや出たくらいの美しい侍であった。

老女が入って来た。

「大蔵卿の局《つぼね》」

刑部が教えた。

「修理の母じゃ」

大蔵卿の局は、赤い顔をして淀君の肩をもんでいるわが息子をちらと見たが、それに対しての表情は見せず、淀君の前に坐った。

「お方さま、先刻本多佐渡どのがまた参られてのお話でござりまするが」

懊悩にみちた表情で老女はいう。——

「例の件、もういちどお考えいただけぬかとのことでござりまするが」

「わたしが内府の妾《めかけ》になるということかえ？」

淀君はきっぱり答えた。

「それは、ことわった」

「御側妾ではありませぬ。内府さまには御台がおわしませぬもの。——それよりも佐渡守どのは、それこそ豊臣家の、ひいては天下の静謐のための唯一の法と仰せられるのでござりまする。しかも、その機は今をおいてなく、あと半年もたてばもう時遅れると。——」

「ホ、ホ、家康どのはたしかことし五十九か六十、かれこれ殿下御他界のおとしに近いのではないかえ。時たてば機に遅れるとはそのことか」

冷然と笑った。まるで、氷の花だ。氷のような誇りと花のような妖艶さと——こんな女人は生まれてはじめて見たと、猿飛佐助は天井裏でうっとりした。

「大蔵」

「は、はい。――」

「佐渡はのみこみの悪い男らしい。はっきりいってやりゃ。家康どのは秀頼さまの家来ではないか。ちゃちゃを、子の家来の妾になるような女と見下したか。もしそうならねば豊臣家が滅ぶとあれば、すすんで豊臣家を滅ぼそう。そして秀頼もろとも炎の中に死んだなら、地下の太閤さまも、必ずや、ちゃちゃ、ようやった、それでよい、と笑ってお迎え下さるであろうとな」

そして、彼女はうしろの修理の首をとらえて、その母のまえで、傍若無人な、甘美な唇の音をたてた。

「これはわたしの奴隷じゃ」

淀君は笑った。

「わたしにとっては夫はただ故太閤さま以外にない。――」

四

「来てよかったか、来て悪かったか。――」

大坂から去ってゆく輿の上から洩れた痛嘆であった。

大谷刑部は覆面の上から、さらに深い笠をかぶっているが、何となく異様な姿であるのに変りはない。とはいえ、むろんその前後に数十人の武者が従っているのだから、往来で立ちどまってしげしげと見まもる者はない。

しかし、この嘆きの声の意味を知ったのは、そばについている猿飛佐助だけであった。側近の湯浅五助をはじめ大谷家本来の侍たちはそのことについてはいささか不満のおももちであったが、しかしこの業病のあるじの思慮にすべてをゆだねているらしく、黙々として従っている。

刑部が大坂に来てよかったというのは、家康に豊家を託し、三成に釘をさしたことなどで、来て悪かったというのは淀君の行状を見とどけて、いっそう不安をおぼえたということであろう、と佐助は考えた。

「ああ、石田の人物が、たとえ器量半分でも内府に似ておったら喃《のう》」

と刑部はつぶやいた。

「そしてまた、淀君さまが高台院さまのようなお方であったら。……」

そして刑部は、京の宿舎についたとき、

「高台院さまに御挨拶に参る」といった。

これは、そのとき突然思い立ったことではない。ゆきは大坂へひたすら急いだから京をただ通過したが、帰路には予定していたことであった。高台院とは太閤の北政所、すなわちねねの出家した名で、正しくは高台院湖月尼という。

太閤歿するや、それまで数十年、よくその風雪を共にした北政所は、大坂の城をさらりと淀君と秀頼にゆだね、おのれはここ洛東の真葛ヶ原の南に一寺を建て、ひっそりと一人住んでいるのであった。

ひっそりと――というのは彼女の望みであったかも知れないが、しかし事実は、曾《かつ》て北政所党とさえいわれた豊家武将派は何くれとなく訪れるし、それにまた家康がひどく彼女に気をつかって至れりつくせりの世話をするので、好むと好まざるとにかかわらず、ここが大坂をめぐる政治の台風の眼の一つになっていることは否定出来なかった。

世間的には大谷刑部は、淀君党すなわち官僚派に属しているが、高台院に対する敬意は武将派に劣らず、さればこその参礼で、そういうことは高台院もよく理解して、特別のよろこびを示したのであろう。夕刻、宿舎に帰って来た刑部は、覆面していても、佐助にもわかるほどの満足ぶりであった。

「思いは同じじゃ。高台院さまほど真に豊家のゆくすえを案じておわす方はない。……」

彼はだれにともなくつぶやいた。それからまた。――

「さるにても、思えばあのお方ほどお気の毒な女性があろうか。大坂の城は太閤さまとあのお方との一生の結晶、そこから石もて追わるるがごとく出て、京の片隅でわびしく御晩年をお過しあそばされようとは」

「刑部さま」

ふと、佐助がいった。

「今夜、もういちどわたしといっしょに高台院へ参られませぬか」

「おまえといっしょに?」

「わたしの背中にお乗り下されて」

「な、なんのためだ?」

「小早川中納言さまが、やはり京に来ておわすはず。それが今夜高台院を訪れられると、実は殿のお留守のあいだに噂にきいてござる」

「小早川中納言さまが――ほ、しかし、それがどうした」

「金吾中納言、これが問題、といつぞや左衛門佐さまが仰せられたことがござる」

「それはどういう意味じゃ?」

「何のことやら、拙者にもわかりませぬ。ただ、そうお洩らしなされただけで――で、拙者、これを機会に、ちょっとあのお方の人物を偵察して参ろうと存じまするが、刑部さまもいかが？　いや、決して人に見つかる、などいう御心配は御無用でござりまする」

小早川中納言秀秋。——

北政所の甥である。太閤と北政所のあいだには子がなかったから、北政所は請うて豊臣家の養子とした。が、やがて淀君が子を生むや、小早川隆景の養子と変り、朝鮮役には総司令官として出征した。しかし戦線でみずから明軍に突撃して十三人の敵を斬ったということが、その軽挙元帥にふさわしからずとして秀吉に叱責され、召還されて五十二万石から一挙に十五万石に落された、と伝えられている人物である。

事実はちがう。

いかに軽挙とはいえ、陣頭に立って敵中に斬り込む勇猛ぶりを、秀吉が怒るわけがない。少なくともそんなことで、五十二万石から十五万石に落されるはずがない。

彼は戦線で——おのれが朝鮮の野戦に追いやられたのは、豊臣家相続の候補者から抹殺されるためだと邪推し、やけになり、まったく指揮をとらず、朝鮮の女を狩って凶暴な肉欲をほしいままにしたので厳罰に処せられたのだ。

当時大本営の参謀であった刑部はそれを知っている。いや、その罪を突撃の暴勇によるものととりつくろい、秀吉の怒りを柔らげる苦心をはらったのは、刑部その人であったのだ。

——敬愛おくあたわざる高台院の天井裏に忍びこむ。

刑部が佐助の背に乗って、その直前まで予想もしていなかった行為をみずからやる気になったのは、たんに佐助のえたいの知れぬ望み——ひいては真田左衛門佐の気にかかる言葉——に好奇心を起したたせいばかりではなく、右のような彼自身にも思いあたることがあればこそであった。

そして刑部はそこで驚くべき問答を耳にするに至ったのである。——

「……秀秋、相も変らず女漁《おんなあさ》りに夜も日もないときく」

厳然といったのは高台院だ。

「大事のからだをこわされては、おまえのみならず、わたしの望みもみな消えうせる。まあ、その顔色、おまえはもうどこか病んでいるのではないかえ？」

晩春の灯の下に、高台院の前に坐った小早川中納言は、まるでその名のごとく秋の人のように凄い顔色をしていた。酒が終ったところか、叔母の前でからだをぐらぐらさせている。しかし、歯をむき出して笑った。

「フ、フ、病んでおって、どうして一夜に四人も五人もの女を御し申されようか」

「——ま」

高台院は、甥をにらみ、いざり寄り、その手をとった。

「これ秀秋、おまえはそのからだを自分一人のものと思うてか。その血の中にはこの叔母の血も流れておるのじゃぞ。いえ、おまえはわたしの分身、わたしのこれからの夢は、おまえ以外にかけるものはないのじゃぞ。……」

その眼から、涙が流れ出した。

「秀秋、いましばらくの辛抱じゃ。わたしがよいというまで、少し身をつつしんでくりゃれ。太閤殿下のようになれたら、そのときは何をしてもよいではないか。……」

「太閤？　拙者が太閤？」

秀秋は虚無的な笑いをもらした。

「豊臣か、徳川か。豊臣が勝てば秀頼がおる。徳川が勝てばもとより内府の天下じゃ。どこに拙者の顔を出す余地がござろうや」

「そうではない。もとより太閤にはなれまいが、それに近いものにはなれる」

「どうしたら？」

「豊臣を滅ぼすのに、家康どのに大きな貸しを作ったら」

「——えっ？」

「その日が来るまで、待ちやと申すのじゃ」

——天井裏からのぞいていた刑部のからだがかすかにふるえた。

高台院は何をいおうとしているのか。いや、いまいった言葉さえ佐助にはよくわからなかったが、ただ見ているだけで、ぞくっと背すじに何やら流れた。おそらく刑部も同様の症状をあらわしたにちがいない。——

対面していた小早川秀秋さえも、キョトンとうつろな眼を見張って叔母を見つめた。

高台院は秀秋を見ず、宙を見ていた。このとし五十一、たっぷりとふとった温容は、秀吉生前から、太閤は全然太閤らしくないが、北政所は名実ともに北政所らしい、と評せられたくらいである。それがいま、別人のように——ものに憑かれたような悪相に変っていた。

「秀秋」

「——は」

「ほんとうはおまえなど、どうなろうとよい」

「は？」

「ただ豊臣家さえ滅びるならば。いえ、淀どのと秀頼の豊臣家さえ滅びるならば！」

闇そのものをのぞきこんでいるまなざしであった。

「豊臣家は、わたしのものであった。このねねのものであった。淀の方があらわれるまでは喃《のう》。……いまの豊臣家は、わたしの豊臣家ではない。あれは淀どのの豊臣家じゃ。燃えよ、大坂城、滅びよ、豊臣家！　ホ、ホ、ホ、ホ！」

高台院の笑い声は、黒縄地獄《こくじょうじごく》から吹きあがって来る風のようにどよめいた。

「――ゆこうぞ、猿飛」

刑部はささやいた。息までが冷たくなったようであった。

「驚きましたな」

夜の京を、刑部を背負って走りながら、佐助はいった。

「女人ふたり、豊臣家の滅ぼしくらべとは」

刑部は沈黙したままであった。

「悪女というものが、世にはあるものでござるなあ。……」

と、佐助がまた長嘆した。

「しかし、刑部さま、淀君さまの悪女ぶりは、見ようによっては壮絶、見ようによっては可憐、おそらく御当人もいばって仰せられたように、太閤さまもお笑いあそばしましょうが、一方の高台院さまは、一代の賢夫人と承ったが、これはまあまあ」

「うるさい、しばらく黙っておれ」

と、刑部は、信濃の山猿らしくないおしゃべりを背中から封じた。

五

六月二日、家康はついに会津で蠢動《しゅんどう》をつづけている上杉景勝を征討すべく布告を発し、十六日、大坂を立って東国へ向った。

敦賀でその報をきくや、大谷刑部もまた出陣の触れを出している。

「刑部さま、いずこへ？」

猿飛佐助はめんくらった顔をした。

「たわけめ、内府を追うためじゃ」

「では」

「思いちがいすな。徳川どのに参軍するためじゃ」

「えっ？」

「内府にいまにして貸しを作っておかねばならぬ」

「や、高台院さまと同じようなことを」

「人さまざま、思いはそれぞれ、他はいかにもあれ、刑部は刑部として豊臣家を護る一念をつらぬく。大谷家のためではないぞ。太閤さまの御恩に報いるはこれ以外に法はないと信ずる。——お望みはともかく、ひょっとしたら高台院さまの中納言さまへのお申しつけも、あれはあれなりに豊臣家のためになるのではないかとさえ、わしは思うておる。それに中納言さまならば、わしは抑える自信がある。ともあれ、刑部は覚悟をきめたのじゃ」

最初に佐助が見たときから、刑部はどうやらものが見えにくい気配であった。それが——京大坂への往来の過労か、或いはそこに於ける心理的衝撃のせいか、帰国以来一、二カ月のあいだにみるみる病勢が進行したようでこのごろは侍臣に手をとられて歩いている。

それで、奥羽まで出陣とは。——その姿に、ただの出陣ではない凄《すさま》じさがまつわりついて見えるのも当然であった。

「佐助、いつまで当家におる。刑部を真田にひきつけようと、いかにあがいてもむだじゃ。決して本意ではないが、これで敵味方となるもいたしかたなき次第、と帰って真田に告げよ」

「と、殿。……姫君さまがお泣きあそばしまするぞ」

娘の鞆絵のことである。刑部はかすかに肩をゆすった。

「このたびのこと、一大谷家存亡のためではないと申しておるではないか。なんの、娘の悲しみごとき。——」

そして、夜明けの城の庭に燃える篝火《かがりび》の中に出ていった。

半盲のからだを将几にすえ、遠征部隊を指揮していた刑部のまえに、またひょっこりと佐助が現われたのは、それから半刻もたたぬうちのことであった。

「殿」

「なんじゃ、おまえ、まだおったのか。もはやわしの前につらを出すな」

「姫君さまが、何やらお父上さまに申されたいと」

「いま、そのような場合ではない。——」

「それが、おからだにただならぬ異変が起りまして」

「胎《はら》の子のことか?」

「いえ、お顔に何やら。――」

「な、なに」

　さすがに刑部はぎょっとしたように立ちあがった。采配を投げ捨てて、歩き出そうとしてよろめいた。佐助が手を出した。それをふり払おうともせず、手袋をはめた手をあずけて、刑部は城へひき返した。

「父上さま」

　坐っていた鞆絵はしずかに顔をあげた。

「真田は事あれば、徳川とひといくさも辞さぬ覚悟でおります。お願いでございます。せめて大谷家は……徳川につかないで下さいまし」

　この娘が、このような言葉を発したのははじめてだが、出陣のどよめきによほど心乱れたのであろう。思い余ったかのごとくにいう鞆絵を、しかし刑部は陣刀をついたまま、黙って見下ろした。はたから見ても、霧を見すかすような凝視のしようであったが――懐胎六、七カ月、それらしいけだるさは見えるが、しかしぼうと美しい天成の顔に変りはない。

「佐助、顔の異変とは何じゃ?」

「されば」

　いつのまにか、猿飛佐助は鞆絵のそばにならんで坐っていた。それが、不遠慮に手をさしのばして、彼女の顔に触れた。――と見るや、スルスルと何やらたぐった。

　刑部は半盲の眼をかっとむいたようであった。

それも当然だろう。――まるで薄絹でも剝ぐがごとく、鞆絵の顔の表面から何かが失われて、そのあと別の顔が浮き出したのだ。

「……おう！」

刑部は恐怖のうめきをあげた。

眼鼻口はそのままながら、夜明けの微光に浮かぶ娘の顔には、淡紅色の斑紋がまだらにひろがっている。――決してえがいたものでないことは、その薄暗い光にも、刑部の視力でもよくわかった。それが何を意味するか、世に彼ほどよく知っているものがあろうか。

「さ、佐助！」

立ちすくんでいた刑部は、しぼり出すようにさけんだ。

「いままでの鞆絵の顔はどうしたのじゃ？」

「信濃忍法。――」

「え？」

「人肌外面《げめん》」

佐助は掌《てのひら》をひらいた。一塊のものを、もう一方の手でひらくと、それは掌の両側にダラリと垂れた。たしかに人間の皮膚のようであった。

「人肌より作ったものでござる」

いかにしてその皮膚を手に入れたのか、またいかにしてその皮膚からそんなものを作ったのか、などという問いを刑部は失っていた。

「い、いつから？」

「信濃を立たれる三月ほど前から——ちょうど御懐妊なされた前後でござりまする」

刑部は肩で息をした。

つまり鞆絵は信州でその症状を現わしたことになるが、しかし感染したのはそこに於てではない。八幡、彼女がまだこの敦賀に自分とともに暮していたころからに相違ない。

そもそも自分の病歴が、いちど朝鮮へ軍情視察にいってそこで癩の鮮人と接触する機会があり、それ以外に思いあたるところがなく、しかも発病はそれから数年たってからのことであったことを、彼は知っていた。

「いつ申しあげようか、いつお知らせいたそうか、と日夜煩悶しつつも、ついに口切りかねて今日にたち至りましたが、姫君さまのおからだ、そのすべてをこの人肌外面で覆ってあるのでござりまする。何なら、御覧に入れ申そうか?」

「いや、よい、よい。——」

刑部は泳ぐように手をふった。

「それで娘を敦賀に帰したのじゃな」

「あちらにおわすより、姫君さまのお苦しみ、こちらの方が薄らごうと存じまして」

決してていのいい弁明ではなく、佐助はいたましげに眼を伏せ、すぐにまたその眼をくりっとあげた。

「刑部さま。先刻、一大谷家のためでないと仰せられましたが」

刑部は耳はおろか、全身麻痺しているような姿であった。

「これでも御出陣あそばされまするか」

「………」

「徳川に貸しを作る、と仰せなされた。しかし貸し手が一族もろとも滅亡しては、借り手は借りをおぼえますまい。とくにあの狸おやじなどは。――」

おのれがいかに残酷な口上を吐いているか、全然意識していないらしい信濃の忍者の童顔であった。

そして刑部もまた、怒る気力をも失ったかに見える。――陣刀をついたままそのからだがゆらりとゆらいだ。

「天命じゃ」

ひくい、しゃがれた声が、やっと洩れた。

「わがいのちあるかぎり、わが信ずるところを踏み行なうがわが天命」

そして、唖然と口をあけて見送っている佐助をあとに、大谷刑部はかすかに娘に頭を下げ、陣刀を杖つきつつ、ふたたび、陣貝や鎧《よろい》ずれのひびきどよもす夜明けの海風の中へ出ていった。

六

敦賀を出た大谷軍二千の行動は、ふしぎな軌跡をえがいている。

六月二十日、家康は四日市から三河へ渡った。それを見すかしたかのごとく、はじめて石田三成は家康打倒の旗をかかげ、同心の大名の動員を開始した。

委細かまわず大谷軍は、徳川に加わるべく、七月二日、濃州垂井まで進んだが、このとき三成は家臣樫村彦右衛門に追わせて、刑部をおのれの居城近江の佐和山まで呼びもどした。

そして、はじめて上杉と呼応して徳川を両面作戦に追い込み、家康を倒す秘計を打ちあけ、かつまたこの春、時至らずして刑部にも隠蔽したことをわび、改めて彼の参加を要請した。

逢えば秀吉の小姓時代から日月の交わりを結んだ親友だ。

「今日ただいまをおいて、徳川を打倒する絶好の機会は来ぬ」

「いや、内府はおぬしのごときの手にははまらぬ。むしろおぬしの妄動は内府の罠にはまる愚行じゃ。考え直せ、治部」

「わしのためではない、豊臣家のためだ」

「いや、内府を敵とすることこそ豊臣家の災いのもと」

「いま敵とせずとも、未来必ず豊臣の敵となる徳川だ。刑部、おぬしは内府というお人の恐ろしさを知らぬ」

「知ればこそ、わしはあえてその腹中に入って豊臣家のために計ろうとするのだ」

「ちがう、刑部。——」

「おぬしこそ誤っておる。——」

両者、殴り合わんばかりに談じ、はては声涙ともに下り、そして結局大谷刑部は三成の請いをいれず、佐和山を立ち去った。七月七日のことだ。

しかも刑部は垂井に帰ったものの、そこから発せず、なお三日止《とど》まっていた。そして四日目、こんどは自分の方から使者を佐和山に送って、三成の翻心をうながした。

三成の決意は動かなかった。

「刑部よ、もういちど三成の陣へ来い。どうしてもきかれずば、三成を斬って、その首土産に家康どのに参ぜよ」

大谷刑部はふたたび佐和山に帰った。

そして、この日、七月十一日、ついに彼は西軍に加わることを承諾したのだ。

「われ三成とともに太閤に臣事す。金剛の契り捨てがたし。彼すでにわれに告ぐるに密謀を以《もっ》てす。われそのことの成らざるを知りてこれを捨つるは不義なり」

これがそのときの刑部の、家来たちに対する長嘆であったといわれる。

「おぬしを得たは、百万の味方よりもうれしい」

涙を流して三成は、白い手袋をはめた友将の手をとった。そして改めて両人は作戦を練り、かつ連名で諸将に檄を飛ばした。

これが関ヶ原で有名な大谷刑部の俠勇物語だが、たしかに刑部にはあえてかかる運命をえらぶ性格があったのであろう。されればこそ盲目の癩将でありながら、敵味方からひときわ重んぜられたのであろう。

しかし、このことに至るまでの彼の動きの軌跡の逡巡、停滞、反転ぶりは、それ以前の行動の沈着確固ぶりに比して、あまりに対照的である。たんに三成に対する友情以外に、彼をとらえる何かがあった。それは苦悶にみちた彼の心の軌跡をあらわすかのようであった。

事実、刑部は、頭巾でへだてられていてもあきらかに自嘲と聞える笑いをこもらせて三成にこういった。

「治部よ、遠からず子孫までが癩によって滅ぶわが大谷家、ここで天下第一の負けいくさでみずから砕くがふさわしいかも知れぬ。いや、本懐至極と申してよいな」

いったんはふり切ったと見えた娘の罹病の衝撃は、やはり刑部をとらえていたのだ。

一大谷家のためにあらず、とはいったものの親子孫、恐るべき腐敗消滅の運命を眼前に見たとき、いかな刑部でも、豊臣のために徳川につくという遠大の計は萎えざるを得なかったのであろう。東軍について遠く奥羽でたたかうのと、西軍にあって迎撃するのとでは兵備がちがう。彼は改めてその支度をすべく、ふたたび敦賀に帰った。

その夜、帰城した刑部は鞆絵を見舞った。

「鞆絵、よろこべ。真田は大谷の敵ではのうなったぞ」

が、うれしげに笑った娘の顔を見て、彼は半盲の眼をとじた。

すると、美濃までの行軍と反転のあいだ、小うるさくも、つかず離れず、なお大谷軍の中をうろうろしていた猿飛佐助が、もうちゃんとそのそばに坐っていたが、

「どうやらこうやら」

と、つぶやいて、手をにゅーとさしのばした。

「わが役終る」

そしていつぞやのごとく――ただし、ぶきみな斑紋に彩られた鞆絵の顔から、またスルスルと薄皮を剝いだのである。

「――お、おう！」

この前のときより、いっそう視力を失っていたにもかかわらず、刑部はこの前よりもいっそう大きな驚愕のうめき声をたてた。

剝がれた癩貌の下からあらわれたのは、もとの通りの――妊娠七、八カ月のむくんだような感じはあるが――しかし、それゆえにいっそうけぶるような、美しい娘の笑顔であった。

「癩面もまた人肌外面。これこそほんものの姫君さまのお顔でござる」

したり顔で佐助がいった。

しばらく息をのんでこれを見まもっていた刑部は、やがてのどが裂けたような声を発した。

「左衛門佐め、やりおった！　みごと、刑部を味方に落しおったな！」

「やれ恐れ多し。さぞやお怒りでござりましょうなあ」

しかし恬然と笑った眼で、佐助は刑部を見あげた。

「で、殿さま。……と、なると、また徳川にお鞍替えで？」

「――た、たわけっ、もはや時遅いわ！」

刑部は大喝したが、決して怒った声ではなかった。それどころか。――刑部は泣き笑いのようなのどのひびきさえ混《まじ》えて、こういった。

「みごとなり、真田の智謀。――ウフフ、大谷刑部、やわか婿におくれはとらぬぞ。見ておれ、狸おやじめに必ず一泡吹かせてくれる！」

七

家康は三成の両面作戦には乗らなかった。彼は三成の「妄動」を手に唾して待っていたのだ。敵に先に手を出させるのが彼の深謀であった。

ひとたびは会津征討のために下野《しもつけ》小山まで到達したが、上方で西軍が伏見城の攻撃を開始したのをきくや、その報を待ち受けていたもののごとく反転し、会津には結城秀康を以て牽制させておいて、おのれは東海道を、一子の秀忠には中仙道《なかせんどう》を、二つに分れて泥流のごとく西上して来た。

さて、秀忠の方は、信州で渺《びょう》たる一孤城真田父子のために、ぴたと食いとめられることになる。しかし家康のひきいる大軍は威風あたりをはらって進撃し、美濃国関ヶ原東方に至った。慶長五年九月十四日のことである。

これに対して西軍の石田三成、小西行長、宇喜多秀家らはその西方に布陣したが、この中でそれら諸軍とはなんの連繋もなく、ひとり別行動をとった一軍がある。一万三千の小早川秀秋軍であった。

彼はその出身から、当然西軍の大立物たるべき存在だ。従って、これまで味方の諸軍とともに伏見城攻撃などにも参加したが、いよいよ徳川本軍とあいまみえるこのときに至って、単独に離れて関ヶ原南方の松尾山に上ってしまったのである。

かねて大谷吉隆から、秀秋とその背後にある高台院との心事をきいていた三成は焦慮した。

「——果たせるかな」

秀秋に対する疑心は火のごとくであっても、相手の身分といい、これまでは行を共にして来たことといい、こちらから手を出すわけにはゆかなかったが、ことここに至って、関ヶ原を一望に見わたす山上にある一万三千の軍の動きは、その位置といい、その兵数といい、とうてい無視することをゆるさぬのみか、まかりちがうとこれからくりひろげられる大決戦の死命を制するものと判断せざるを得なかった。

その三成の怖れを読んだかのごとく、はじめ彼と隣りして布陣していた大谷部隊は、時あたかも十四日から十五日に移るころ、深夜そぼふる冷雨の中に、これまた南へ——松尾山の山麓にちかい関ノ藤川に移動を開始していた。

なお、いても立ってもいられず、三成はそのあとを追うように、刑部の本陣を訪れた。

「刑部、あれに備えてか」

三成は南の夜空に浮く火光をふり仰いで、まずいった。

「左様、やはり来るべきものが来たようじゃな」

刑部は頭《こうべ》もめぐらさない。松尾山の篝火を見る意志がないのではなく、もはや見ることが出来ないのであった。彼の眼はもう完全に視力を失っていた。

「金吾中納言。――」

三成は両腕をねじり合わせた。

「今夜のうちにも討ち果たした方がよいのではないか？」

「もはや遅い。明日の合戦を前に、いま夜中同士討ちするのは、たたかわざるに敗れるにひとしい」

「同士討ち。――しかし、中納言が味方か」

「少なくとも、敵にはさせせぬ」

刑部はいった。

「あれは大谷でふせいで見せる。中納言さまはこの刑部には刃向えぬはずじゃ」

しかし、どこやら寂しげな余韻をひいて一笑した。

「とはいえ、眼が見えぬでは喃《のう》。明日、みずから行なういくさすらわしは見ることが出来ぬ。されば、いくさが負けときまったときは、負けと知らせいとこの者に申しつけてある」

と、近臣の湯浅五助の方にあごをしゃくった。

三成は、刑部が自若というより、すでに敗戦は必至のものと見きわめているようなのに、いらだった。そもそもそれは最初から刑部の予言ではあったが、しかしいちどはその時の運を転向すべくたが

いに脳漿をしぼり、まさに百万の味方を得た思いをさせることもあったのだが、ここ一ト月あまり前から完全失明とともに、

「ああ、天命」

と、刑部はふたたびすべてを擲《なげう》ったかに見える。

それもむりからぬこと――とは同情しつつも、三成は歯がみせずにはいられなかった。

「刑部、いってくれ！」

「いずこへ」

「松尾山へ。……いまいちど、中納言さま裏切りなされぬように説いてくれ」

「説いても、むだじゃ」

「おぬしは中納言さまが刃向えぬ貸しがあるではないか。いま敵にはさせぬといったではないか」

「あのお方には、背中に憑いておるものがある。しかも、その憑きものが、われらの手の及ばぬ――にくんではならぬお人じゃ」

苦笑したようだ。

「思えば、すべて太閤さま御自身のお招きなされた運命かも知れぬ」

そのとき陣営がざわめいて、一人の男が駈け込んで来た。

「刑部さまはおわしますや」

ずんぐりむっくりしているが、けもののような剽悍《ひょうかん》さにみちた若者であった。雨をさけるためにどこからか拾ったらしい泥だらけの陣笠をつけているが、からだには具足もつけず、つんつるてんの山着に一本刀をさしている。

「佐助」

と、刑部は声をかけた。

「おおっ、殿っ、姫君さま、けさ、玉のような御男子を御安産なされてござりまするぞ！」

と、若者はこちらを見て、走り寄り、ひざまずき、息せき切ってさけんだ。

三成も、それが刑部の娘のことであると知った。けさ、というのはきのうの朝のことにはちがいないが、どうやらこの男は敦賀の城から急報に来たらしい。しかし、それにしても、きのうの朝からけさまでに、越前敦賀からこの美濃の関ヶ原まで駈けつけて来るとは、そもこの男は人か魔か。

「おう、産んだか」

刑部は将几から腰を浮かせた。

「男の子を喃《のう》！」

「それでは拙者、上田の方も気にかかりますれば、これより木曾路を通って、いそぎ信濃へまかり帰ります、では、御免」

ほんとうに信濃の風雲に心いそぐらしく、飛びたつように男は去りかけたが、ふとふり返り、

「そのお子――もし男ならば、大助幸昌とつけよ、とかねて左衛門佐さまより申しつけられましたが、それでようござりましょうな」

「おう、父と祖父《じじ》の名じゃな。なんで刑部に異があろう」

刑部の声は浮き立っていた。まったく見えないが、三成にはその頭巾の中の顔までがかがやき出したような気がした。

「治部、ゆくぞや」

と、刑部はいった。

「松尾山へ」

いったん立ち去ろうとしていた敦賀からの使者は、ふと立ちどまった。

八

松尾山は三百メートル足らずの小山だが、山頂に平坦の地あり、少し山を下ればまた数カ所の平地がある。ここは以前信長の部将不破淡路守が城を築いたところで、いま城はないが、いたるところに崩れ残る石垣がその跡をとどめている。これに盾をならべ、柵を植え、幕を張って、一万三千の小早川兵が陣を設営していた。

まだ夜明けにほど遠い午前四時ごろ――雨は霧に近いものに変り、無数の篝火がひとだまのようににじんでいるその陣営へ、あわてて数人の哨兵が駆け込んで来て、まだ動揺がしずまらないうち、山の下から一梃の輿をつつんだ一団の武者の影が上って来た。そして、大谷刑部吉隆、いそぎ中納言さまに御意得たい、という口上をのべた。

「おう、大谷刑部。――」

動揺というより、小早川兵のどよめきは狼狽に近かった。

ともかくも板屋根を急造した本営に一行は押し通ったが、中からあわてて出て来た小早川の老臣平岡頼勝が、迷惑を露骨に見せた顔で立ちふさがった。

「何のお話か存ぜぬが、殿は御寝中でござれば、夜明けてのことに願いたい」

「夜が明けてからではもう遅い」

と、輿の上の人はいった。

「いまただちに中納言さまにお目通り願いたいことがあるのじゃ」

そういいながら、輿から助けられつつ下りて――その人は、しずかに白い頭巾をとった。

いかなることがあってもここで制止してみせるといった形相を見せていた平岡も、「あっ。――」と口の中でさけんで、身をひいた。

大谷刑部吉隆は、いま霧の篝火の炎に照らされて、はじめて余人の前に面貌をあらわした。

これが曾て秀吉の小姓中切っての美丈夫といわれた人物であろうか。髪は抜けてまばらに乱れ、眉もない。顔いちめんに黄褐色の斑紋や結節がてらてらとひかり、或いは潰瘍を作り、痂皮《かひ》をかぶり、そこから膿汁がしたたっている。そしてなぜか、ぶきみな獅子のような顔貌を生み出して――以前、健康なときのこの武将の面影を見た平岡頼勝でなかったら、それは別人かと思われるばかりであった。

「通るぞ。――」

と、いって歩き出す前から、平岡は飛びずさった。何ぴともこの凄惨の爛相を見て、道をあけぬ者があろうか。おそらく刑部もよほど決するところがあり、それを計算に入れてのことであろう。

逃げていった平岡頼勝が何かさけぶ声がして、

「よし、通せ、ここでよい！」

と、癇《かん》ばしった小早川秀秋の声が聞えた。

そこまで湯浅五助に手をとられて歩いていった大谷刑部は、「うぬら、ここで待ちおれ」と、ついて来たほかの従者たちに命じた。

「刑部か、入れ」

と、秀秋がいった。刑部は五助だけをつれて、その一室に入った。

一室というのがおかしいような板張りの一劃だが、刑部の手をひいた湯浅五助は、一歩入って眼を大きくした。こんなところによく持ち込んだもの——豪奢な夜具がしきつめられ、そこに全裸の美しい女が、三人も半身ねじらせて起き直り、いっぱいに眼を見張っていたのだ。

「……きゃあ」

一息おいて、三つの赤い唇からそんな声がほとばしると、女たちはいっせいにつっ伏した。

さすがに軽い衣服をまとって出迎えた小早川秀秋も、現実の大谷刑部を眼前に見てぎょっとなり、しばし声もなかったが、やおら。——

「朝鮮でも欠かしたことのないわが習いじゃ。いまごろ推参する刑部がわるい。ゆるせ。——」

と、いった。女のことらしい。

「見ての通りじゃ。刑部、軍事の話はことわるぞ」

この場にぬけぬけと刑部を通らせたのは、半分は傍若無人な癇癪であろうが、半分は相手のまともな談合をこの際封ずる予防線のためであろう。

「とはいえ、そなた、眼が見えぬか。おう、おぬしの病気、世には仮病との噂もあり、いちじはわしもそれを疑ったほどじゃが、なるほどまこともまこと、いや、ひどいことになり果てた喃《のう》。……」

嘆声がふるえをおびていたのもむりからぬことであったろう。

「まことに尊顔を拝し、恐悦至極——と申しあげることも相成りませぬ」

刑部は深沈といった。

「いや、御挨拶をのべているいとまもありませぬ。……中納言さま、御血判をお願いつかまつりまする」

「血判？　な、なんの――？」

「きょうの合戦にお裏切り遊ばされぬとの。――起請文はすでにこちらで用意して参った。五助、出せい」

「――ぶ、無礼だっ」

秀秋はさけんだ。

「刑部、たかが豊臣家の一大名の身を以て、豊家一族たるわしに誓書を強要するか」

「中納言さま」

刑部はおちつきはらって答えた。

「いちど中納言さまは、すんでのことにお命もお危ないところでござった。それをお助け申しあげたのはこの刑部でござりまする。そのとき中納言さまはこの手をとられ、刑部、生々世々まで恩に着る、おまえの願い、わしに出来ることなら何でもきいてやるぞと仰せられました。そのとき刑部は中納言さまに、なんのお願いもござらなんだが、いまこのこと、改めてお願い申しあげる次第でござります
る」

それは秀秋の遠征司令官としての例の失態のときのことであった。あまりの暴状に、秀吉は軍規のみせしめのために斬れといった。実際その前後、やはり甥の――しかもこれは秀吉の血つづきの関白秀次さえ三条河原で斬られたのだから、それはあり得ることであったのだ。

このとき秀秋を必死にかばったのが、この大谷吉隆であった。秀秋が征韓の大将であることは敵も知っている。それを御成敗になったら、敵への影響はいかがあらん、必定日本の恥になり申すと、例

のていのいい罪状を作りあげて彼のいのちだけは救いあげたのであった。

「さ、さるにても」

と、秀秋はうろたえ、肩で息をした。

「わしに裏切りせぬとの起請文を書けとは。――豊家の一族たるわしが、やわか味方を裏切るものかは」

「しかと、左様か？」

刑部はひざをじりっと進めた。

「高台院さまが、何と仰せなされても？」

「な、なに？」

「高台院さまが大坂に対していかなるお心を持っておいであそばすか、恐れながら刑部承知しておるつもりでござりまする。燃えよ、大坂城、滅びよ、淀のお方の豊臣家！　と。――」

秀秋はわれ知らず腰を浮かせて、あとへ退《さが》った。刑部の言葉が雷電のごとく恐ろしい或る声を思い出させたらしい。

「豊臣家の御一族と仰せなされる」

誓紙をつかんだまま、大谷刑部はまたにじり寄った。

「高台院さまはまさに豊臣家をお作りあそばした御本人でござれば、煮てお食いなされようと焼いてお食いなされようと、或いは何ぴともくちばしの入れようはござるまい。さりながら、同じ御一族でも、あなたさまの場合はべつ、太閤さまおわしてのただいまの御身分でござる。それが万一お裏切りにでも相成れば、後世までの豊臣家のおん恥。――」

「だ、出せ！」

秀秋はあえいだ。刑部の声はひくいのに、二つの耳を覆いたいようであった。

「起請文を。——け、血判してつかわす。そして、一刻も早《はよ》う消え失せろ」

「五助、矢立と小柄をくれ」

秀秋は、その誓書の文言がいかなるものであるか、読む余裕さえなかった。そのうしろにおのれの署名をする手もワナワナとふるえた。

「御免」

刑部は秀秋の左手の手くびをつかんだ。その手袋をはめた相手の手が、闇をさぐるようにぶきみに迫って来るのを見つつ、秀秋はふせぐことも出来なかった。

刑部は秀秋の薬指を小柄でかるく傷つけ、にじみ出した血を、こんどは秀秋の右手の薬指につけさせて、署名の下に捺印させた。——

「五助、まちがいないか」

「は。——」

「これにて安心つかまつった。合戦のあと、おんまえで笑って破り捨てましょうぞ」

ふくみ笑いするのが、妙に遠く聞えた。

「ただし、これすらも御違背あそばすときは……大谷刑部、かならず祟り申すぞ」

刑部と従者がそろりと立って、しずかに眼前から消え失せたあと、なお数分間、秀秋はおのれの両腕に眼を落していた。指の血よりも、そのあたりに触れた、冷たい、ぬらっとした感触と、それよりさらに恐ろしい、ちらっと見た鳥の爪みたいな指の残像にとらえられて。

ふしぎに、外はしんとしていた。

突如、はじかれたように躍りあがって、秀秋は絶叫した。

「討ち果たせ、刑部を！　のがすな！」

小早川の武者たちもそれまで呪縛されたように立ちすくんでいたが、粛々と山を下ってゆく刑部の一行が霧のかなたに消えかかったとき、この秀秋のさけびをきいて、いっせいに夢魔から醒めたように動き出した。陣刀を抜きつれて、それを追跡したのである。

輿はとまった。それを囲む一団は、まだ抜刀しなかったが、まるで鉄桶《てっとう》のように見えた。刀も抜かなかったのは、輿の上の刑部が手をあげて制したかららしい。

みるみるその周囲にむらがった小早川兵は、しかし殺到しようとしてさすがにひるんだ。陰暗たる夜明けの微光に浮かびあがった輿の上の人の、人とも思われぬ妖貌に身の毛をよだてたのだ。

「めくらじゃ。討て！」

うしろの方で、平岡頼勝がさけんだ。

「めくらと思うておるか？」

輿の上で、しゃがれた声がした。獅子に似た顔がきゅっと波打って、恐ろしい笑顔になった。そして刑部は、左手をあげてその顔をつるりと撫で下ろした。——その手のあと、まるでぬぐわれたように別の顔が現われた。

「大谷刑部は健在じゃ。よく見ておけ」

小早川兵は、そこに何の異常もない堂々たる偉丈夫の顔を見た。——そのとたん、それまでの腐爛の相を見ていたときの数倍もの恐怖の突風に吹きくるまれて、小早川兵は四散した。

明けかかって来た山霧の中を、妖々と漂うかのごとく輿は下りていった。

途中で、大谷刑部は輿からひらりと飛び下りた。まるで猿のような軽捷さであった。

「もう、よろしゅうござろう」

歩きながらもういちど顔を撫でると、その下から猿飛佐助の顔が現われた。そして、いたずらっぽい、くりっとした眼をふりあげた。

代りに、輿の上では、いままで伏していた影が身を起した。もとの通り白い綸子《りんず》の頭巾をかぶった大谷刑部であった。

九

関ヶ原の戦闘は九月十五日午前八時ごろから開始された。

霧の中に両軍十万の兵は阿鼻叫喚の格闘をくりかえし、その勝敗容易に決せず、いちじは東軍の旗色もあやしく、家康も鉛色に変った爪をかんだほどである。

かねてから内応の確約あった松尾山の小早川勢力がいつまでも動かなかったからだ。秀秋の足を封じたのは、麓《ふもと》に布陣する大谷勢と——そして、その主将大谷刑部が健在ではないか、いや健在であるという恐怖のゆえであった。

が、正午過ぎ、たまりかねた家康が、味方に命じて山上の小早川勢を銃撃するに至って、ついに秀秋は叩き出されて松尾山を下り、その手兵一万三千を以て西軍に突撃した。

彼はおのれの起請文をおのれの鉄蹄で踏みにじって裏切ったのである。

かかることもあらんかと、東軍とたたかいつつこれに監視を怠らなかった大谷勢は、怒髪天を衝《つ》き、たちまち鬼神のごとき反撃を加え、二千を以て一万三千の裏切り軍を追いまくること五町、さらに潰乱状態におとしいれようとした。しかるにこのとき、西軍にあった脇坂安治、朽木元綱、小川祐忠、赤座直保らの諸隊もまた裏切って襲いかかり、ために大谷隊は全軍血風につつまれるに至った。

「刑部患いにて盲目なれば、合戦場へ乗物にて出《い》で、負けになりたらば申し候《そうら》えと、五助という侍に申しわたさる。合戦負けかと再三尋ねられ候。五助まだまだと申し、必定負けのときに、合戦おん負けと申し候ところ、乗物より半身出かかり、首を打たせられ候となり」(慶長年中卜斎記《ぼくさいき》)

湯浅五助は刑部の首を襦袢につつみ土中に埋めたが、やがて掘り出されて家康の前に運ばれた。血と膿と泥と――形容も出来ないもの凄じいその首に、諸将ことごとく面をそむけたが、ただ一人小早川秀秋のみが恐ろしいものにはかえって吸いつけられるように凝視して、

「……ちがう！　ぎょ、刑部めは。……」

と、うめき、さらに狂ったようにさけんだ。

「もういちど、その顔拭いて見よ。――」

刑部の首はいくら拭いても、さらに糜爛《びらん》の腐肉をあらわすばかりであった。

「……？」

小早川中納言は黙りこみ、ただ名状しがたい不安の相を深めて、鉛色の霧の中に立ちすくんでいた。

十

大谷家は滅亡し、また信州上田の真田父子も罪せられて紀州九度山に追われ、雌伏して大坂役までの星霜を数えることになる。

関ヶ原役勲功第一の小早川中納言秀秋は、備前美作《みまさか》五十万石の大封を受けた。

しかるに――それからわずか二年。

大封を受けて心ますます驕《おご》り、天性の多淫をほしいままにしていた秀秋は、某日、寵愛おくあたわざる数人の側妾の美しい顔に、恐ろしい徴候を見た。茶褐色の斑紋がうっすらと浮かびつ消えつするのを。

そしてまたそれほど時をおかず、彼もまたおのれの顔に同様のしるしが印されはじめたのを知るに至ったのである。――慶長七年十月、彼はこの世を突然去ったが、自殺とも伝えられ、狂死とも伝えられる。ただ断末魔の声は、

「祟ったな、刑部。――」

という一言であったといわれる。年わずかに二十六歳。

その屋敷から九度山へ快走する山猿のごとき一つの影があったことは、世人のだれも知らない。

曾呂利新左衛門

柴田錬三郎

柴田錬三郎　1917～1978

岡山県生まれ。慶応大学在学中から「三田文学」に小説を発表。大学卒業後は日本出版協会に入るが、1942年に召集。南方に向かう途中で乗艦が撃沈されて漂流するが、奇跡的に救助される。1951年発表の『デスマスク』が芥川賞と直木賞の候補となり、翌年『イエスの裔』で直木賞を受賞する。小説の基本はエトンネ（人を驚かせること）にあるとして、『眠狂四郎無頼控』、『赤い影法師』、〈柴錬立川文庫〉シリーズなど奇想天外な伝奇小説を得意とした。『三国志英雄ここにあり』で吉川英治文学賞を受賞。『復讐四十七士』が絶筆となった。

一

「佐助、何をいたして居る？」

大阪城三ノ丸・真田丸の仮館から、ぶらりと出た真田左衛門佐《さえもんのすけ》幸村は、いくつかの塹壕を渡った時、ひくい丘陵の斜面で、せっせと、鍬《くわ》をふるっている小さな姿を、見つけた。

そこは、四月前、前田筑前守利常の軍勢をひきつけておいて、一挙に撃破した篠山と称する戦跡であった。

佐助は、顔を擡《もた》げて、春の薄陽に、目を細め乍《なが》ら、

「観賞樹木の苗木を植え申す」

と、こたえた。

篠山と称《よ》ばれていたくらいで、丘陵に、いくさ前までは、いちめんに小篠が密生していたが、土塁工事で掘りかえされ、また無数の砲弾をあびて、あか肌を剝かれていた。

「なんのために、観賞樹木などを育てる？」

幸村は、怪訝に眉宇《びう》をひそめた。

佐助は、しきりに、目蓋をパチパチとまたたかせ乍ら、こたえた。

「さる日、むこうの木野村を通りかかり申したところ、百姓たちが、さむらいという奴は、山も野も、

滅茶滅茶にしておいて、あとしまつをせぬ、木を育て、野をたがやすことがどのような苦労か、一向に知らぬ、とののしって居ったのでござる。それで……、せめて、観賞樹木の苗木など、植えておこうと思い立ち申した」

佐助は、これが月桂樹、これが篠懸《すずかけ》、これが宇豆木《うつぎ》、これが楓、と説明した。大和国葛城の金剛山の山中で、十五年間育った佐助の、樹木に関する知識は、豊富であった。

いずれ、今年のうちにも、関東方と決戦の火ぶたがきられることは、目に見えている。この丘陵も、ふたたび、修羅場となるに相違ない。

それと知りつつ、百年後の人々の目をたのしませる樹木を植えておこうとする佐助の振舞いに、幸村は、感動をおぼえた。

佐助の植えた苗木のうち、たとえ一本か二本でも、戦火や兵の土足からまぬがれて、亭々たる喬木《きようぼく》になるならば、それは、まことに、めでたいことと言わねばなるまい。

幸村は、ひとり深く頷いておいて、踵《きびす》を返そうとした。

その時、佐助が振り下した鍬が、何かに当って、鋭い金属音をたてた。

頭をまわした幸村に、佐助は、

「殿、大きな櫃《ひつ》が、埋めてござる」

と、告げた。

幸村は、斜面を降りて行った。

佐助は、たちまちに、土を掘りかえして、長さ一間もある櫃の上側を露呈させた。

「蓋を開けてみるがよい」

「かしこまった」

佐助は、鍬で一撃して、錠前をこわすと、蓋を、ぱあぁんと、はねあけた。

「……………?」

内部を覗いて、幸村は、小首をかしげた。

白鞘《しらざや》の刀が、夥《おびただ》しく、詰めてあったのである。

佐助は、黙って、その一振りを把《と》って、幸村に、渡した。

抜きはなってみて、幸村は、

――これは！

と、思った。

意外にも、業物《わざもの》であった。幅は広く、切《き》っ尖《さき》鋭い、豪壮な剣形は、相州伝の特徴である。沸《にえ》のゆたかな、大乱れの焼刃は、いかにも、見事な斬れ味を示しそうであった。

「次を――」

幸村は、命じて、抜きはらった。

これもまた、同じ相州伝の造りで、豪壮華麗であった。

幸村は、佐助に、次つぎと把らせて、調べてみた。いずれも、のこらず、同じ特徴を有《も》ち、目を魅《み》するに足りた。

「佐助、銘を調べぃ」

命じられて、佐助は、片はしから、柄をはずしてみた。おどろくべきことに、のこらず、「正宗」という銘が彫ってあった。

櫃の中には、「正宗」が、四十九振あったのである。

幸村は、何を考えたか、その一振りだけを手にのこして、佐助に、蓋をして、元通りに土中に埋めさせた。

「佐助――」

「はい」

「曾呂利新左衛門という老爺が、まだ、何処《どこ》かに、隠れ住んで居ろう。すみかをつきとめて参れ」

「かしこまりました」

幸村の姿が遠ざかると、佐助は、櫃の上の土へ、目じるしに、栴檀《せんだん》の苗木を一本植えつけておいて、すたすたと、市中へむかって、歩いて行った。

二

太閤秀吉の御伽衆《おとぎしゅう》の筆頭・曾呂利新左衛門が、悠然として姿を消したのは、慶長三年八月十八日――すなわち、秀吉が六十三歳を一期として逝った夜であった。

畎畝《けんぽ》の間から起って、天下をわがものにした秀吉は、和歌、連歌、狂歌、能、茶の湯など、当時流行《はやり》の芸能を身につけることを大層好んだ。したがって、城中ぐらしの折は勿論《もちろん》のこと、陣中にあっても、側近に、学者や歌人や猿楽師や茶匠などを、はべらせていた。これらの人々は、御伽衆とか御《お》咄衆《はなししゅう》とか、称《よ》ばれていた。

曾呂利新左衛門が、御伽衆に加わったのは、秀吉の御茶頭・千利休の推挽によるものであった。秀吉が、二十四国の軍勢を率いて、九州を伐《う》った時である。

秀吉の供をした茶博士千利休は、筑後に入って、高良山《こうらさん》に到着した時、曾呂利新左衛門という茶人が山麓に住んでいるときいて、すぐに、使いを出して、訪問する日時を告げさせた。

利休は、若い日、茶を武野紹鷗《じょうおう》に学んだが、同時に、新左衛門という人物が居り、その飄々たる風格に、とうてい自分のような俗人の及びがたいものをおぼえ、その印象は、数十年を経ても、なお、利休の心に鮮やかであったのである。

利休と新左衛門の交際は、三年あまりであったが、ついに、利休は、新左衛門の正体を摑むことは叶わなかった。いかなる素姓か、何を目的に生きているのか、どれだけの器量の持主か——なにひとつ、利休には、判らずじまいであった。

ともあれ、利休は、すでに、天下一の茶博士であった。

茶の湯は、もはや、貴人の遊興ではなく、大名富豪はもとより下級武士たちの間にも、生活の一部となっていた。したがって、千利休の威福は、秀吉の権勢に次いでいたと言っても、過言ではなかった。

その大宗匠が、自ら進んで、訪問を申入れたということは、たちまち噂をよぶに足る出来事であった。

曾呂利新左衛門のすまいは、街道に面して、人馬の軽塵で、門も垣根も、白くよごれている、まことに粗末なたたずまいであった。門を入ってみると、庭は雑草がはびこるにまかせ、内露地へ通じる小径には、古草履の片方がすててあったりした。

供の者たちを門前に待たせておいて、その小径を辿《たど》る利休の目は、しかし、その荒れるにまかせたかに見えるたたずまいが、ただの山裾の田舎家のそれではないことを、さとっていた。

露地や茶庭の理想は、侘《わ》びを主眼とし、人為による自然の野趣を、数歩の間に味わわせるにある。

見渡せば花も紅葉もなかりけり
浦の苫屋《とまや》の秋の夕ぐれ

とか、

夕月夜　海少しある木の間かな

とか、歌や句が示す景趣の簡素な風情を尊び、正規を破って不整斉なるものに雅《みや》びと美を求め、木の間隠れ、葉隠れのおくゆかしさを眺めようとするのが、茶禅三昧の人のすみかである。

しかし、その主意が、あまりにつよく俗塵を排すると、かえって、人間ばなれのした世界をつくってしまう。深山幽谷の鬼気を生んでしまうおそれもある。

どんな俗人をも、容《い》れて、その心を洗うのが、まことの侘びというものである。

その露地は、まさに、茶道の意《こころ》を具現していた。

——この家のあるじは、自分の知っている新左衛門と同一人物に相違ない。

利休は、確信しつつ、内露地のくぐり戸を入ろうとした。

とたんに、足下の地面が、音たてて、陥没し、利休は、身丈よりも深い穴底へ、転落した。

簀《す》の子《こ》を敷いた上へ、土をかぶせ、千鳥がけの飛石を据え、苔をうえた落し穴を設けてあったのである。

穴底には、座布団が敷いてあり、練香が焚かれていた。利休は、その座布団に坐って、しばらく、救い上げられるのを、待たなければならなかった。

やがて、梯子《はしご》がおろされた。上って行くと、色白な美しい娘が、つつましやかに、挨拶して、湯殿に案内した。新しい衣服も用意してあった。

茶室に入ると、手枕で寝そべっていたあるじが、やおら起き上って、

「よう見えた」

と、にこりとした。

ともに、古稀を迎えて、互いの面貌に、若い日の面影を見出すことは、不可能であった。利休は、
しかし、対坐した瞬間に、大宗匠たるおのれが、僻陬《へきすう》にうもれた名もない男に、依然として、及びがたい距離をつけられているのを、おぼえさせられたことであった。

あるいは、第三者の目には、

「格別のおもてなしにあずかり、かたじけのう存ずる」

と、挨拶する利休の方が、はるかに立派に映ったかも知れない。

利休は、あらかじめ、秀吉直属の忍者をつかって、新左衛門のくらしぶりを調べさせておいたのである。くぐり戸前に、落し穴が設けられてあることも、知っていた。

知っていて、わざと落ちたのは、せっかくの趣向を無にすることはあるまい、と考えたからである。

新左衛門は、点前の座に就き乍ら、

「宗易殿は、むかしと聊《いささ》かも、変って居られぬの」

と、言った。

「そうであろうか」

「お許《こと》は、人の心をとらえるのが、巧みであった。そのおかげで、関白の寵遇を受け、天下にその名を知らぬ者もない茶博士におなりじゃ」

「皮肉はご免を蒙《こうむ》りたい。わしは、べつだん、好んで、社鼠城狐のたぐいになったつもりはない」

「もとより、お許《こと》は、まことの君子人じゃ。落し穴がもてなしのひとつと受けとって、わざわざ、落ちてくれる御仁じゃ。……宗易殿、わしなら、落ちぬよ」

「左様か――」

「あしざまに申そうか」

「………?」

「お許《こと》の振舞いは、立派であった。他の者なら、落し穴があると知っていて、わざと落ちてくれたのを、感動いたそうよ。この新左衛門は、あいにく、ひねくれ者で、すこしも、お許《こと》の振舞いを、ありがたいとは思わぬ。お許《こと》は、まず、対手《あいて》が何者か、洞察して、それから、落ちるべきであった」

利休は、微笑して、頷いた。

「成程《なるほど》。これは、不覚でござったな」

新左衛門は、利休の前へ、茶碗をすすめておいて、

「お許《こと》が、関白という人物の気象《きしょう》を、知って居られるか、どうかじゃな」

と、言った。

そう言われて、利休は、はじめて、愕然となった。

利休は、秀吉を、おのれを寵遇してくれる関白としか、考えていなかったのである。一個の人間としては、観ていなかった。

五年後、利休は、秀吉から、明白な罪状も挙げられずに、切腹を命じられていた。

京都聚楽第の不審庵を逐《お》われて、故郷堺の町に蟄居すべく、ただ一人の見送り人もなく、一人さび

しく淀川を舟で下る時、利休は、新左衛門の言葉を、胸中にかみしめたことであった。

三

天正十五年十月、九州遠征を終えて、京に帰って来た秀吉は、その祝賀の園遊の意味で、北野天満宮の境内で、古今未曾有の大茶湯を催した。

来る十月朔日《ついたち》、北野《きた》松原に於《おい》て、茶湯を興行せしむ可《べ》く候《そうろう》、貴賤に寄らず、貧富に拘《かかわ》らず、望みの面々は来会して、一興を催すべし。美麗を禁じ倹約を好み営み申す可く候、秀吉数十年求め置きし諸道具かざり立ておくべきの条、望み次第見物すべき者也。

右のような制札が、洛中洛外はもとより、大阪にも奈良にも立てられたのみならず、早飛脚によって、遠方の城下町まではこばれた。

北野の森には、経堂から松原にかけて、千二三百軒の数寄屋、茶屋が建てられた。

茶の湯に執心の者は、若党、町人、百姓以下の者でもかまわぬ、釜ひとつ、釣瓶（箱釣瓶形の水指）ひとつ、湯呑茶碗ひとつ持参するだけでもよい、茶（抹茶）がない者は麦こがしでも苦しゅうないゆえ、来会せよ。座敷は、北野の松原であるから、畳二畳敷の稲掃筵《いなばきむしろ》を敷いてつくればよい。坐る序列も自由にしよう。

このような触れ書きが出たので、人々は非常に悦んだ。

当日、この大茶湯に集った茶人は、およそ六千八百人であった、という。

まだ朝靄《あさもや》のあるうちに、北野に到着した秀吉は、第一番屋敷に入って、そこに飾られた、自分の蒐《しゅう》集《しゅう》になる天下の名器を眺めて、満足してから、うしろに控えている千利休や津田宗及、今井宗久らを

ふりかえって、

「そちらは、本日の来会者のうちから、これぞまことの数寄者とみとめられる者がいたら、昼食の後に、報《し》らせい」

と、命じた。

やがて、その時刻が来ると、利休が、罷《まか》り出て、

「お気に召すかどうか存じませぬが、宗易の目に狂いがなければ、本日第一等の数寄者が居りますれば、ご案内つかまつります」

と、報らせた。

秀吉は、気軽に立って、利休に案内させた。

馬場先の野に、竹の柱に真柴垣を外にかこった粗末な数寄屋が建てられてあった。

利休の声で、かこいからあらわれたのは、新左衛門であった。荒布の帷子《かたびら》を渋で染めたのを身につけた姿は、他の茶人とは、全く異《こと》なる雰囲気を漂わせていた。

「曾呂利、と申す男にございます」

利休の言上に頷き乍ら、その小さな、しなびた風貌を、正視した秀吉は、

「極道の限りをつくした挙句に、そのように枯れた、とみたが、どうじゃ？」

と、問うた。

「御明察おそれ入りたてまつる」

新左衛門は、秀吉をみちびいて、数寄屋の客座に据えた。

自在に掛けた蘆屋釜、新焼（楽焼）の水指と茶碗――たったそれだけが、用意してあった。

そして、点《た》てられたのは、雲脚（粗末な抹茶）であった。

ところが、その雲脚が、それまで喫したいかなる高価な茶よりも、秀吉にはうまかった。百座のもてなしで腹中が重くなっていた秀吉にとって、なによりの馳走であった。

秀吉は、もう一服所望してから、

「うまい。まぎれもなく、本日第一等の茶の湯じゃ。ほうびに、何を呉《く》れようかの。扶持米はどうじゃ」

「養う妻子もなく、ただ、侘び者の気ままぐらしなれば、欲念とて、さらにござりませぬ」

新左衛門は、辞退した。

「要らぬと申すと、ますます、呉れてやりたくなる。欲しゅうはないが、呉れるものなら、もらってもよい、と思いつくものを、申してみよ」

新左衛門は、ちょっと、考えていたが、

「それほどまでに、仰せられますならば、東海道より京に入る馬一疋《いっぴき》につき一銭ずつ賜りたく存じまする」

「ほう、面白いことを申す。よし、さし許すぞ。関所賃をとりたてい」

秀吉は、かんたんに承知した。

それから、幾日か後、粟田口と蹴上《けあげ》のちょうどまん中頃、街道に面した小さな草庵の窓に、ごく目立たない貼紙がかかげられた。

「馬一疋につき、ぜに一銭をたまわりたし」

そう記してあり、茶の湯に使う柄杓《ひしゃく》が、窓から、突き出してあった。

しかし、三日経ち五日過ぎても、柄杓には、一銭も入れられなかった。

秀吉が、ふと思い出さなければ、おそらく、柄杓は空のままに、腐り落ちたに相違ない。

秀吉が、利休に、新左衛門の消息を問うたのは、半年も過ぎてからであった。

利休は、新左衛門が、お許し通りに、京の入口に家をかまえて、馬匹の関所を設けているが、いまだ一銭も払う者はいない、と報告した。

「侘び者との約束を違《たが》えたとあっては、この関白秀吉の名折れじゃ」

秀吉は、ただちに、石田三成を呼びつけて、半年前より、京へ、馬を入れた者を調べあげて、一疋につき一銭を徴収し、さらに、その罰として、馬を取りあげてしまうように、命じた。

翌日、この旨を記した高札が、市中の辻々に立てられるや、大騒動になった。

たちまち、新左衛門の草庵の窓の貼札と柄杓は、ものものしい関所の備えよりも、威厳のあるものとなった。

半年間に、京に入った馬とその所有主を調査するのは、大変な仕事であった。大半の者は、申出なかった。

ある日、新左衛門は、石田三成に呼び出されて、奉行所におもむいた。

三成は、可能な限りの調査をして、徴収した夥しい一銭の山を、新左衛門に示した。

新左衛門は、それを眺めて、薄ら笑い乍ら、

「実はそれがしは、貼紙を出した日より、京に入れられる大名衆の馬匹の数を、記しとめて置きましたれば、御調べの数と、おひき合せ下さいますよう——」

と、言って、持参した一冊子をさし出した。

三成は、目を光らせた。それを看《み》れば、どの大名が嘘つきか、また、軍勢統率にどれだけ神経を配っているか、一目瞭然とする筈《はず》であった。いわば、各大名の評価ができるのである。

三成は、その日のうちに、その冊子を持参して、秀吉の前に出ると、

「曾呂利新左衛門と申す侘び者は、おそるべき智慧の持主と存じられます」

と、告げた。

その冊子が、大名衆の色を喪《うしな》わしめる威力を発揮したことは、言うまでもなかった。嘘をついたこともさること乍ら、持馬ことごとく召上げられてしまうのは、大傷手《おおいたで》であった。

新左衛門が、秀吉の懇望によって、御伽衆に上ったのは、それから程なくであった。

四

新左衛門が、秀吉に仕えた期間の逸話は、かずかず巷間にのこされている。

某日、秀吉は、新左衛門に、問うた。

「わしの面が、猿に似ていると申すが、そうかな、新左?」

新左衛門は、かぶりを振った。

「いや、途方もございませぬ。猿めの面が、太閤殿下に似ているにすぎませぬ」

秀吉は、高笑いした。

「ははは、こいつめが」

また、ある時、伏見から大阪へ還《かえ》るために、淀川を下る船上で、新左衛門は、突然、扇子で、岸辺を指さし、

「殿下、御覧《ごろう》じませ。キウリがキウリを食《くろ》うて居りまする」

と、言った。

秀吉は、小姓に遠眼鏡を持って来させて、目にあててみた。

木売り商人《あきんど》が、胡瓜をかじっていたのである。

またある時、――。

「新左、その方、千軍万馬の間を往来した大名たちを慄《ふる》え上らせることができるかの？」

「造作もないことでございます」

新左衛門は、あっさりこたえた。

「やってみせい」

「かしこまりました」

その日から、新左衛門は、かねてから秀吉の忌諱《きい》に触れることを恐れている大名が伺候すると、するすると罷り出て、秀吉の耳もとで、耳うちして、下って行く振舞いをやりはじめた。

その態度が、いかにも、その大名の行状を、そっと告げるらしくみえた。

おかげで、新左衛門は、大名たちから、次つぎと、賄賂をおくられるようになった。新左衛門は、それらの品を列記して、秀吉に、示した。剛愎勇猛をもって鳴る武将たちが、吹けば飛ぶような老いぼれ御伽衆に、高価な珍品を贈っているのを知らされて、秀吉は、あきれた。

新左衛門が、狂歌の達人であると、千利休からきいた秀吉は、こまらせてやろうと、
　奥山に紅葉ふみわけ鳴く螢
と上の句をよんで、下の句をつけるように命じた。

新左衛門は、即座に、
　鹿とも見えずともし灯の影
と、付けた。
また、某日、狂歌の名人として名高い里村紹巴《しょうは》が伺候して来たので、秀吉は、
「天下一の大きな歌をよんでみせい」
と、命じた。
紹巴は、思案する間も置かず、
　須弥山《しゅみせん》に腰うちかけて大空を、
　　ぐっと呑めども喉にさはらず
と、よんでみせた。
秀吉は、新左衛門を視て、
「新左、その方には、この歌以上に大きなのが、つくれるか？」
と、からかった。
新左衛門が、平然として、
「なんの、わけなき儀にございます」
と、こたえて、
　須弥山に腰かけ空を呑む人を、
　　鼻毛の先で吹きとばしけり
と、よんでみせた、という。

これらの逸話は、しかし、その殆《ほとん》どが、作りものであった。

新左衛門は、とぼけ面をして、主人の顔色をうかがい乍ら、要領よく調子を合せる人物ではなかった。軽口をたたいたり、狂歌をよんだりする御伽衆は、別に多勢いたのである。

新左衛門は、ただ、秀吉の質問にこたえて、秀吉を、はっとわれにかえらせる鋭い返答をしただけであった。

すでに、秀吉の側近には、その怒りをおそれずに、事実を口にする者はいなくなっていたので、新左衛門の立場は、別格のものとなり、秀吉も、歯に衣《きぬ》をきせぬ言葉を、容れたのである。

頽唐期《たいとうき》に入った秀吉は、壮年時代のように、感情を調節したり、抑制したりすることができなくなり、おのが大権に立入られたり、牴触《ていしょく》されたり、その尊厳をいささかでも冒されそうな気配をおぼえると、何人《なにびと》と雖《いえど》も仮借なく、制裁を加えた。浅野長政や加藤清正さえも、その憤りに触れて厳罰をくらっていた。実弟秀長も、島津氏と講和条件を約定した際、秀吉の認可を受けなかったかどで、戒飭《かいちょく》せられた。徳川家康すらも、時には、秀吉の草履を直していたのである。

秀吉の面前で、真実の言葉を吐く者が皆無になったのは、当然である。

ただ一人、新左衛門だけが、言いたいことを言った。

五

曾呂利新左衛門が、秀吉の御伽衆となって、為した仕事のうち、公然の秘密として伝えのこされているのは、「五郎入道正宗」を、天下随一の名刀にしあげたことである。

ある日、秀吉は、新左衛門と二人でいる時、何気なく、

「もう、日本国土に、褒美に呉れるべき寸地もなくなったようじゃ。この上は、朝鮮、明国でも奪って手柄の者へ、頒《わか》ってやるよりほかはあるまいの」

と、言った。

新左衛門は、ちらりと秀吉を視て、

「あとは、刀を賜うよりほかはありませぬ」

と、こたえた。

「刀も、もう大方の名剣は、諸将の手許《てもと》に在るわ」

豊太閤となった秀吉が、身辺に聚《あつ》めた名刀は、北条時頼の佩刀《はいとう》であった鬼丸国綱、山中鹿之介の佩刀であった三日月宗近、東山義政の佩刀であった海老名宗近をはじめ、数多かったが、無造作に呉れることも好きであったので、一国一城に代るねうちの品ともなれば、甚《はなは》だ品不足であった。

秀吉の言う通り、名刀として定評のある備前刀の上位鍛冶や、京の上作物の太刀は、それぞれ何某と呼ばれる将領の所持するところとなり、武士は一度手に入れたからには、容易に、手放す筈はなかった。

新左衛門は、俯向《うつむ》いて、独語のように、ひくい声音で言った。

「名刀をつくりあげてみたら、いかがかと存じます」

「なんと申したな?」

秀吉は、ききかえした。

「むかし、将軍鹿苑院殿《ろくおんいんでん》(足利義満)には、宇都宮三河入道に諮《はか》って、古来の名作中、以て進献礼聘《しんけんれいへい》の資となすに足るべきものを註記せしめ、北条の頃の注進物に従って、可然物《しかるべきもの》六十口《ふり》を選ばれた、ときおよびます」

「新左に教えられんでも、それぐらいのことは、知って居るわ」

「さればそれにならって、名刀をおつくりあそばされるのでございます」

「世に埋もれた名刀などが、あろう筈もないぞ」

「ございます」

「あるか？　よしよし、あるならば、さし出してみせい」

新左衛門は、二十日の猶予を乞うた。

きっかり二十日後に、秀吉の前にあらわれた新左衛門は、二振りの刀を携えていた。

「何処《いずこ》へ参っていたな？」

「武蔵国でございます」

新左衛門は、その一振りを抜いて、秀吉に示した。

愛刀家である秀吉の目は、いい加減なものではなかった。まず、そのすがたから、刃紋、地鉄《じがね》、錵《にえ》、匂いを、鎺元《はばきもと》から切っ先まで、見上げ見下し、掌《てのひら》を返して同じく熟視に分時を費やした秀吉は、

「ふむ！」

と、唸った。

その華美絢爛の技巧は、備前備中の名工の作るものとは、全く異った新機軸であった。

「これは、何者じゃな？」

「相州の五郎入道正宗でございます」

「正宗？　きいたことがあるぞ」

「殿下が御所持の鬼丸国綱にも比すべき名工でございます」

「大層なほめかたをいたすの」

秀吉所持の名刀のうちでも、鬼丸国綱といえば、古今無類の傑作であった。

粟田口国綱が、八十六歳の時、北条時頼に命じられて、一代の心血を注いで鍛えたのである。

鬼丸の称のあるのは、次の逸話による。ある年の冬、時頼は、熱病に苦しんで、夜な夜な、夢裡《むり》に小鬼に襲われて、心神を疲れさせて、日々衰弱していたが、一夕、ふと思いついて、秘蔵の国綱を、枕頭に立てかけておいた。すると、深更におよんで、その刀が、自然にばったり倒れざまに、するりと抜け出て、傍らの鉄の火鉢に附いている小鬼の面のシガミを切り落した。時頼の病いは、次の朝から、薄紙をはぐように、癒えた、という。

鬼丸は、のちに、新田義貞の手に入り、義貞が討死したあと、足利高経《たかつね》の所有に帰し、継がれて、足利義昭のものとなった。

そして、義昭から、秀吉に贈られたのであった。

尤《もっと》も、義昭が、進んで、秀吉に贈ったのではなかった。むしろ、周囲の事情から余儀なく、秀吉に贈ったのである。

秀吉が、天下を掌握するや、その地位と権勢をもって、すべての事は望んで得られざるはなく、欲して能《あた》わざるはなかった。ただ、鬼丸国綱だけは、手に入らなかった。

諸侯は、秀吉の権勢をおそれて、その愛刀癖をねらって、伝来の名器、名刀を、惜し気もなく献じていたが、独り将軍義昭だけは、秀吉に進物を贈ろうとはしなかった。

そのうちに、公方が、秀吉の最も欲している鬼丸国綱を、吝《おし》んで贈らないのは、再び天下を足利家にとりかえそうという肚《はら》をもっているからである、という流言蜚語がとんだので、義昭は、やむなく、泪《なみだ》をのんで、秀吉に贈ったのであった。

「新左、この正宗は、建武の頃か？」

「左様でございます」

「しかし、北条の注進物にも、足利の可然物《しかるべきもの》にも、その名は現れて居らぬぞ」

「北条の注進物にその名が現れないのは、幕府が鎌倉に在りましたゆえ、お膝元の相州物をあえて注進せしむる必要がなかったからと存じられます。また、可然物《しかるべきもの》は、選択を備前備中に採ったのでありますれば、相州物がないのは当然でございます。……いや、それよりもまず、この正宗は、その生涯で、おそらく、三十本と鍛えては居りませず、その斬れ味のすばらしさのため、建武時代、戦場において、ことごとく、使いはたされたかと存じられます」

楠木正成が、千早に籠城し、城が陥ちて一門一族がみな討死するや、天下の名器名宝はことごとく焼失し、就中《なかんずく》刀剣は一振りのこらずその後を絶った、と太平記にも明記されてある。

三十振りの正宗は、北条氏が滅亡する際、のこらず消えた、とも考えられる。

この一振りだけが、武州八王子の天満宮に奉納されて、残っていたのを、新左衛門は、手に入れて来たのである。

「殿下、正宗は、日本ひろしと雖も、この一振りしか、残っては居りますまい」

「一振りしか残って居らぬものを、どうすると申すのじゃ？」

秀吉は、怪訝に、眉宇をひそめた。

新左衛門は、薄ら笑って、持参したもう一刀の方を、秀吉に、さし出した。

抜きはなってみて、秀吉は、

「なんじゃ！　これも、正宗ではないか」

と、言った。

前の刀と、すんぶん、相違のないつくりだったのである。

「それは、新刀でございます」

「新刀じゃと？」

「武州八王子に住んで居ります野田繁慶と申す刀工が、作りあげた、いわば、正宗のにせものでございます」

新左衛門は、説明した。

野田繁慶は、通称喜四郎清尭《きよたか》といい、もとは、鉄砲鍛冶であった。

少年の頃から、誇大妄想の奇行が多く、青年に達して、一夜天神の夢想にて天下無双の打物の妙を得た、と称して、刀工となった、という。

数年前、新左衛門は、武蔵国を旅した際、八王子に入って、繁慶の噂をきいて、その家に、立寄ってみた。そして、その作を、一瞥して、驚嘆した。

繁慶は、鍛刀の技巧に於ては唯我独尊、とうそぶいたが、たしかに、舌をまかざるを得ぬ見事な鍛え上げであった。

しかし、新左衛門は、鋭くも、繁慶が、相州の名工のうちの何人かの鍛えかたを、ぬすんだに相違ない、と看破した。

新左衛門は、隣家の人から、繁慶が天満宮の崇拝者で、日に一度は、必ず詣でているときいて、天満宮に行った。

宮司から、繁慶が、奉納されている太刀のうち、建武の頃の刀工で五郎入道正宗という名人の作を、詣でる毎《ごと》に、半刻も費して、凝視して行く、ときき出して、それを観せてもらった。それは、繁慶が作った刀とそっくりであった。

正宗の刀には、青、黄、赤、白、黒の五行の鉄が生じていた。繁慶の作にも、その五行の鉄が能《よ》く生じていた。繁慶が、正宗の五行の鉄をぬすむには、おそらく、言語に絶した苦心を要したに相違ない。繁慶もまた、天才と称《い》ってもさしつかえなかった。

新左衛門は、このふしぎな奇人のことを思い出して、秀吉に、名刀をつくってみせると約束して、はるばる八王子まで出かけて行ったのである。

「殿下、繁慶は、すでに、正宗と申してさしつかえのない刀を、四十本も作って居ります。さいわいにも、奇人らしく、一振りさえも、人手に渡しては居りませぬ。繁慶が作った刀を、正宗と称して、正宗の名を天下にひろめるならば、俄然、諸将は、あらそって、さがすに相違ございませぬ。さがしもとめて、ついに、手に入らざれば、正宗の名は、ますます、高くなりましょう」

秀吉は、命じた。

「新左、見上げた智慧じゃ。正宗の名を、天下にひろめてみせい」

新左衛門の打った手は、すばやく、且鮮《かつ》やかであった。

まず、新左衛門は、鎌倉へ行き、荏柄《えがら》天神に、八王子の天満宮から持って来た正宗を奉納し、これが、北条の頃から奉納されていた文書をつくった。ついで、天神の境内の片隅にある古塚を見たてて、正宗の墓とした。

それから、おもむろに、正宗という名工の名を、諸将に認識させる巧妙な手段を、つぎつぎと実行したのであった。

正宗の名が、ようやく天下にひろまった頃、武州八王子の刀工野田繁慶は、一夜何者かに、一刀のもとに斬られて、死んでいた。

六

猿飛佐助は、幸村の命を受けて、五日ばかり姿を消していたが、ひょっこりと戻って来ると、

「宇治の平等院の山門前に、老いぼれた乞食が、数年前より、雨の日も風の日も、坐って居りますが、どうやら、曾呂利新左衛門のなれの果てらしゅうござる」

と、告げた。

「乞食になって居るのか。曾呂利らしいとも言える」

幸村は、会ってみることにして、佐助を供にして、忍び姿で、出かけた。

春光うららかな午《ひる》であったが、忌み日であったので、山道に人影は見当らなかった。

幸村は、佐助から指さされて、とある松の根かたにつくねんと坐っている乞食へ、目をやった。

人間とも見えぬ、捨てられた襤褸《ぼろ》にひとしい姿であった。老い枯れて、小児のように小さくなり、皺だらけのしなびた面貌は、背後の松の幹の瘤《こぶ》といささかも変らなかった。

前に立った幸村は、

「曾呂利新左衛門殿とお見受けいたす」

と、呼びかけた。

老乞食は、鐚銭《びたせん》が二つ三つ投げ込まれてある縁欠け椀へ、視線を落して、微動もせぬ。

「それがしは、真田左衛門佐幸村でござる」

名のられて、はじめて、老乞食は、やおら、顔を擡《もた》げた。

「世捨人のお手前をおたずねしたのは、それがしの差料を、鑑定して頂きたいためでござる」

幸村は、いきなり、腰のものをすらりと抜いて、老乞食に、さし出した。

老乞食は、鍔元《つばもと》から切《き》っ尖《さき》へ、ゆっくりと眼眸《まなざし》を移行させてから、ひくいしゃがれた声で、

「篠山から、掘り出されたの」

と、言った。

その通りであった。幸村は、佐助が掘り出した櫃の中の四十九本の刀の中から、一振りだけ、手にのこしていた。それを持参したのである。

「これには、正宗の銘がござるが、お手前が入れられたと存ずる。お手前が、何故に、正宗をえらんで、その名を天下に喧伝されたか、その理由をうかがいたい」

「きいて、益にもならぬことを――」

老乞食は、かぶりを振った。

幸村は、凝《じ》っと、その皺だらけのしなびた面貌を見据えていたが、

「お手前は、もしや、正宗刀に対して、うらみでも抱いて居られなんだか？」

「………」

「それがしが思うに、お手前は、ただの茶人ではなく、前身は、忍びの者にござったろう。曾呂利とは、忍びの者の異名に相違ござるまい」

「…………」

「九十翁となられたお手前の、その何気ない姿にも、なお忍びの者の隙のない構えがのこっているように、お見受けする」

「…………」

老乞食は、沈黙をまもったままで、やおら、身を起した。

幸村と佐助は、春風に乗ったように飄々として、歩む老乞食のあとに、したがった。

老乞食が、入って行ったのは、二町余さきの宇治橋の袂《たもと》にある風雅なつくりの草庵であった。

室には、何ひとつ置かれてなかった。

対坐した時、幸村は、対手《あいて》の双眸が、別人のもののように、鋭い光を宿しているのを視た。

「真田殿は、正宗を、どう思われるな？」

老乞食の口が、はじめて開いて、その質問を発した。

「それがしは、五郎入道正宗と申す刀工も、またその高弟郷の義弘も、この世に存在しなかった、と存ずる」

幸村は、ずばりと断言した。

老乞食は、頷いた。

幸村は、微笑して、

「当今、日本三作として、粟田口吉光、正宗、義弘が挙げられ、珍重されて居りますが、吉光はたしかに存在いたした証拠がござるが、正宗、義弘は、あるいは、曾呂利殿、お手前が創作された刀工ではなかろうか、とかねて疑って居り申した」

「…………」

「お手前は、建武の頃、正宗なる名人がいた、と称し、武州八王子の天満宮に奉納されていた正宗を、故太閤にご覧に入れられたそうな。また、正宗を模した野田繁慶の刀を、同時に、呈上されたそうな。実は、その正宗もまた、繁慶の作ではなかったか。されば、二刀が、そっくり同じであったのは、当然のこと。お手前は、まんまと、故太閤を騙されたのであった」

「…………」

「正宗などという刀工は、この世に存在せず、曾呂利新左衛門によって、創作され、無銘の相州物が聚《あつ》められて、鋭利と華美の刀をえらんで、磨り上げて、これを正宗と称した——そうとしか、考えられぬふしがござる」

「…………」

「お手前は、太閤がみまかるや、直ちに、その手許にあった正宗銘の刀を四十九本ことごとく櫃に納めて、篠山に埋めておいて、何処《いずこ》かへ退去された。そうですな？」

新左衛門は、それにこたえるかわりに、

「豊太閤は、曾《かつ》て、関白に任じられた折、側近の御用学者大村由己《ゆうこ》に命じて、関白任官記を作らせられた。それによれば、秀吉公の祖父は、萩中納言と申す公卿で、同僚の讒訴《ざんそ》によって、都を追われ、尾張国飛保の村雲という在所に侘び住いをした、という。中納言に、女《むすめ》が一人いて、幼い頃上京して、宮仕えをして居ったが、二十歳の頃、村雲に帰って、男子を生み落した。これが、秀吉公であった、という。すなわち、秀吉公は、天子の御落胤であった、ということに相成る。関白ともなれば、家柄が欲しゅうなる。尾張国愛智郡中村の土百姓弥右衛門の小せがれでは、面白くない。そこで、おこがましくも、天子の御落胤になりすました。……世の中とは、こんなものでござろうな」

老乞食は、そう言って、ひくい、含み笑いを洩らした。

幸村は、次の言葉を待って、沈黙した。

老乞食は、眼眸《まなざし》を宙に置いた。

「真田殿は、さすがは天下の名将の慧眼、みごとに、この老いぼれの前身を、言いあてられた、新左衛門は、まぎれもなく、忍び者でござったよ」

「………」

「もう三十年のむかしのことに相成る。新左衛門の秘密を打明け申そうか」


天正十年、武田勝頼が、天目山の麓《ふもと》で、織田信長の軍勢五千に包囲されて、屠腹し、武田家が滅亡した際、東山梨郡松里村の恵林寺もまた、炎上した。

恵林寺は、夢窓国師が開山になり、武田信玄によって寺領三百貫文を寄附され、快川国師を聘《へい》し、常時三百余の雲水を集めて、大いに臨済の風を起した天下の名刹《めいさつ》であった。

織田信忠は、恵林寺に、勝頼夫人をはじめ、武田家の重臣らが逃れ込んでいる報に接して、快川和尚に、引渡すように、使者を送った。しかし、その拒絶にあい、ついに、恵林寺の焼打ちを、命じた。

快川和尚は、いよいよ、兵火に遭うと覚悟するや、門類二百余人を山門上にあつめ、威儀を具《そな》え、位に依って坐せしめるや、

「諸人いまは火焰の裏《うち》に坐す、如何《いか》にして法輪を転ずる、各々一転語を著《つ》けて、末期の句を為せ」

と命じた。

衆は、みな語を下した。

快川和尚は、最後に、

「安禅必ずしも山水を須《もち》いず、心頭を滅却すれば、火もまた涼し」

と、うそぶいた。

そして、本堂須弥壇前に、一人結跏趺坐した。

猛火が舞い入って、法衣についた時であった。一人の黒衣の男が、風のように駆け入って来て、

「木曾谷の忍び・曾呂利新十郎でござる。使命を与えられませい」

と、叫んだ。

それより十年前、まだ二十歳にならぬ曾呂利新十郎は、忍者の人生に懐疑して、快川和尚に、教えを乞うたことがあった。

快川和尚は、新十郎に、五重塔上で、百箇日坐禅を組ませたのち、人間として生きるための言葉を与えた。

新十郎は、おかげで、ただの忍者でおわらずに、一己不動の人格を有《も》ち得た。

快川和尚は、身が焼けるにまかせ乍ら、

「為そうと思うことを為すがよい。やがて、それがおわった時、人の世の虚しさを悟るところがあろう」

と言った。

新十郎は、その言葉を己れ流に合点して、去った。

新十郎が、為そうと決意したのは、織田信長の首級を奪《と》ることであった。

新十郎は、甲州より凱旋する信長を、つけ狙った。

だが、ついに、その隙はなかった。

甲州を発し、笛吹川を渡り、姥口、本巣を経て、上野原、井手野で富士山を見物してから、大宮、富士川、蒲原を越える信長の身辺は、徳川家康によって、完全な警備をされていたのである。

富士山見物をする信長の接待にあたって、家康は、戦略よりも、もっと心を配ったのである。

信長が、大井川を越えた時など、家康はその左右の川中に、人垣を作って、護衛の万全を期したくらいであった。

新十郎は、安土へ帰陣する信長を、遠くから、無念の焦躁裡に、見送らなければならなかった。

その苛立《いらだ》ちが、新十郎をして、一流忍者の用意周到を失わしめた。新十郎は、忍耐づよく、信長が安土城を出て来るのを待ちかまえることができなかった。

新十郎は、死地たることを承知で、安土城内へ、忍び入った。

そして――。

信長直属の忍者十七名に包囲され、九名まで斃《たお》したのち、血まみれになって生捕られたのであった。

庭先にひき据えられた新十郎を、縁側から見下した信長は、生捕った忍者組頭から、稀代の術者であることをきくと、

「どうじゃ、この信長にやとわれぬか！」

と、言った。

新十郎は、冷やかな微笑を返しただけであった。

そこまで語ってから、老いたる太閤御伽衆は、しばらく、沈黙を置いた。

「真田殿。御貴殿は、宮刑と申す刑罰をご存じか？」

「宮刑？」

「日本には、ござらぬ。中国の古代に於ける刑じゃ」

「おお――」

幸村は、頷いた。

黥《げい》、劓《ぎ》（鼻を削ぐ）、剕《ひ》（脚を断つ）、宮、の四つが中国古代から行われている残忍な肉刑である。

宮刑は、またの名を腐刑ともいう。男根を截《た》つ刑である。腐刑とは、その創《きず》が甚だしく腐臭を放つためであった。宮廷の宦官が、殆《ほとん》ど、宮刑を受けた者たちであったことは、有名である。

「織田信長は、わしの首を刎《は》ねる代りに、宮刑をくれ居ったのでござるよ」

「………」

幸村は、思わず、息をのんだ。

「恰度《ちょうど》その折、安土城に、武州八王子から、野田繁慶なる刀工が、おのがきたえあげた剣こそ、古今随一の名品と誇称して、献上しに参っていたのでござる。信長は、繁慶をからかって、その方の刀は、人の首を斬るのはおぼつかぬが、男根ぐらいは斬れるであろう、ひとつ試してやろうと、わしに宮刑をくれたのでござる」

「………」

「真田殿。貴殿ならば、わしの復讐が、お判りであろう」

「判り申す」

曾呂利新左衛門は、信長に復讐することはできなかった。

信長は、それから一月後に、本能寺で、果ててしまったからである。

そこで、新左衛門は、おのが男根を截《き》った野田繁慶の刀に対して、復讐をすることにしたのであった。

おのが男根を截った刀を、天下無比の名刀にしたてあげて、太閤秀吉、徳川家康をはじめ、すべての諸将に、これを佩《お》びることを、栄誉とさせる。

これが、曾呂利新左衛門の復讐だったのである。

語り了《おわ》った新左衛門は、

「もう去《い》なれい、真田殿」

と、言って、さも疲れたように、床柱に凭《よ》りかかって、目蓋をとじた。

幸村は、この老乞食は、たぶん、このまま、この世を去るのではあるまいか、と見まもったことであった。

真田幸村

菊池寛

菊池寛 1888～1948

香川県生まれ。1910年に第一高等学校文科に入学、京都帝国大学在学中に一高時代の友人、芥川龍之介、久米正雄らと同人誌「新思潮」（第3次）を創刊。大学卒業後の1918年に発表した「無名作家の日記」で新進作家として注目を集める。1920年に連載した『真珠夫人』からは通俗小説にも取り組んでいる。1923年には作家のための出版社として文藝春秋社を創業。その後も日本文藝家協会の設立、芥川賞、直木賞の創設、映画界への進出など多方面に活躍した。第二次大戦後は公職追放を受け、その解除を見ないまま1948年に没した。

真田対徳川

真田幸村の名前は、色々説あり、兄の信幸は（我弟実名は武田信玄の舎弟典厩《てんきゅう》と同じ名にて字《あざな》も同じ）と云っているから信繁と云ったことは、確《たしか》である。

「真田家古老物語」の著者桃井友直は（按《あん》ずるに初《はじめ》は、信繁と称し、中頃幸重、後に信賀《のぶよし》と称せられしものなり）と云っている。

大阪陣前後には、幸村と云ったのだと思うが、「常山紀談」の著者などは、信仍《のぶより》と書いている。これで見ると、徳川時代には信仍で通ったのかも知れない。しかし、とにかく幸村と云う名前が、徳川時代の大衆文学者に採用されたため、この名前が圧倒的に有名になったのだろう。

むかし、姓名判断などは、なかったのであるが、幸村ほど智才秀《すぐ》れしものは時に際し事に触れて、いろいろ名前を替えたのだろう。

真田は、信濃の名族海野《うんの》小太郎の末胤で、相当な名族で、祖父の幸隆の時武田に仕えたが、この幸隆が反間を用いるに妙を得た智将である。真田三代記と云うが、この幸隆と幸村の子の大助を加えて、四代記にしてもいい位である。

一体真田幸村が、豊臣家恩顧の武士と云うべきでもないのに、何故《なぜ》秀頼のために華々しき戦死を遂げたかと云うのに、恐らく父の昌幸以来、徳川家といろいろ意地が重《かさな》っているのである。

上州の沼田は、利根川の上流が、片品川と相会する所にあり、右に利根川左に片品川を控えた要害無双の地であるが、関東管領家が亡《ほろ》びた後、真田が自力を以《もっ》て、切り取った土地である。

武田亡びた後、真田は仮に徳川に従っていたが、家康が北条と媾和する時、北条側の要求に依って、沼田を北条側へ渡すことになり、家康は真田に沼田を北条へ渡してくれ、その代りお前には上田をやると云った。

所が、昌幸は、上田は信玄以来真田の居所であり、何にも徳川から貰う筋合はない。その上、沼田はわが鋒《ほこ》を以て、取った土地である、故《ゆえ》なく人に与えんこと叶わずと云って、家康の要求を断り、ひそかに秀吉に使《つかい》を出して、属すべき由《よし》云い送った。天正十三年の事である。

家康怒って、大久保忠世、鳥居元忠、井伊直政等に攻めさせた。

それを、昌幸が相当な軍略を以て、撃退している。小牧山の直後、秀吉家康の関係が、むつかしかった時だから、秀吉が、上杉景勝に命じて、昌幸を後援させる筈《はず》であったとも云う。

この競合《せりあい》が、真田が徳川を相手にした初である。と同時に真田が秀吉の恩顧になる初である。

その後、家康が秀吉と和睦したので、昌幸も地勢上、家康と和睦した。

家康は、昌幸の武勇侮りがたしと思って、真田の嫡子信幸を、本多忠勝の婿にしようとした。そして、使を出すと、昌幸は（左様の使にて有間《あるま》敷也《じきなり》。使の聞き誤《あやまり》ならん。急ぎ帰って此旨《このむね》申されよ）と云って、受けつけなかった。

徳川の家臣の娘などと結婚させてたまるかと云う昌幸の気概想うべしである。

そこで、家康が秀吉に相談すると、

（真田尤也《もっともなり》。中務《なかつかさ》が娘を養い置きたる間、わが婿にとあらば承引致すべし）と、云ったとある。

家康即ち本多忠勝の娘を養女とし、信幸に嫁せしめた。結局、信幸は女房の縁に引かれて、後年父や弟と別れて、家康に随ったわけである。

所が、天正十六年になって、秀吉が北条氏政を上洛せしめようとの交渉が始まった時、北条家で持ち出した条件が、また沼田の割譲である。先年徳川殿と和平の時、貰う筈であったが、真田がわがままを云って貰えなかった。今度は、ぜひ沼田を貰いたい、そうすれば上洛すると云った。此《こ》の時の北条の使が板部岡紅雪斎と云う男だ。

北条としては、沼田がそんなに欲しくはなかったのだろうが、そう云う難題を出して、北条家の面目を立てさせてから上洛しようと云うのであろう。

秀吉即ち、上州に於《お》ける真田領地の中沼田を入れて、三分の二を北条に譲ることにさせ、残りの三分の一を名胡桃城《なぐるみじょう》と共に真田領とした。そして、沼田に対する換地は、徳川から真田に与えさせることにした。

紅雪斎も、それを諒承して帰った。所が、沼田の城代となった猪俣範直と云う武士が、我無《がむ》しゃらで、条約も何にも眼中になく、真田領の名胡桃まで、攻め取ってしまったのである。昌幸が、それを太閤に訴えた。太閤は、北条家の条約違反を怒って、遂に小田原征討を決心したのである。

昌幸から云えば、自分の面目を立ててくれるために、北条征伐と云う大軍を、秀吉が起してくれたわけで、可なり嬉しかったに違いないだろうと思う。関ヶ原の時に昌幸が一も二もなく大阪に味方したのは、此の時の感激を思い起したのであろう。

これは余談だが、小田原落城後、秀吉は、その時の使節たる板部岡紅雪斎を捕え、手枷足枷をして、面前にひき出し、（汝《なんじ》の違言に依って、北条家は亡んだではないか。主家を亡して快きか）と、罵《のの》しった。所が、この紅雪斎も、大北条の使者になるだけあって、少しも怯《わる》びれず、（北条家に於て、更《さら》に違背の気持はなかったが、辺土の武士時務を知らず、名胡桃を取りしは、北条家の運の尽くる所で、是非に及ばざる所である。しかし、天下の大軍を引き受け、半歳を支えしは、北条家の面目である）と、豪語した。

秀吉その答を壮とし（汝は京都に送り磔《はりつけ》にしようと思っていたが）と云って許してやった。その時丁度奥州からやって来ていた政宗を饗応するとき紅雪斎も陪席しているから、その堂々たる返答がよっぽど秀吉の気に叶ったのであろう。

とにかく、最初徳川家と戦ったとき、秀吉の後援を得ている、わが領地の名胡桃を北条氏が取ったと云う事から、秀吉が北条征伐を起してくれたのだから、昌幸は秀吉の意気に感じていたに違いない。

その後、昌幸は秀吉に忠誠を表するため、幸村を人質に差し出している。だから、幸村は秀吉の身辺に在りて、相当好遇されたに違いない。

関ヶ原役の真田

関ヶ原の時、真田父子三人家康に従って、会津へ向う途中、石田三成からの使者が来た。昌幸、信幸、幸村の兄弟に告げて、相談した。

昌幸は、勿論《もちろん》大阪方に味方せんと云った。兄の信幸、内府は雄略百万の人に越えたる人なれば、討滅さるべき人に非《あら》ず、徳川方に味方するに如《し》かずと云う。

茲《ここ》で、物の本に依ると、信幸、幸村の二人が激論した。佐々木味津三君の大衆小説に、その激論の情景から始まっているのがあったと記憶する。

信幸、我本多に親しければ石田に与《くみ》しがたしと云うと、幸村、女房の縁に引かれ父に弓引くようやあると云う。

信幸、石田に与せば必ず敗《ま》けるべし、その時党与の人々必ず戮《りく》を受けん。我々父と弟との危きを助けて家の滅びざらんことを計るべしと。幸村曰く、西軍敗れなば父も我も戦場の土とならん、何ぞ兄上の助けを借らん。天正十三年以来豊家の恩顧深し、石田に味方することそ当然である。家も人も滅ぶべく死すべき時到らば、潔く振舞うこそよけれ、何条汚く生き延びることを計らんやと。信幸怒って将《まさ》に幸村を斬らんとした。幸村は、首を刎《は》ねることは許されよ、幸村の命は豊家のために失い申さん志なればと云った。昌幸仲裁して、兄弟の争い各々その理あり、石田が今度のこと、必ずしも秀頼の為の忠にあらずと、信幸は思えるならん。我は、幸村と思う所等しければ、幸村と共に引き返すべし。信幸は、心任せにせよと云って別れたと云う。

この会談の場所は、佐野天妙であるとも云い、犬伏と云う所だと云う説もある。此の兄弟の激論は、恐らく後人の想像であろうと思う。信幸も幸村も、既に三十を越して居り、深謀遠慮の良将であるから、そんな激論をするわけはない。まして、父と同意見の弟に斬りかかけようとするわけはない。必ず、しんみりとした深刻な相談であったに違いない。

後年の我々が知っているように、石田方がはっきり敗れるとは分っていないのだから、父子兄弟の説が対立したのであろう。そして、本多忠勝の女婿である信幸は、いつの間にか徳川に親しんでいたのは、人間自然の事である。

そして、昌幸の肚《はら》の中では、真田が東西両軍に別れていればいずれか真田の血脈は残ると云う気持もあっただろう。敗けた場合には、お互《たがい》に救い合おうと云うような事も、暗々裡には黙契があったかも知れない。父子兄弟とも、頭がいいのであるから、大事な場合に、激論などする筈はない。後世の人々が、その後の幸村の行動などから、そんな情景を考え出したのであろう。

真田が東西両軍に別れたのは、真田家を滅ぼさないためには、上策であった。相場で云えば売買両方の玉を出して置く両建と云ったようなものである。しかし、両建と云うのは、大勝する所以《ゆえん》ではない。真田父子三人家康に味方すれば、恐らく真田は、五十万石の大名にはなれただろう。信幸一人では、やっと、十何万石の大名として残った。

しかし、関ヶ原で跡方もなく亡んだ戦国諸侯に比ぶれば、いくらかましかも知れない。

信幸、家康の許《もと》へ行くと、家康喜んで、安房守が片手を折りつる心地するよ、軍《いくさ》に勝ちたくば信州をやる証《しるし》ぞと云って刀の下緒のはしを切って呉《く》れた。

昌幸と幸村は、信州へ引き返す途中沼田へ立ち寄ろうとした。沼田城は、信幸の居城で、信幸の妻たる例の本多忠勝の娘が、留守を守っていたが、昌幸が入城せんとすると曰《いわ》く、既に父子仇《あだ》となりて引き分れ候《そうろう》上《うえ》は、たとい父にておはし候とも城に入れんこと思いも寄らずと云って、門を閉ざし、女房共に武装させて、厩《うまや》にいたあし毛の馬を、玄関につながした。昌幸感心して、日本一と世に云える本多中務の娘なりけるよ。弓取の妻はかくてこそあるべけれと云って、寄らずに上田へ帰った。本多平八郎忠勝は、徳川家随一の剛将である。小牧山の役、たった五百騎で、秀吉が数万の大軍を牽制して、秀吉を感嘆させた男である。蜻蛉《とんぼ》切り長槍を取って武功随一の男である。ある時、忠勝子息の忠朝と、居城桑名城の濠に船を浮べ、子息忠朝に、櫂《かい》であの葦をないで見よと云った。忠朝も、強力無双の若者であるが、櫂を取って葦を払うと、葦が折れた。忠勝見て、当世の若者は、手ぬるし我にかせ、自身櫂を持って横に払うと、葦が切れたと云う。そんな事が、可能かどうか分らぬが、とにかく秀吉に忠信の冑《かぶと》を受け継ぐものは、忠勝の外《ほか》にないと云われたり、関東の本多忠勝、関西の立花宗茂と比べられたりした典型的の武人である。

昌幸が、上田城を守って、東山道を上る秀忠の大軍を停滞させて、到頭関ヶ原に間に合わせなかった話は、歴史的にも有名である。

関ヶ原役に西軍が勝って論功行賞が行われたならば、昌幸は殊勲第一であったであろう。石田三成が約束したように、信州に旧主武田の故地なる甲州を添え、それに沼田のある上州を加えて、三ヶ国位は貰えたであろう。

真田安房守昌幸は戦国時代に於ても、恐らく第一級の人物であろう。黒田如水、大谷吉隆、小早川隆景などと同じく、政治家的素質のある武将で、位置と境遇とに依って、家康、元就、政宗位の仕事は出来たかも知れない男の一人である。その上武威赫々《かくかく》たる信玄の遺臣として、その時代に異敬されていたのであろう。大阪陣の時、幸村の奮戦振《ぶり》を聞いた家康が、（父安房守に劣るまじく）と云って賞めているから考えても、昌幸の人物が伺われる。所領は少かったが、家康などは可なりうるさがっていたに違いない。

秀忠軍が、上田を囲んだとき、寄手の使番一人、向う側の味方の陣まで、使を命ぜられたが、城を廻れば遠廻りになるので、大手の城門に至り、城を通して呉れと云う、昌幸聞いて易《やす》き事なりとて通らせる。その男帰途、又搦手《からめて》に来り、通らせてくれと云う、昌幸又易き事なりと、城中を通し、所々を案内して見せた。時人、通る奴も通る奴だが、通す奴も通す奴だと云って感嘆したと云う。

此時の城攻に、後年の小野次郎左衛門事神子上《みこがみ》典膳が、一の太刀の手柄を表している。剣の名人必ずしも、戦場では役に立たないと云う説を成す人がいるが、必ずしもそうではない。寄手力攻めになしがたきを知り、抑えの兵を置きて、東山道を上ったが、関ヶ原の間に合わなかった。

関ヶ原戦後、昌幸父子既に危かったのを、信幸信州を以て父弟の命に換えんことを乞う。だが昌幸に邪魔された秀忠の怒りは容易に釈《と》けなかったが、信幸父を誅せらるる前にかく申す伊豆守に切腹仰せつけられ候《そうら》えと頑張りて、遂に父弟の命を救った。時人、義朝には大《おおい》に異なる豆州哉《かな》と感嘆した。

大阪入城

関ヶ原の戦後、昌幸父子は、高野山の麓《ふもと》九度禿の宿に引退す。この時、発明した内職が、真田紐であると云うが……昌幸六十七歳にて死す、昌幸、死に望み、わが死後三年にして必ず、東西手切れとならん、我生きてあらば、相当の自信があるがと云って嗟《さ》嘆《たん》した。

幸村、ぜひその策を教えて置いてくれと云った。昌幸曰く策を教えて置くのは易いが、汝は我ほどの声望がないから、策があっても行われないだろうと云った。幸村是非にと云うたので、昌幸曰く「東西手切れとならば、軍勢を率いて先《ま》ず美野青野ヶ原で敵を迎えるのだ、しかしそれは、東軍と決戦するのではなく、かるくあしらって、瀬田へ引き取るのだ。そこでも、四五日を支えることが出来るだろう。かくすれば真田安房守こそ東軍を支えたと云う噂が天下に伝《つたわ》り、太閤恩顧の大名で、大阪方へ附くものが出来るだろう。しかし、この策は、自分が生きていたれば、出来るので、汝は武略我に劣らずと云えども、声望が足りないからこの策が行われないだろう」と云った。後年幸村大阪に入城し、冬の陣の時、城を出《い》で、東軍を迎撃すべきことを主張したが、遂に容れられなかった。昌幸の見通した通《とおり》であると云うのである。

大阪陣の起る前、秀頼よりの招状が幸村の所へ来た。徳川家の禄を食《は》みたくない以上、大阪に依って、事を成そうとするのは、幸村として止むを得ないところである。秀頼への忠節と云うだけではなく、親譲りの意地でもあれば、武人としての夢も、多少はあったであろう。

真田大阪入城のデマが盛んに飛ぶので、紀州の領主浅野長晟《ながあきら》は九度山附近の百姓に命じてひそかに警戒せしめていた。

所が、幸村、父昌幸の法事を営むとの触込みで、附近の名主大庄屋と云った連中を招待して、下戸上戸の区別なく酒を強い、酔いつぶしてしまい、その間に一家一門予《かね》て用意したる支度甲斐々々《かいがい》しく、百姓どもの乗り来《きた》れる馬に、いろいろの荷物をつけ、百人ばかりの同勢にて、槍、なぎ刀の鞘をはずし、鉄砲には火縄をつけ、紀伊川を渡り、大阪をさして出発した。附近の百姓ども、あれよあれよと騒いだが、村々在々の顔役共は真田邸で酔いつぶれているので、どうする事も出来なかった。浅野長晟之《これ》を聴いて、真田ほどの者を百姓どもに監視させたのは、此方の誤りであったと後悔した。

その辺、いかにも軍師らしくていいと思う。

大阪へ着くと、幸村は、只《ただ》一人大野修理治長の所へ行った。その頃、薙髪《ていはつ》していたので、伝心月叟《げっそう》と名乗り、大峰の山伏であるが、祈禱の巻物差しあげたいと云う。折柄《おりから》修理不在で、番所の脇で待たされていたが、折柄十人許《ばか》りで刀脇差の目利きごっこをしていたが、一人の武士幸村にも、刀拝見と云う、幸村山伏の犬おどしにて、お目にかけるものにてはなしと云って、差し出す。若き武士抜きて見れば、刃の匂、金の光云うべくもあらず、脇差も亦然《またしか》り、とてもの事にと、中子《なかご》を見ると、刀は正宗、脇差は貞宗であった。唯者《ただもの》ならずと若武士ども騒いでいる所へ、治長帰って来て、真田であることが分ったと云う。

その後、幸村彼《か》の若武士達に会い、刀のお目利きは上りたるやと云って戯れたと云う。

真田丸

東西手切れとなるや幸村は城を出で、東軍を迎え撃つことを力説し、後藤又兵衛も亦《また》真田説を授けたが、大野渡辺等の容るる所とならず、遂に籠城説が勝った。前回にも書いている通り、大阪城其物《そのもの》を頼み切っているわけである。

籠城の準備として、大阪城へ大軍の迫る道は、南より外ないので、此方面に砦を築く事になった。玉造口を隔てて、一つの笹山あり、砦を築くには屈竟の所なので、構築にかかったが、その工事に従事している人夫達が、いつとはなしに、此出丸を堅固に守らん人は、真田の外なしと云い合いて、いつの間にか、真田丸と云う名が、附いてしまった。

城中詮議の結果、守将たることを命ぜられた。しかし幸村は、譜代の部下七十余人しかないので辞退したが、後藤が、「人夫ども迄《まで》が、真田丸と云っている以上、御引受けないは本意ない事ではないか」と云ったので「然らば、とてもの事に縄張りも自分にやらせてくれ」と云って引き受けた。

真田即ち昌幸伝授の秘法に依り、出丸を築いた。真田が出丸の曲尺《かねざし》とて兵家の秘法になれりと「慶元紀参考」にある。

真田は冬の陣中自分に附けられた三千人を率いて此の危険な小砦を守り、数万の大軍を四方に受け、恐るる色がなかった。

家康の勧誘

真田丸の砦は、冬陣《ふゆのじん》中、遂に破られなかった。媾和になってから家康は、幸村を勧誘せんとし、幸村の叔父隠岐守信尹《のぶただ》を使として（信州にて三万石をやるから）と言って、味方になることを勧めさせた。

幸村は、出丸の外に、叔父信尹を迎えて、絶えて久しい対面をしたが、徳川家に附くだけはきっぱり断った。

信尹はやむなく引返して、家康にその由を伝えると、家康は（では信濃一国を宛《あて》行わん間如何《いか》にと、重ねて尋ねて参れ）と言った。信尹、再び、幸村に対面してかく言うと（信濃一国は申すに及ばず、天下に天下を添えて賜るとも、秀頼公に背きて不義は仕《つかまつ》らじ、重ねてかかる使をせられなば存ずる旨あり）と、断乎として言って、追返した。

「常山紀談」の著者などは、この場合、幸村がかくも豊臣家のために義理を立通そうとしたのは、必ずしも、道にかなえり、とは言うべからずと言っている。

「豊臣家は真田数世の君に非ず、若《も》し、君に不背《そむかず》の義を論ぜば、武田家亡びて後世をすてて山中にかくれずばいかにかあるべき」

など評している。

が、幸村としてみれば、豊臣家には父昌幸以来の恩義があると共に、徳川家に対しては、前に書いておいた如く、矢張《やは》り父昌幸以来のいろいろの意地が重なっているのである。でないとした所が、今になって武士たるものが、心を動かすべき筈はないのである。

豊臣家譜代の連中が、関東方に附いて城攻に加っているのに、譜代の臣でもない幸村が、断乎大阪方に殉じているなど会心の事ではないか。なお、これは余談だが、大阪方についた譜代の臣の中で片桐且元など殊《こと》にいけない。

坪内逍遥博士の「桐一葉」など見ると、且元という人物は極めて深謀遠慮の士で、秀吉亡き後の東西の感情融和に、反間苦肉の策をめぐらしていたように書いてあるが、ウソである。

「駿府記」など見ると、且元、秀頼の勘気に触れて、大阪城退出後、京都二条の家康の陣屋にまかり出で、御前で、藤堂高虎と大阪攻口を絵図をもって、謀議したりしている。

また、冬の陣の当初、大阪方が堺に押し寄せた時、且元、手兵を派して、堺を助け、大御所への忠節を見せた、など「本光国師日記」に見えている。

且元のこうした忌《いまわ》しい行動は、当時の心ある大阪の民衆に極度の反感を起さしめた。何某《なにがし》といえる俠客の徒輩が、遂に立って且元を襲い、その兵百人ばかりを殺害したという話がある。

且元、後にこれを家康に訴え、その俠客を制裁してくれと頼んだが、家康は笑って応じなかった。

当時の且元が、大阪びいきの連中に、いかように思われていたかが分るわけである。「桐一葉」に依って且元が忠臣らしく、伝えられるなど、甚だ心外だが、今に歌右衛門でも死ねば、誰《たれ》も演《や》るものがないから、いいようなものの。

東西和睦

和平が成立した時、真田は、後藤又兵衛とともに、関東よりの停戦交渉は、全くの謀略なることを力説し、秀頼公の御許容あるべからずと言ったのだが、例によって、大野、渡辺等の容るる所とならなかったわけである。

幸村は、偶々《たまたま》越前少将忠直卿の臣原隼人《はやと》貞胤《さだたね》と、互に武田家にありし時代の旧友であったので、一日、彼を招じて、もてなした。

酒盃数献の後、幸村小鼓を取出し、自らこれを打って、一子大助に曲舞《くせまい》数番舞わせて興を尽した。

この時、幸村申すことに（この度の御和睦も一旦のことなり。終《つい》には弓箭《きゅうせん》に罷成《まかりな》るべくと存ずれば、幸村父子は一両年の内には討死とこそ思い定めたれ）と言って、床の間を指し（あれに見ゆる鹿の抱角打ったる冑は真田家に伝えたる物とて、父安房守譲り与えて候、重ねての軍《いくさ》には必ず着して打死仕らん、見置きてたまわり候え）と云った。

それから、庭に出て、白河原毛なる馬の逞しきに、六文銭を金もて摺りたる鞍を置かせ、ゆらりと打跨《うちまたが》り、五六度乗まわして、原に見せ（此の次《つ》ぎは、城壊れたれば、平場の戦なるべし。われ天王寺表へ乗出《のりいだ》し、この馬の息続かん程は、戦って討死せんと思うにつけ、一入《ひとしお》秘蔵のものに候）と言って、馬より下り、それから更に酒宴を続け、夜半に至って、この旧友たちは、名残を惜しみつつ分れた。

果して、翌年、幸村は、この冑を被りこの馬に乗って、討死した。

また、この和睦の成った時、幸村の築いた真田丸も壊されることになった。

この破壊工事の奉行に、本多正純がやって来て、おのれの手で取壊そうとしたので、幸村大いに怒り抗議を申込んだ。

が、正純も中々引退《ひきさが》らぬ。

両者が互いにいがみあっている由がやがて家康の耳に入った。すると、家康は（幸村が中条理《ことわりなり》也、正純心得違也）と、早速判決を下して、幸村に、自分の手で勝手に取壊すことを許した。

この辺り、家康大《おおい》に寛仁の度を示して、飽迄《あくまで》幸村の心を関東に惹かんものと試みたのかも知れない。

が、幸村は、全く無頓着に、自分の人夫を使って、地形までも跡方なく削り取り、昌幸伝授の秘法のあとをとどめなかった。

天王寺口の戦

元和元年になると東西の和睦は既に破れ関東の大軍、はや伏見まで着すと聞えた。

五月五日、この日、道明寺玉手表には、既に戦始《いくさはじまり》、幸村の陣取った太子へも、その鬨《とき》の声、筒音など響かせた。

朝、幸村の物見の者、馳帰《はせかえ》って、旗三四十本、人衆《にんず》二三万許《ばか》り、国府越より此方《こちら》へ踰来《こしきた》り候と告げた。これ伊達政宗の軍兵であった。が幸村静《しずか》に、障子に倚《よ》りかかったまま、左《さ》あらんとのみ言った。

午後、物見の者、また帰って来て、今朝のと旗の色変りたるもの、人衆二万ほど龍田越に押下り候、と告げた。これ松平忠輝が軍兵であった。幸村虚睡《そらねむ》りしていたが、目を開き（よしよし、いか程にも踰《こ》えさせよ。一所に集めて討取らんには大いに快し）とうそぶいた。

軍《いくさ》に対して、既に成算のちゃんと立っている軍師らしい落着《おちつき》ぶりである。

さて、夕炊《ゆうかしぎ》も終って後、幸村徐《おもむ》ろに「この陣所は戦《たたかい》に便なし、いざ敵近く寄らん」と言って、一万五千余の兵を粛々と押出した。その夜は道明寺表に陣取った。

明れば六日、早旦、野村辺《あたり》に至ると、既に渡辺内蔵助紀《くらのすけただす》が水野勝成と戦端を開いていた。

相当の力戦で、紀は既に身に深手を負っていた。幸村の軍来ると分ると、紀は使を遣わして（只今の迫合《せりあい》に創《きず》を蒙りて復《また》戦うこと成り難し。然る故、貴殿の蒐引《かけひき》に妨《さまたげ》ならんと存じ人衆を脇に引取候、かくして横を討たんずる勢を見せて控え候、これ貴殿の一助たるべきか）と言って来た。

幸村、喜んで（御働きの程、目を愕《おどろ》かしたり。敵はこれよりわれ等が受取ったり）と言って、軍を進めた。

水野勝成の軍は伊達政宗、松平忠輝等の連合軍であった。幸村愈《いよいよ》現われると聞き、政宗の兵、一度に掛り来る。

ここで、野村という所の地形を言っておくと、前後が岡になっていて、その中間十町ばかりが低地であり、左右田疇《でんちゅう》に連《つらな》っている。

幸村の兵が、今しも、この岡を半ばまで押上げたと思うと、政宗の騎馬鉄砲八百挺が一度に打立てた。

この騎馬鉄砲は、政宗御自慢のものである。

仙台といえば、聞えた名馬の産地。その駿足に、伊達家の士の二男三男の壮力の者を乗せ、馬上射撃を一斉に試みさせる。打立てられて敵の備《そなえ》の乱れた所を、煙の下より直ちに乗込んで、馬蹄に蹴散らすという、いかにも、東国の兵らしい荒々しき戦法である。

この猛撃に、さすがの幸村の兵も、弾丸《たま》に傷《きず》つき、死する者も相当あった。

然し、幸村は（爰《ここ》を辛抱せよ。片足も引かば全く滅ぶべし）と、先鋒に馳来って下知した。一同、その辺りの松原を楯として、平伏したまま、退く者はなかった。

始め、幸村は暑熱に兵の弱るのを恐れて、冑も附けさせず、鎗《やり》も持たせなかった。かくて、敵軍十町ばかりになるに及んで、使番を以て、（冑を着よ）と命じた。更に、二町ばかりになるに及んで、使番をして（鎗を取れ）と命じた。

これが、兵の心の上に非常な効果を招いた。敵前間近く冑の忍の緒を締め、鎗をしごいて立った兵等の勇気は百倍した。

さしもの伊達の騎馬鉄砲に耐えて、新附仮合の徒である幸村の兵に一歩も退く者のなかったのはそのためであろう。

幸村は、漸《ようや》く、敵の砲声もたえ、烟《けむり》も薄らいで来た時、頃合はよし、いざかかれと大音声に下知した。声の下より、皆起って突かかり、瞬く間に、政宗の先手を七八町ほど退かしめた。政宗の先手には、かの片倉小十郎、石母田《いしもだ》大膳等が加《くわわ》っていたが、（敵は小勢ぞ、引くるみて討ち平《たい》らげん）など豪語していたに拘らず、幸村の疾風の兵に他愛なく崩されてしまったのである。

これが、世に真田道明寺の軍《いくさ》と言われるものである。

新鋭の兵器を持って、東国独特の猛襲を試みた伊達勢も、さすがに、真田が軍略には、歯が立たなかったわけである。

幸村は、それから士卒をまとめて、毛利勝永の陣に来た。

そして、勝永の手を取って、涙を流して言った。（今日は、後藤又兵衛と貴殿とともに存分、東軍に切込まんと約せしに時刻おそくなり、後藤を討死させせし故、謀《はかりごと》空しくなり申候。これも秀頼公御運の尽きぬるところか）と。

この六日の朝は、霧深くして、夜の明も分らなかったので幸村の出陣が遅れたのである。若し、そんな支障がなかったら、関東軍は、幸村等に、どれ程深く切り込まれていたか分らない。

勝永も涙を面《おもて》に泛《うか》べ（さり乍《なが》ら、今日の御働き、大軍に打勝れた武勇の有様、古《いにしえ》の名将にもまさりたり）と称揚した。

幸村の一子大助、今年十六歳であったが、組討して取たる首を鞍《くら》の四方手に附け、相当の手傷を負っていたが、流るる血を拭いもせずに、そこへ馳せて来た。

勝永これを見て、更に、（あわれ父が子なり）と称えたという。

こうして、五月六日の戦は、真田父子の水際立った奮戦に終始した。

真田の棄旗

五月七日の払暁、越前少将忠直の家臣、吉田修理亮光重は良く河内の地に通じたるを以て、先陣として二千余騎を率い大和川へ差かかった。

その後から、越前勢の大軍が粛々と進んだ。

が、まだ暗かったので、越前勢は河の深浅に迷い、畔《ほとり》に佇むもの多かった。大将修理亮は（河幅こそ広けれ、いと浅し浅し）と言って、自ら先に飛込んで渡った。

幸村は、夙《つと》にこの事あるを予期して、河底に鉄鎖を沈め置き、多数が河の半ばまで渡るを待って、これを一斉に捲き上げたので、先陣の三百余騎、見る見る鎖に捲き倒されて、河中に倒れた。

折柄、五月雨《さみだれ》の水勢烈しきに、容赦なく押流された。

茲《ここ》に最も哀れをとどめたのは、大将吉田修理亮である。彼は、真先に飛込んで、間もなく馬の足を鎖に捲きたおされ、ドウと許り、真倒《まつさかさ》まに河中に落ちた。が、大兵肥満の上に鎧を着ていたので、どうにもならず、翌日の暮方、天満橋の辺に、水死体となって上った。

また、同じ刻限、天王寺表の嚮導《きようどう》、石川伊豆守、宮木丹後守等三百余人が平野の南門に着いた。見ると、そこの陣屋の門が、ぴったり閉めてあって入りようがない。廻って東門を覗ったが、同様である。内には、六文銭の旗三四旒、朝風に吹靡《ふきなび》いて整々としていた。

（さては、此処《ここ》がかの真田が固めの場所か。迂闊に手を出す可《べか》らず）。その上、越前勢も、大和川の失敗で、中々到着するけしきもないので石川等は、東の河岸に控えて様子を覗っていた。

夜がほのぼのと明け始めた。そこで東の門を覗ってみると、内は森閑として、人の気配もなかった。何のことだ、と言い合いつつ、東の門を開いて味方を通そうとしている所へ、越前勢の先手《さきて》がやっとのことで、押し寄せて来た。

大和川に流された吉田修理亮に代って、本多飛騨守、松平壱岐守等以下の二千余騎である。が、石川宮木等は、これを真田勢の来襲と思い違い、凄まじい同志討が、ここに始まった。石川宮木等が葵の紋に気付いた時は、既に手の下しようのない烈しい戦いになっていた。ようやくのことで、彼等が、冑を取り、大地にひざまずいたので、越前勢も鎮まった。

しかし、こんな不始末が大御所に知れてはどんなことになるかも知れない、とあって、彼等は、その場を繕うために、雑兵の首十三ほどを切取り、そこにあった真田の旗を証拠として附けて、家康に差出した。

家康いたく喜ばれ（真田ほどの者が旗を棄てたるはよくよくのことよ）と御褒めになり、その旗を家宝にせよとて、傍《かたわら》の尾張義直卿に進ぜられた。

義直卿は、おし頂いてその旗をよくよく見たが、顔色変り、これは家宝にはなりませぬ、と言う。

家康もまた、よく見れば、旗の隅に細字で、小さく「棄旗」と書いてあった。（実に武略の人よ）と家康は、讃嘆したとあるが、これは些《いささ》かテレ隠しであったろう。

寄手の軍が、こんな失敗を重ねてぐずぐずしている間に、幸村は軍を勝曼院の前から石之華表の西迄三隊に備え、旗馬印を龍粧に押立てていた。

殺気天を衝《つ》き、黒雲の巻上るが如し、という概があった。陽も上るに及んで、愈《いよいよ》合戦の開かれんとする時、幸村は一子大助を呼んで、（汝は城に還りて、君が御生害を見届け後果《のち》つべし）と言った。が、大助は（そのことは譜代の近習にまかせて置けばよいではないか）と、仲々聴かなかった。そして、（あく迄父の最期を見届けたい）と言うのをなだめ賺《すか》して、やっと城中に帰らせた。

幸村は、大助の背姿《うしろすがた》を見、（昨日誉田《こんだ》にて痛手を負いしが、よわる体《てい》も見えず、あの分なら最後に人にも笑われじ、心安し）と言って、涙したという。

時人、この別れを桜井駅に比している。幸村は、なぜ、大助を城に返して、秀頼の最期を見届けさせたか、その心の底には、もし秀頼が助命されるような事があらば、大助をも一度は世に出したいと云う親心が、うごいていたと思う。前に書いた原隼人との会合の時にも（伜に、一度も人らしい事をさせないで殺すのが残念だ）と述懐している。こう云う親心が、うごいている点こそ、却《かえ》って幸村の人格のゆかしさを偲《しの》ばしめると思う。

幸村の最期

幸村の最後の戦《たたかい》は、越前勢の大軍を真向に受けて開始された。

幸村は、屢《しばしば》越前勢をなやましつつ、天王寺と一心寺との間の龍の丸に備えて、士卒に兵糧を使わせた。

幸村はここで一先ず息を抜いて、その暇に、明石掃部助全登《かもんのすけなりとよ》をして今宮表より阿部野へ廻らせて、大御所の本陣を後より衝かせんとしたが、この計画は、松平武蔵守の軍勢にはばまれて着々と運ばなかった。

そこで、幸村は毛利勝永と議して、愈《いよいよ》秀頼公の御出馬を乞うことに決した。秀頼公が御旗御馬印を、玉造口まで押出させ、寄手の勢力を割いて明石が軍を目的地に進ましめることを計った。真田の穴山小助、毛利の古林一平次等が、その緊急の使者に城中へ走った。

この使者の往来しつつある猶予を見つけたのが、越前方の監使榊原飛騨守である。飛騨守は（今こそ攻めるべし、遅るれば必ず後より追撃されん）と忠直卿に言上した。

忠直卿早速、舎弟伊予守忠昌、出羽守直次をして左右両軍を連ねさせ、二万余騎を以て押し寄せたが、幸村は今暫く待って戦わんと、待味方の備《そなえ》をもって、これに当っていた。

すると、意外にも、本多忠政、松平忠明等、渡辺大谷などの備を遮二無二《しゃにむに》切崩して真田が陣へ駆け込んで来た。また水野勝成等も、昨日の敗を報いんものと、勝曼院の西の方から六百人許り、鬨を揚げて攻寄せて来た。幸村は、遂に三方から敵を受けたのである。

（最早これまでなり）と意を決して、冑の忍の緒を増花形に結び――これは討死の時の結びようである――馬の上にて鎧の上帯を締め、秀頼公より賜った緋縮緬《ひぢりめん》の陣羽織をさっと着流して、金の采配をおっ取って敵に向ったと言う。

三方の寄手合せて三万五千人、真田勢僅《わず》かに二千余人、しかも、寄手の戦績はかばかしく上らないので、家康は気を揉んで、稲富喜三郎、田付兵庫等をして鉄砲の者を召連れて、越前勢の傍より真田勢を釣瓶打にすべしと命じた位である。

真田勢の死闘の程思うべしである。

幸村は、三つの深手を負ったところへ、この鉄砲組の弾が左の首摺の間に中《あた》ったので、既に落馬せんとして、鞍の前輪に取付き差うつむくところを、忠直卿の家士西尾仁右衛門が鎗で突いたので、幸村はドウと馬から落ちた。

西尾は、その首を取ったが、誰とも知らずに居たが、後にその冑が、嘗《かつ》て原隼人に話したところのものであり、口を開いてみると、前歯が二本闕《か》けていたので、正《まさ》しく幸村が首級と分ったわけである。西尾は才覚なき士で、その時太刀を取って帰らなかったので、太刀は、後に越前家の斎藤勘四郎が、これを得て帰った。

幸村の首級と太刀とは、後に兄の伊豆守信幸に賜ったので、信幸は二男内記をして首級は高野山天徳院に葬らしめ、太刀は、自ら取って、真田家の家宝としたと言う。

この役に、関西方に附いた真田家の一族は、尽《ことごと》く戦死した。甥幸綱、幸堯《ゆきたか》等は幸村と同じ戦場で斃《たお》れた。

一子大助は、城中において、秀頼公の最期間近く自刃して果て、父の言葉に従った。

猿飛佐助の死

五味康祐

五味康祐　1921～1980

大阪府生まれ。早稲田大学第二高等学院を中退後、明治大学に入学（後に除籍）。この頃に日本浪漫派の影響を受ける。学徒出陣で中国大陸を転戦、復員後は、保田與重郎に師事する。1953年に異色の剣豪小説「喪神」で芥川賞を受賞、柳生家を隠密集団とした『柳生武芸帖』は後世に大きな影響を与えた。剣豪小説に一時代を築き、『柳生連也斎』、『スポーツマン一刀斎』、『風流使者』、『薄桜記』などが代表作。オーディオマニア、レコードコレクターとしても有名で、『西方の音』、『オーディオ巡礼』などの音楽、オーディオ評論も刊行している。

一

小田原の北、半里ばかりの所に久野口という小さな邑《むら》がある。その久野口から荻窪山の裏山道を、夜陰にまぎれ、翔ぶように走って行く忍び装束の二人組があった。天正十八年五月三日のことである。この辺一帯は羽柴秀次の軍勢で固められており、槍の鋩先を光らせた警固の足軽共が彼方此方《かなたこなた》、焚火しながら屯《たむろ》している。

二人組は、荻窪山の麓《ふもと》へさし掛ると、ちょっと立停り、背後の薄闇に追手の気配を窺った。この辺一帯は羽柴秀次の軍勢で固められており、

二人組の方は、併《しか》し、足軽の警戒など眼中にないらしい。無言のまま、やって来た辺りを見透して、頷き合うと、又、風のように走り出した。足軽の一人がそれと悟ったとしても、走る彼らを見分けることは出来なかったろう。それ程、捷《すばや》い。それもただ疾走するだけではない。樹影から樹影へ走って、一瞬、やすむ。それから、斜めに、地を這うように次の樹影へ走るのである。走るその姿を若《も》し誰かが見つけたとすれば、当然、目は、彼らと同じ早さで進行方向を追うわけだが、すると樹影の先で、姿が消えた、と見える。慌てて視線を戻す。その隙に、彼らは別の方向へ走り去っている。けっして、同じ速度では走らないし、方向も真直《まっす》ぐでない。だから忍者の走る姿を見とどけるのはむつかしい。

二人組は、今もそうして走った。荻窪山の裾を迂回すると、其処《そこ》はもう羽柴勢の本陣であった。定紋を染め抜いた幔幕《まんまく》が張りめぐらされ、篝火《かがりび》が燃え、一段と警固の夜廻りも厳重になっていた。

それを窺い見て、彼らは、それぞれ、樹の影へ重なるように身を寄せていたが、不意に、頭から羽織を覆《かぶ》って、其《そ》の場に蹲《うずくま》った。夜番の足軽が一人、槍を抱え、間近までやって来たからである。彼らの引覆《ひっかぶ》ったのは、二領楯という忍び装束の一つで、それを覆《かぶ》ると、岩としか見えない。若し相手が怪しんで近寄れば、内側から突き刺すのである。――が、足軽の方はただの石と思ったらしく、もともとそのつもりで来たのだろうが、ゆっくり、星空を見上げながら放尿して、屯所へ戻って行った。

二つの石は、併し、そのままで、動かなくなった。而《そう》して、彼らの来た久野口のあたりに、ドッと、鬨の声があがったのは小半刻も後である。忍びの二人と、この鬨の声には、予《あらかじ》め、謀《しめ》し合せがしてあったらしい。鬨の声は、小田原城に籠った北条方が夜襲をかけたのだが、敵方の夜襲というので羽柴の本陣はどっと色めき立ち、幔幕をはね揚げて躍り出す者、馬を曳《ひ》くもの、久野口へ偵察に走る者、前陣から注進に駈け込んでくる者。――蜂の巣を突いた騒ぎである。――その裡《うち》にも、彼我呼応したどよめきはいよいよ拡がり、夜の山一帯に、法螺貝や銅鑼《どら》の音が響き出す。

二人組は、その騒ぎを待っていたらしい。そうして、騒ぎに紛れて、難なく羽柴の本陣を抜けた。あとは一瀉千里であった。星山を越え、山添いに坊所を横切って、亥の上刻（午後十一時前）には諏訪の原へ達していた。この辺になると、最早大した軍勢の配置もない。夜空に、遠く炎の余映が望見されるのは、久野口の部落に焼き打ちでも起ったのであろう。

「――弥介、もうよいわ」

忍者の一人は、そう声を掛けると、木株にとンと腰を据えた。黒装束だが、よく見ると左手に何か抱えている。

「まだ、危いぞ、お主」走っていた方は、そう小声で呟《つぶや》いて、四囲をうかがい乍《なが》ら引き返して来た。

「この辺、甲賀者が動いている、要慎《ようじん》が肝腎じゃ」

「よいわ。甲賀なら話せば分る。『白』より仕易いかも知れんわな。――まァ、お主も休め。足柄まで、後ひと走りじゃ」坐った方が年嵩《としかさ》らしく、落着いてそう云うと抱えた包みを傍らに横たえた。

弥介と呼ばれた方は、それでも周囲に眼を放さなかったが、相手が動じないので仕方なく隣りに坐った。これは無手である。

深夜の山中ゆえ、一寸先はそれこそ闇だが、彼らには見えるらしい。

「眠っておるか」と弥介は、包みを覗き込んだ。

包まれていたのは嬰児である。泣き声を立てさせぬためだろう、歯も生えぬ口に猿轡《さるぐつわ》を嵌《は》められている。

「無心なものじゃ」年嵩が言った。「――これで、北条が軍《いくさ》に勝てばな。――無理か。ハッハ」

「誰の子じゃ」

「む？　――まだ、申せぬ」

「氏政殿か」

「白痴《たわけ》たことを」

年嵩は一喝した。怒気でなく、むしろ笑いを含んだ皮肉な口調であった。「いずれ分るときが参ろうわ」と言った。

それから、二人は申し合せたように丸薬を噛《の》んだ。忍者独得の食糧的薬餌である。極《ご》く少量で飢を凌《しの》ぎ、しかも滋価に富み、携帯にも便だが、一日二三粒ずつ服用すれば、他に食物を用いずとも十日は優に走りつづけるという。

年嵩の忍者は、一度、猿轡を解いて、嬰児にも、己が口移しで薬餌を与えた。そうしてから、再び黒い布に児を包み、小脇に抱えた。

「参ろう――」

腰の朽葉を払い、さっと闇を走り出した。――その時である。星がながれるように一本の木立から、同じ、忍びの装束の武士が現われたのだ。嬰児を抱えた忍者と交叉しざま、駈け抜けに、無言で脾腹を突き刺した。

「うぬ。……」

忍者同士の闇討ちゆえ、躱《かわ》す間もなかったのであろう。年嵩は胴切りに斬りつけようとしたが、及ばなかった。相手に一抉《ひとえぐ》り、素早く脾腹を掻かれていたのである。蹣跚《よろめ》いて、その場に倒れた。忍び者は、けっして敵を刺した太刀は、抜かない。突き立てたままで捨て去る。返り血を防ぐためである。

弥介が思わぬ敵の出現に、

「あッ」と、朋輩の手もとへ駈け寄ったのと、相手が包みを奪い取って、闇の木立へ走り去ったのは、同時であった。

「待て、甲賀者」

弥介は手裏剣を投げた。利かなかった。追おうか、年嵩を介抱するかと一瞬立ち竦《すく》んだが、これも忍者の常套だろう、直ぐ朋輩を捨て残し、木立に敵を追い走った。

――そのまま弥介は、戻らなかった。

夜が明けてから、附近の百姓が諏訪の原に黒装束の屍体を発見した。脾腹に太刀を受けたまま死んでいたが、奇怪なことに顔を己れ自身の小柄で無惨に斬りつけてあった。誰とも容貌を見分けようがなかった。

戦国時代のことだから、死骸を見るのは百姓達もいくらか狎《な》れていたろうが、これればかりは気味悪く思ってか、件《くだん》の百姓は早速庄屋の藤兵衛に申し出た。藤兵衛は心得があったので、脾腹の太刀を抜取り、村人に手伝わせて村寺の無縁塚へ埋葬した。戦場の附近ゆえ、名もない雑兵の死体など、藤兵衛はそうして弔っていたのである。この藤兵衛は、後日、死体の縁者があらわれた折のためにと、過去帳を作っていたが、無縁仏の埋葬の日附、死体の位置など書きとめたもので、この日の、忍び者の条《くだ》りには、次のように書かれてあった。

「天正庚寅歳五月四日。すわのはら。

小作人かすけ弔《これをとむらう》レ之。らっぱ（乱破）者乎《か》。刺したるは名刀ならず、肉厚き新刀也。たやすく捨つべし。なむあみだぶ」

二

ここで、前の久野口の夜襲のことに触れておく。

天正十八年正月、秀吉は諸国に令して北条氏直父子討伐の軍を興した。自らも三月朔日《ついたち》、京師を発して小田原に向った。水陸併せ、総軍勢四十万余である。これに対し、北条方は総勢七万余。

秀吉が北条氏を攻めたのは、当時、氏直父子だけが秀吉の天下平定に叛骨を示して入覲しなかったからである。関東を九十余年制覇した北条一族にすれば、猿面冠者に服することを潔しとしなかったのも無理からぬことであろう。併し、勝敗は誰の眼にも瞭然だった。山中、韮山、八王子、鉢形、忍《おし》と諸城相継いで陥り、五月のこの頃には総軍小田原城に包囲され、滅亡は時の問題とされていた。

そこで総帥氏直は、私《ひそ》かに降伏を決意したが、一つ、心に残ったことがある。一子咲丸の身柄である。

当時、二十九歳の氏直には、正室に子がなく、重臣板部岡江雪斎の女《むすめ》との間に一子が生れた。即ち咲丸である。氏直の正室は、徳川家康の女《むすめ》である。謂《い》わば政略結婚だが、その為、家康への配慮から咲丸誕生のことは、表沙汰にしてなかった。咲丸の母の於百合は主君の胤《たね》を産みおとすと、ひと月後、産褥のため急逝した。（恰度《ちょうど》秀吉が小田原城攻略を号令した直後である）咲丸はその時、江雪斎の手許《てもと》に預けられていた。

降伏するのは、氏直自身、賜死を覚悟の上である。併し、出来れば咲丸だけは救いたい、と氏直は考えた。表沙汰になっていないのもその点都合がいいし、表沙汰にして、己の子といっていないだけに、一層、不憫もかかったのである。――で、いよいよ小田原落城が目前に迫ったのを察し、このことを、江雪斎に諮《はか》った。何とか咲丸を落ちのびさせる手段はないものかと。すると江雪斎は、即座に、忍びの者に託する策を進言したのである。

彼江雪斎は、伊豆下田の郷士田中備中守の子で、もとは密宗の僧だった。それが氏直の祖父氏康に召出され、右筆となったが、智慮厚く廉潔の士でもあったから、次第に登庸され、評定頭に列して豆州七島の代官職を兼ねていたものである。先年、上杉謙信と氏康の和睦の折、江雪斎は軍使として越後に使いしたが、この小田原役の前にも、北条家の代理となって京へ上り、秀吉に面談している。それはさて措き、密宗といえば、所謂《いわゆる》忍術を編んだ修験道の祖流であり、伊豆は亦《また》、忍び者の根拠地で思われる。

ある。江雪斎自身が、忍びを心得ていた形跡はないが、そういう方面への心当りは充分あったものと

ところで、江雪斎から忍者を使うことを進言されたとき、氏直は、肯《き》かなかった。忍び者の「不義」を惧れたからである。これは重大なので言っておかねばならないが、当時、各大名は間諜に忍者を利用する一方、けっして、彼らを重用しなかった。忍び者には彼ら特有の社会があり、一般の武士道とは、根本的に考え方も異《ことな》っていたからである。彼らはけっして主君というものを持たない。一国の城主のみには仕えないし、無論忠義など尽そうともしなかった。彼らが間諜として、或《あ》る武将のため活躍するのは「傭《やと》われた」からである。一定の目的を果せば、(敵の情報をさぐって提供すれば)「傭われた」任務は了《おわ》っている。従ってその報酬を獲たとき、彼らは、踵《きびす》を転じて、今度は敵側の為に活躍することもある。彼らにとって大切なのは「忠節」ではなく「術」である。己が忍術の優劣を競うことそれ自体が生甲斐《いきがい》であり、目的だったのである。

彼らとて、敵中に忍び込んで捕われることもあるが、如何《いか》に拷問されても、絶対「傭った主君」の名も、秘密も告げない。黙って舌を噛む。忠義からではなく、己が術の破れたのを恥じるからである。術だけのために生き、術の名の下《もと》で死ぬ。それが彼らの「仁義」とされていた。

特定の君主に仕えるのは、だから忍術者の間の禁忌《タブー》であった。侵せば忍び仲間に暗殺された。戦国の末時、忍術を職業化する一方で、文書に彼らの正当な記録が遺されていないのはこの為である。秀吉なども、天下をとるまで随分と大胆に彼らを利用したが、世が治《おさま》ってからは伊賀一円に忍び者は追放したと稗史《はいし》にある。伊賀には古来修験者が横行してはいたのだが、世に云う伊賀流の忍術使い等と喧伝され出したのは、この、秀吉の追放以来だった。

さて、こういうわけで氏直は忍び者に、咲丸を託すのを肯《がえ》んじなかった。が、主君としてでなく、仲間のつてで依頼すれば、忍者の仁義からも彼らは咲丸を護ってくれるであろう、と江雪斎は力説した。若しかすれば、そのため一生、咲丸は忍び者でおわるようになるかも知れない。併しこれは、今の場合致し方ない。氏直の落胤と分れば、当然、秀吉も生かしておかぬだろうし、このまま、一族郎党、城を枕に戦っても、所詮は討死するばかりである。万一降服が「和睦」という形式ですみ、氏直が存命できれば、その時改めて、咲丸の行方を尋ねる術《すべ》もあろう。——そう江雪斎は説いた。

氏直は、遂にその言に従った。五月一日、伊豆から忍び者が呼集された。この小田原役には、豊臣、北条勢とも、かなりの忍術者を使った形跡があり、例えば、井伊直政は忍びの者に小田原城東濠の水深を測らせているし、家康は家康で、篠曲輪《ささくるわ》の橋の行桁をしらべさせた史実がある。江雪斎が招いたのもそんな一人だったろうが、城中での扱いは、常になく鄭重なものだったという。

三日の夜襲は、この忍びの者が劃策したのだった。敵方の忍者の眼を掠《かす》めるためだが、公には、兎《と》角《かく》鎖沈しがちだった城中の士気を鼓舞する為にと称し、——五月三日夜半、広沢某を隊長とする屈強の騎士百人で、前後二隊に分れ、咲丸の脱出後、久野口にどっと夜襲をかけたのである。結局、これは失敗におわったが、若し咲丸が、最初の「伊豆の忍者」の手に護られたままでいれば、吾々は今日、「猿飛佐助」の口碑を持たなかったかも知れないし、智将真田幸村の活躍ぶりも、幾分、史実とは違っていたろうと思われる。

というのは、咲丸の父氏直が意を決して秀吉の軍に降《くだ》ったのは、これより二ヵ月後、七月五日で、氏直はその時、自分は自決するが、父氏政以下の士卒の命は宥《ゆる》されるようにと、家康を通じて秀吉に嘆願した。これに対し秀吉は、氏政直属の武将はどう仕様もない、併し他の士卒には、悉《ことごと》く寛典を与えると述べ、氏直自身の死も宥したからである。そこで、氏直は高野山へ蟄居を命じられただけで済み、翌天正十九年には、改めて伯耆国へ移封するとの意嚮《いこう》さえ秀吉から洩らされた。尤《もっと》も、この話のさ中、疸瘡で忽然と氏直は逝ったが。

一方、江雪斎の方は、降伏後捕えられて秀吉直々の面詰を受け、

「先年、汝《なんじ》は北条家の使いとして上洛の折、参覲を約しながら果さなかった。余はそのため日本国の兵を動かさなければならなかったが、お前も主家を滅《ほろぼ》したぞ。あの折の約言は、氏直の奸計か、それともお前の詐《いつわ》りであったか？　ありのままに言上せよ」

と、詰られたが、

「約に背いたのは自分の責任である。主君氏直に詐りの報告をしたからである。故《ゆえ》に、氏直公に罪はない。北条家の亡《ほろ》びたのは思慮の外《ほか》で、如何《いかん》とも仕様がないが、日本国の兵を引受けたのは、北条家武門の名誉であろう」と堂々と云いひらき、「今は、疾《と》く首を刎《は》ね候《そうら》え」と顔色も変えなかったという。約に背いた云々は、むろん、氏直を庇《かば》った言葉である。

それが分ったのか、秀吉は、「お前を京へ引上げて磔《はりつけ》に懸《か》けるつもりでいたが大言を吐いて主君を辱めぬ心情天晴《あっぱ》れである」と却って縛を解いた。

後に、この板部岡江雪斎は、岡野と改名して徳川家康の御家人に加えられた由《よし》が、「常山紀談」並《ならび》に「関八州古戦録」に記載されている。長生きしたというのは事実であろう。そして、随分と手を尽して咲丸の行方を尋ねたのである。咲丸が小田原城を落ちる時、形見に抱かせた初代村正の短刀が目じるしであった。

「伊豆の忍者」が斃《たお》れたことを、江雪斎は知らなかった。咲丸も亦、遂に江雪斎の前にあらわれるこ

とはなかった。

三

話は戻る——

咲丸を奪ったのは甲賀者である。伊豆の忍者と、甲賀伊賀の忍び者とは装束が違っていた。詳しいことは此処《ここ》では述べないが、弥介は、だからひと目でそれと悟って追ったのである。が、力及ばず、翌日早朝明神岳で討たれた。忍術者は、白（普通の武士）を相手とする折は、姿を隠せばよいし、敵を斃すことは目的ではない。だから遁《に》げる。よほどの場合でないと剣は使わぬ。というより、普通の武士を相手に太刀を抜かねばならぬようでは、寔《まこと》の忍び者とはいえぬわけである。併し、忍びの者同士の血闘には、術と、剣との死力を尽して戦うというから、諏訪ノ原から明神岳迄《まで》、風を捲《ま》いて走りながら、さぞかし凄絶な死闘が展開されたろうと思われる。弥介は、江雪斎が咲丸脱出の意図で呼び寄せた程の忍び手だから、かなり、武芸の心得もあり術も巧者だったに違いない。それを甲賀者——伊沢才覚は、見事に斬り倒したのである。

この伊沢才覚に就いては「真武内伝附録」という、真田家一門の武略を誌《しる》した古書に「御家中衆之事」として、次のような挿話が記されている。才覚がまだ塚本治右衛門と名乗っていた——白の時代——のことである。

治右衛門は、或時、人が癩病を患ったのを見て、あんな体になる位なら自害した方がましだと言った。ところが、程なく、治右衛門自身癩病に罹《かか》った。前の言葉があるから、彼は大いに恥じ入って家を出奔し、小柄と細引、それに塩を携えて信州鳥居峠の山中に籠ったのである。そうして、顔や手足が腐り出すと、小柄で切裂き、血をしぼり取ってその跡へ塩を塗りつけた。それを日夜繰返した。すると、七年目に見事本復したという。併し、顔も手足もすだれを編んだ如《ごと》くになった。それで、一度下山したが、あまりな容貌故、世を捨て、再び鳥居峠に入って仙人のような暮しを初めたという。

――多分、忍術者とは、七年間のその山籠りの間に、交わったのだろうが、何にしても「カクレナキアラ者也」である。一度は而して世を捨てたが、元来が「白」なのだから、主家の真田昌幸・幸村に仕える忠勤の心は失わなかったので、この小田原役の折も、伊沢才覚と名を更《か》え主家のため間者の役を引受けていたのである。忍び仲間の方でも、すだれの如き異様な風貌とその理由を知っては、彼の「違反」に黙認を与えざるを得なかったに違いない。

さて才覚は、「伊豆の忍者」が小田原城を脱《ぬ》け出す寸前、忍び込んで、「伊豆の忍者」の抱えているものを、嬰児とは知らず、狙ったのである。

弥介を斬ってから、それが何であるかを知ったが、形見の短刀の見事な拵《こし》らえを見て、誰かの遺児である事を察した。併し、総大将氏直に子はない、と思い込んでいる。

「――ハテ」

折からの曙に、黒布の包みを解き才覚は、奪い取った嬰児をためつすがめつする裡《うち》、ふっと、哀れを覚えた。何という無心な顔。才覚とて、武士の情を捨てきれぬ忍び者だから、この遺児を「忍者」に託した敵将の心情は察せられる。いそいで猿轡を解いてやると、途端に、火がついた如く泣き出したが、その嬰児の、珠のような涙には、黎明の空と、天地自然の貌《すがた》が映っているばかりである。武門の意地も、戦国の世の野望もそこにはない。真珠のように、一片の雲を泛《うか》べては、つるつる頰を伝い落ちている。

才覚は、忍びで鍛えた厳《いか》つい手で、馴《な》れぬ赤子をあやした。うまくゆかぬ。明神岳のこの附近はもう戦陣とは遠く離れているが、疳高《かんだか》い嬰児の泣き声は朝の山に木魂《こだま》し、あたりが森閑としているだけに、一層際立つ。——困った。嬰児では、主君の昌幸に差出してみても仕方がない。殺してしまえば一番簡単だが、妙にそれが出来ぬ。才覚は少時考えて、嬰児を背に負うと、再び疾風の如く走り出した。

——信州鳥居峠へ。

其処《そこ》には、才覚に忍びの術を教えた神沢出羽守がいる。この出羽守は、鳳凰の如く、奇骨羽毛を生じた白髪の老仙で、月雲斎と号し、甲賀流忍びの術の流祖であった。(巷説に戸沢白雲斎というのは、この人であろう。)——才覚は、この月雲斎に咲丸の身柄を預けることにしたのである。

鳥居峠に辿りついて、才覚が月雲斎の庵《いおり》をたずね、委細を話すと、月雲斎は凝乎《じっ》と咲丸の童顔を睨みつづけて、

「才覚」

と、しずかに呼びかけた。「……この児は、捨ておけ」

「?——」

「惜しいが、育てて其の方の為には、ならぬぞ」

咲丸は黒布を解かれた白綸子《しろりんず》の産衣のままで、草の上に横たえられ、無心に眠っている。——

「分らぬか。あれを見い……」

そう言って、月雲斎は手にした白杖の先で、咲丸の額の真中にポツンと浮いた黒子を示した。

「あれは、天紋と云う。儂《わし》のこの眉間にあるのが、即ち地紋じゃ。天紋、術を以て天下を制覇し、地

紋これを継ぐ、と我が奥儀にある。惜しい程の器量を備えた童子じゃが……」

「………」

「儂の眼に狂いなくば、三十に満たずして、死ぬな。——それでも、その方この童子を儂に預け、育ててみる、と申すか」

才覚は、月雲斎にそう云われて、穴のあくほど咲丸の顔を見詰めた。暫《しばら》く、無言のままでいた。が、才覚の返事は、きまっている。彼は一旦こうときめたことは、必《かな》らず、やりとげる男である。

——自分が伊豆者を斬らなかったら、この童子は、何時《いつ》かは、本当の父の許にかえることが出来たかも知れぬ。それを思うと一層不憫である。やはり育ててみようと思う。併し今は火急の場合ゆえ、せめて小田原の戦役が了るまで、暫くの間、身柄を預って頂きたい。

そんな意味のことを、才覚は言った。その面上に、実の我が子を頼むような真情が溢れていた。

それで、遂に月雲斎も心が動いたか、それほど執心ならいつまでも我が手許においてやろう、と呟《つぶや》いた。

出来ればそれに越したことはない。才覚は目をうるませて、欣《よろこ》んだ。

咲丸はかくて、鳥居峠の草庵で育てられることになった。

四

それから十四年の光陰が流れる。——

慶長八年六月或る日、真田幸村の屋敷——奥書院の天井に、蜘蛛の如く張りついている忍び者があった。

はじめは、誰も気づく者がない。幸村主従は、書院とは別棟の大広間で、客を迎え、酒宴を張っていた。時々、其処《そこ》からの笑声が、陽差しの明るい庭を距《へだ》てて、この書院に聞こえてくる。書院の障子窓は、曲者が忍び入る時、細目に開けたままである。故意にそうしたのである。

忍者は、姑《しばら》く、天井の桟に張りついたまま、きょろきょろ、書院内のたたずまいを見降していた。大広間の話しの内容は、逐一、忍者には筒抜けなのだろう、彼処《あそこ》でどっと哄笑が起ると、大胆にも、クスクス笑っている。

併し、書院へは一向に、誰も入って来る者がないので、到頭《とうとう》退屈したのか、座敷の真中に飛び降りた。すっくと立つと、一分の隙もない、忍びの装束である。

改めて座敷内を、眺め廻す。窓に面した経机には、兵書。床に緋威《ひおど》しの鎧《よろい》と兜が飾ってある。その床柱の、一重切りの竹筒へ挿した木蓮の花一輪。つよい香気の漂っていたのはこれか、とそんな眸差《まなざし》で忍者は少時、眺め入った。それから彼は花筒へ寄って、無造作に一輪を引抜いた。

——その時、書院の外に、廊下を渡ってくる衣摺《きぬず》れの跫音《あしおと》がし、障子に影が動いた。間一髪、曲者は、花の枝を咥《くわ》えると、ひらりと天井に躍り上っていた。

座敷へ入って来たのは、未通女《おぼこ》だった。お万阿《まあ》という幸村の娘である。何か幸村の所用でも吩《い》いつかったのか、床脇の文筥《ふばこ》へと、歩み寄った。——と、頭上から、ヒラヒラ、白い花弁が舞い落ちて来たのだ。

怪しんで、お万阿は天上を仰いだ。

「あ……」

片唾をのむと、二三歩あとずさって、床柱に背をつけ、きっと天上の曲者を見上げる。澄んだその双眸に恐怖はない。いきどおりの凄いような美しさが煌《きらめ》いている。

「そなた、何者じゃ」お万阿はふるえる声で言った。

忍び者は、自分を見つけたのが意外にも小娘だったのに、内心落胆したらしい。それでも、あまりお万阿が美しいので、呆然としたようだったが、

「女では、しようがない」

呟いて、ヒラリと彼女の前に舞い降りた。「わしは、幸村どのに用があるのじゃ」と言った。なるべく穏かに話そうとする様子である。

お万阿の方は、くせ者が自分と大して違わぬ少年であることに、幾分、いきどおりを解いたらしく、

「お父上に御用なら、何故、そのように卑怯な真似をなさるのじゃ」

「卑怯と？」

曲者は苦笑した。

「わしは考えがあって、試してみた迄じゃ」

「何を？」

「才覚どのの申されたこと、まことか何《ど》うか分らぬでな」

何のことかお万阿には分らない。「ここは、お父上の間じゃ。御用なら庭へおいでなされ」

そういって、また、じっと睨んでから、すいと相手の脇を通り抜け、いそいで部屋を出ようとする。

「——待て」

曲者は呼びとめた。

お万阿は、逃げ出すと思われたと考えたのであろう。頰に垂れる尼削《あまそ》ぎの髪を振払って、ひらき直った。

「何ぞ、わらわに御用か?」

曲者は黙って右手の木蓮の花を差出した。ホロリと又一弁《ひとひら》散った。

「……これを返す」

「………」

「よい、匂いの花じゃ。そなたに、どことのう、似ておる」

山中で熊や猿を相手に育った者には精一杯の、これはお愛想のつもりだろう。

お万阿の方が年は下だが才丈《た》けている。女であれば、当然でもあったろう。お万阿は十二歳である。普通なら信州上田城のお姫様として、何処《どこ》かの若者に縁附いている年頃である。

お万阿は咲丸の差し向けた白い花を、冷やかに見捨てたきり、書院を出て行った。

曲者は、己が手に残ったそれへ、目を落とした。大広間の歓声がぴたりと歇《や》んだ。

間もなく遽《あわただ》しく廊下を駈けてくる跫音。バラバラと庭を遠巻きにした気配。

「うぬ。——何者じゃ」

逸早《いちはや》く駈けつけた武士がそう叫んで廊下に突っ立った。庭に数人、もう、追っ取り刀で散開している。

「何者じゃ。ここを、真田屋敷と承知の上で、忍び入ったか」

誰かが、無言で太刀を抜いた。同時にキラリキラリと、庭の陽差しの彼方此方に白刃が閃《ひらめ》いた。曲者はそれと見て、ぴたり、手の花一輪で構えた。水際立った身構えである。

庭の方の一人に、長身の槍を抱えて来た者があった。それが、朋輩を掻き分け、ずかずかと咲丸の前へ来、縁側に片足を踏みかけた。

「白昼、大胆至極な奴。……何流の忍び者じゃ。名乗れ名乗れ」

戦場で鍛え上げた大音声を張りあげる。

「わしは、猿飛佐助じゃ」

五

槍の武士は、真田家きっての判官流の豪手、金剛兵衛之介秀春であった。

猿飛佐助と名乗る若者は、この金剛兵衛の突き出す槍の穂先を、五度、六度、飛燕の身軽さで躱《かわ》した。はじめの裡、この曲者が意外にまだ若々しい少年忍者なのに、幾らか気を許していた兵衛も、遂に心底から憤り、必殺の槍を突出す。それを見て、他の家来も偕《とも》にどっと斬り掛ける。

柳生や佐々木小次郎程の達人でも、七人以上の刃を一度に相手にしては、通常、勝てるものではない。一人が戦いうる限度は六人までである。佐助は、次第に書院の片隅へ詰め寄せられた。何故か、天上へ跳ぶ術は使わなかった。もう、花は無惨に散っている。無手である。

その裡、到頭、兵衛の繰り出す槍が曲者の装束の小脇を刺した。曲者は壁に背をつけていたから、穂先は、着物を壁に刺し止めたわけである。曲者は動けぬ。得たりとばかり、別の者の大上段の太刀が降って懸る。

がッ、と火花が散って、その太刀を受けたのは、他ならぬ兵衛の槍先だったのである。詳しくいうと、曲者の着物だけ、壁に残り、中身の曲者自身は消えていた。

「あっ」

と、兵衛と件《くだん》の武士が驚いたときには、別の衣装に早変った曲者が、細目に開いた書院窓から庭へとび降りていた。

漸《よう》く、一同がそれと気づいた折は早《は》や、松の梢へ。其処《そこ》から屋根へ。

その、甍《いらか》の上にすうっと立った猿飛佐助を、大広間の縁に佇《たたず》んでじっと見ていたのは、幸村と、並んだ娘のお万阿であった。一同も軈《やが》て屋根に気がついた。

「種子《たね》ガ島《しま》で撃ち取ってくれん」

口々に言い罵《ののし》り、早くも二三人が火縄銃を持ち出す。佐助は、見下して、皓《しろ》い歯を見せた。——

「皆の者、控えい」

縁に立った幸村が、はじめて一同に声を掛けた。

当時の鉄砲は、無論、種子ガ島から伝来したものである。火縄を点けて発砲する。天正の中期には足軽さえ戦場で使用するまでに、鉄砲は普及していた。併し最も巧みに、且《か》つ精巧なそれを使用したのは、他ならぬ甲賀、伊賀の忍術者達だったのである。幸村はそれを知っていたから一同を制したのである。

「小童《こわつぱ》、降りて参らぬか」

幸村は庭下駄を引掛けると、立騒ぐ一同の中へ歩み出、おだやかにそう声を掛けた。炯々《けいけい》たる眼光、この頃の幸村は伝心月叟と称し、既に剃髪していたが、一代の智将と謳われた明哲の風貌は些《いささ》かも失われていない。

「どうじゃ、佐助とやら。——その方、余に逢いに参ったと申すではないか。一度、降りて参れ」

さっと白扇を翳《かざ》して、剃髪の頭に照る陽光を遮りながら、言う。

佐助は、その幸村を瞬きもせず見下していた。それから、ちらと向うの縁側に彳《たたず》んでいる少女の方を見眄《みなが》し、うなずいた。

「よいわ。一ぺん、篤《とく》と話してみよう」

ひとり言のように言ったと同時、一同は「あっ」と目を瞠《みは》った。佐助の姿は消えていたからである。

六

何処《どこ》を何う《ど》探しても、佐助はいない。

「いまいましい奴め」

「あ奴、あの若さで、何処《どこ》で修業し居ったか」

口々になかば呆れ顔の雑言を吐きながら、それでも仕方なく、再び、ぞろぞろ大広間へ戻る。

客は、幸村の兄、沼田城主真田信之から使いに来た、目付役の緑川条右衛門という者である。使いといっても、別に重要な役目を吩《い》いつかって来たものでないから、一同の話は、今の忍び者のことで持ちきりになった。家康の廻し者ではなかろうか、「お主、知っておろうが?」などと条右衛門に胡散臭く訊く者もある。無理もない。条右衛門の主君信之は、去る慶長五年、石田三成の挙兵で、関ガ原の合戦が起ったとき、父昌幸、弟幸村等が皆石田に与《くみ》したのにこの信之は、独り、父兄と別れて家康に従い、父の領する伊勢崎の要害を破った。戦いが家康の勝利に了ってのち、勲功に代えて、父と弟の助命を乞うたから、家康も遂に折れ、この九度山に幸村父子を蟄居させたのである。そうでなくとも、幸村父子と家康とは、犬猿も啻《ただ》ならぬ間柄だった。信之だけが今も尚《なお》信州を領して、あの時も家康側に就いたのは、信之の妻が徳川家の忠臣本田忠勝の女《むすめ》だったからである。

条右衛門が佐助を勿論《もちろん》知る筈《はず》はない。条右衛門は、家康の孫娘千姫が、この七月、秀頼の許へ、輿入れすることになったその祝い物を捧じて、大阪城へ伺候したのを機会に、謂わば幸村の閑居を慰めるため当地へやって来たのである。

「某《それがし》は、あのような忍び者、夢にも存じ申さぬぞ」

苦々しげに、白髪頭を振りたてて申しひらく。

「左様か喃《のう》」

むしろ不満そうにして、金剛兵衛などは頷いているが、納得のゆかぬことには渝《かわ》りはないから、又しても、猿飛佐助の忌々しさに話が戻る。

幸村は見兼ねて、

「もうよいわ、兵衛」

と叱った。そして、「条右衛門、ゆっくり致して参れ」と声を残し、独り己が書院へ引揚げた。

何という神出ぶり。

その、座敷の真中に、佐助は端然と坐っていたのである。

流石の幸村も、これには色をなして、感嘆した。

「見事な業《わざ》じゃ」

後ろ手に障子を閉めながら、それでも莞爾《にっこり》と幸村は笑った。

佐助は眉を上げてそんな幸村を見上げた。――一点、鮮《あざや》かな額の黒子《ほくろ》。――いかに山猿同様の育ちをしたとはいえ、世が世であれば関東七カ国を宰領する北条一門の世襲である。おのずから備った品格と、凜々《りり》しいその眉宇を、しげしげ見下しながら、幸村は大きく佐助の前を迂回して、正面、床を背に着座した。迂回して通ったのは、言う迄もない、不意打を幸村は警戒したからである。

「佐助とやら」

幸村は脇息を引寄せると、改めて、主客の位置に対坐した佐助を見遣った。

「それ程までに、誰に就いて修業致したな？」

「当家の家臣、才覚どのじゃ」佐助は応えた。

「才覚――？」

幸村には、直《す》ぐ思い当らなかったらしい。それを見ると、佐助は、

「わしもよくは知らぬ。才覚どのが、死に際に是非と申したので、兎に角、当地へ見参に参ってみたのじゃ」

と言った。そして尚も納得のゆかぬげな幸村へ、次のような自己紹介を兼ねて、説明をはじめたのである。

――猿飛佐助は、自分が幼名咲丸と名附けられた氏直の遺児であることは、知る由もなく、鳥居峠で日々健《すこや》かに成人した。才覚は、小田原役が了ると直ちに月雲斎の草庵へ戻った。当時まだ乳呑児の咲丸だったから、下々の世話や哺乳などは、如何《いか》な忍術の流祖でも手に余る。それで、才覚がそういう一切の世話を引受けたのである。そのため、この頃から、才覚は真田家へ戻らなくなった。手塩にかけて育てれば情が移るのが当然で、実は、片時も咲丸の側を離れられなかったからである。すだれの如き醜い容貌を、無心な咲丸だけは、あどけない眼で、慈父のように慕ってくれる――それが嬉しかったのでもあろう。立派に成人し、若かりし日の儂以上じゃ、と月雲斎すら感嘆する程に忍術を会

得した佐助を見て、永眠する迄、才覚は到頭、鳥居峠の山中を一歩も出なかった。そうして、愈々《いよいよ》永眠するときになって佐助の手を取り、自分は主家のため存分の働《はた》らきが出来なかったのを、ただ一つ、今は心残りに思う。忍び者の掟で、佐助は主家を有《も》たぬだろうが、若し、自分のことを忘れずにいてくれるなら、真田家に何か大事が起った折、一度でもいいから、自分への回向のつもりで立働いてくれるように、と頼んだ。「よいわ」と佐助は約束した。もともと、奥儀こそ月雲斎が授けたが、それ迄のあらゆる鍛練や技術は、才覚によって得たも同様だからだ。

——ここで一応、忍術の修業のことに触れてみると——

そもそも忍術の本源を尋ねれば、矢張《やは》り、仙術及び武道に溯《さかのぼ》る。前にも書いたが、修験道の神霊術などから分化発展したものである。それ故、往古は忍術のことを、透破《すつぱ》とか、乱破《らつぱ》、芝見《しけん》、草などと呼び、武田信玄は「三つ者」、信長は「簷猿《ひきざる》」「饗談」等と呼んでいた。執《いず》れも密法の加持祈禱——印を結んで陀羅尼を唱え奇蹟を顕出する——その類似から起った名である。甲賀流伊賀流が宣伝されたのは、徳川初期、伊賀者服部半蔵に二百人の忍者を取締らせた時以来との説もあるが、(現今の東京麻布笄町《こうがいちよう》は、その時の甲賀流、伊賀者を橋を距《へだ》て住ませたことから、甲賀伊賀町と呼ばれていたのが、訛《なま》って、こうがい橋、笄町、となったという。)何《いず》れにしても、近江の甲賀、伊賀には忍び者が多く、両派の大家十一人によって、天正時代既に一種の厖大《ほうだい》な結社組織が編成されていたともいう。だが、両派とは別に、伊豆流、根来流《ねごろりゆう》などと称する一派もあり、戦国の世に、彼らは彼らで、制覇の為に暗躍をつづけていたのである。

さて修業だが、初歩の頃は、麻は極めて速《すみや》かに成長するので、日々、その成長の背丈を飛び越す修業からはじめることなど、今では誰でも知っていよう。——が、念のため、主な事を箇条書きにしてみると——
一、唐紙の上に紙を張り、それに水をかけてその濡れ紙の上を破れぬように渡る修練。
一、静息術といって、鼻先へ綿屑をつけ、如何《いか》なる場合もその綿屑が微動しない迄に、しずかに呼吸する。
一、走る速度は一日平均四十里。標準は、笠を胸に当てて落ちない速さ。
一、手足は悉《ことごと》くその関節を外す。縄目を受けたとき、身体の関節を外して脱《ぬ》け出すのである。
一、拇指《おやゆび》と人差指の二本で、十五六貫の重さの物を撮《つま》み上げる修練。——これが出来れば、天井の桟などにも指二本でぶら下ることが出来る。
——その他、波立てずに泳ぐ「忍び流れ」の泳法や、水中での三十分間の潜り、普通人より十四倍の早耳、八倍の目利き——（むろん暗夜でも見えねばならぬ）の修練など、いってみれば悉くが、たゆまぬ努力と練磨の賜物である。あらかた、その修業が了って、次に道具や薬餌を用いる。

例えば、忍びの者が使用する太刀の鍔《つば》は大きい。太刀を地に突っ立てて、鍔を足がかりに、高塀等へ登るのである。鞘は通常鉄製である。これは長い下緒を利して、分銅にするためである。又鞘には先に穴が開いているが、水中に潜って呼吸するのに使う。往々、全身に油を塗る。従ってけっして深い傷はうけぬ。衣装にはいろいろ仕掛けがあり、一の糸、二の糸、三の糸と、糸を引けばばらりと柄が変り、自在に脱げるようにもなっている。佐助が書院で金剛兵衛に突かれた時は、この二の糸を引いたのである。又別に、かくれ簑、雨取りの術、目潰し、催眠、蛇、百足《むかで》、鼠を使う隠形術、偽言、影移し、火吹き術など書けば限りがないが、忍術薬餌丸のことは前に述べた。——要するに、これらを称して、「忍びの六具」と呼び、時に応じた変幻に使うわけである。火遁、水遁なども「六具」を利用した走法に他ならない。甲賀、根来、伊豆者の違いは、これらの道具や秘法に、夫々《それぞれ》の奥儀があったからである。

猿飛佐助は、このうちの甲賀流を修めた。修練のはてで技量を決するのは、矢張り天才である。佐助はその意味でも月雲斎を瞠目させた。嬉しい瞠目であったろう。月雲斎は己が知る術の全てと、秘伝を佐助へ注ぎ込んだのである。才覚が死ぬ頃には、十五歳にして、神妙の秘伝を会得した佐助の名を、甲賀流の忍び仲間で誰一人知らぬものはなかったという。むしろ、若き盟主として、佐助は、甲賀者の衆望の的であった。

その佐助が、才覚の遺言で、真田家の為に立働くことに反対したのは、他ならぬ月雲斎であった。月雲斎は、三十以前に自刃する佐助の命運を知っていた。その死がかならず真田家によって齎《もたら》されるであろうとも月雲斎は見抜いたからである。（別に不思議はない。忍術使いは、観相にも通じているからである。）月雲斎は併し、それと瞭《あきら》かに佐助に言いたくなかったから、表向き飽《あ》く迄《まで》、忍者の掟を理由に、幸村を訪ねることに反対した。佐助の身につながる甲賀者一円の与望を裏切ってはならぬ、と誡《いまし》めた。

佐助にすれば、言われるまでもなく、掟の重大さは知っている。むしろそれだけを知り、その掟の中に育って来たのである。といって、才覚のあの願いをむげに拒《しりぞ》けるのも哀れだから、真田家のために働くかどうかは兎に角、ひと先《ま》ずこれを機会に、諸国漫遊がてら九度山へ赴《おもむ》いて、才覚の死を幸村に伝えるだけは伝えてやろう、という気持が湧いた。佐助はまだ己が術を他国者と競ったことがない。謂《い》わば他流試合をしたことがないから、その好奇心もあったのだ。漫遊を理由にされては、月雲斎として制しようはない。かならず真田家に永居致すでないぞ、と繰返し云い含めて、その首途を許したのである。

佐助は先ず伊賀へ立寄り、伊賀流の総帥、雲野大宝坊と術を競った。忍者の術の戦いには、太刀は使わぬ。併し、指一本で敵の喉に穴をあける位の事は造作もないから、佐助の立去った跡には、背を二つに裂かれ、両眼から血を吹いた大宝坊の死骸が横たわっていた。そうして佐助は、翔ぶように九度山へ遣って来たのである。

――以上、さし障りのない範囲で、佐助はあらましの事情を幸村に説明して、才覚こと塚本治右衛門の逝去を兎も角知らせに来たのだと、結んだ。

七

聞きおわった幸村の面に、一種異様な明るさが輝き出した。それを見て、佐助はちょっと困惑した。

果して幸村は膝を乗り出した。

「よくぞ詳しく申してくれた。忝《かたじ》けないぞ。……就いては、佐助。仏への回向のためじゃ、今後も当地に停って、余が力になってくれぬか。才覚が申せし真田家の一大事、目睫《もくしょう》に迫って居るのじゃ」

たしかに、大阪城には、日々徳川方の魔手がのびている。家康が孫娘を秀頼公へ縁組ませたのも、云ってみれば、野望を晦《くら》ます策略である。それに、今、家康が最も恐れているのは、他ならぬ幸村の智謀で、ひそかに幸村暗殺の命を受けた刺客や間者が、折々、この屋敷へ忍び込んでいる。敢《あ》えて懼《おそ》るるには足らないが、佐助が護ってくれるなら、それこそどんなに心丈夫か知れない――

「若しその方如き達人が、家康の廻し者で忍んでおれば如何《いか》なる余も、見事、首を掻かれていたであろうからな。ハッハ」

幸村はそういって豪快に笑った。この首は惜しくはないが、恩顧を享《う》けた豊臣家のため、ひいては天下のため、まだ死ねぬこの幸村じゃ、とも言った。天下のために余を援《たす》けてはくれないかとも言った。

佐助は、迷惑そうに笑った。豊臣方が天下を治めようと、家康の世になろうと、佐助の知ったことではないのだ。

「折角じゃが、わしは……」

冷やかな笑いを泛《うか》べて、佐助が断ろうとした時——

「……お父上」

障子の影からお万阿が、入ってきた。

お万阿は、客の緑川条右衛門が帰る由を告げに来たのだが、思いがけぬ佐助の姿に、棒を呑んだように立ち尽くした。

それをかえり見た佐助は、何故《なぜ》か、ふっと眉をくもらした。

そして、幸村の願いを断るとは、到頭言わなかった。

八

佐助が滞留するようになってからの、幸村の歓びは非常なもので、早速に客分の扱いを与えた。はじめは「かかる曲者を」と顔色を変えた兵衛はじめ家来一同も、佐助が旧臣「すだれ顔」才覚の縁故と知って安心したのか、次第にうちとけてくるようになった。まして佐助が凡庸の忍び者でないのはあの折、肝に銘じて知らされている。それが口惜しくもあり、信頼感も亦ひとしおなのだろう。兵衛

などは一寸《ちょっと》した変事がある毎《ごと》に、

「佐助はどこじゃ」

「佐助に相談して参る」

と先ず佐助の傍へとんで行く。曲者が西の方へ走っても、佐助が東にいれば東に駈けて行く程の、気の入れようである。

佐助自身は、だが、そうした皆の歓待を受けても、別にうれしそうではない。一人の折などは顔を曇らせて、遥かに信州の空をのぞんでいる時が多かった。

お万阿は、佐助が屋敷にとどまるようになって、最初の頃は、口を利かぬ、真田家で彼に冷淡な唯《ただ》一人だった。——それが一年経ち、二年と経るにつれ、佐助へ遠慮を見せるようになっていた。その頃から、お万阿は日増しに女らしくなった。

佐助の方は、はじめから変らぬ。お万阿に対して、幸村や家来の誰にも見せたことのない、打ちとけた微笑を泛べたのは、当座の暫くだけで、童心を残したその微笑も、間もなく露がかわくように消えた。以後は、日を経るにつれてお万阿を避けるようになった。時として、お万阿の遠慮がちな深い眸容《ぼうよう》に出会うと、顔をそむける。そうして、そんな日は裏山へ登り、亭々たる杉の大樹を見上げてから気合を掛け、自分を鞭打つ如く、忍びの、跳躍を修業する。かた時もそれは怠《おこた》れない練磨ではあったろうが、時には杉の頂上から、真っ逆さまに飛び降りる練習は、何か、地上に身を叩きつけているようである。第三者が見ればハッとするだろう。が、糸を引いて蜘蛛が地へ下りるように、そんな佐助と杉の頂上とに、細縄が渡っている——

いちど、お万阿は、そんな修業の場へ行き合せたことがあった。

蕨《わらび》を摘みに、彼女は婢《はしため》を伴い山へ分け入っていた。九度山もその辺りへ来ると、道を通う人もない。幽邃《ゆうすい》の気が四囲に満ち、森々として、如何《いか》にも山深く分け入った趣《おもむ》きがある。お万阿は、女二人で、蕨摘みについ気を奪われてこんなに奥深くやって来たのを後悔した。二人の籠にはもう、ふさふさ、緑の綿に似た早蕨が盛り重なっている。

お万阿が引返そうとすると、何処《どこ》かで、鶯《うぐいす》が鳴いた。

「……あら」

お万阿は、思わず立停って、あたりを見上げた。——と又鳴いた。ケキョ、ケキョケキョホウ、ホッ……と聞こえ、チチチ…と後が濁った。

お万阿には、初鶯だったから、眉の淡い双眸を見張って、仰ぎながら歩き出した。

すると、別の梢で、今度は杜鵑《ほととぎす》が鳴いたのだ。はれやかだったお万阿の面《おもて》は急に翳《かげ》り、立停ると、息を詰めて、彼女はあたりを窺った。昼日中、この季節には杜鵑が鳴く筈はない。——お万阿の頬は、みるみる紅潮した。

その時、一条の綱が、空を駈ける人物から弧を描いて流れたと見ると、彼方の、杉の下径《したみち》に佐助は立っていたのである。

お万阿は、急いで近寄って行って、

「——佐助どの」

と背へ声を掛けると、凧を揚げるような仕ぐさで梢から細引を手繰りながら、佐助は、振り返ろうともせず、

「随分、お摘みなされたな」

「先程から、妾《わらわ》を存じて居やったか」

お万阿は声をはずませて、訊いた。佐助は黙っているが、そうにきまっている。佐助のことゆえ、逢いたくなければ、姿を消している位は雑作もないのだ。――「きっと、妾を存じていやったのじゃな」

「そうなら、何《ど》うだと申される？」

「……うれしく思います」

「酔興な、――早う山をお降りなされい。先刻より、お父上が案じてござろうぞ」

佐助はあく迄、背を向けたままで、細引を巻きながら言った。お万阿は動かなかった。「そなたには、お父上の、今のお心が見えるのか」と訊いた。

「――左様」

佐助が、あっさり応えると、

「嘘じゃ」

鞭のような声が言った。目の前のこの気持も分らぬ者に、遠い屋敷にいる父の心が分ろう筈はない、と言うのである。

それを聞くと、はっと佐助は、あと返った。今やあきらかに、乙女のふくらみを持つお万阿の胸は烈《はげ》しく息づいてる。日頃の遠慮がちな容子とは別人のようである。

佐助は、次第に迫ってくるお万阿の必死なものを、身じろぎもせず、受けとめている。佐助も、亦、全き今は青年武士である。天性に備わった品位と、たゆまぬ修業を心掛ける者だけが有つ、凜々しい容姿。

「佐助どの！……」

お万阿の足許に、ほとりと籠が落ち、早蕨の散乱した中を、二三歩、お万阿は歩んだ。

――途端。

「いけない！」

叫んでパッと佐助は消えていた。

九

このことがあってから、佐助は一層お万阿を避けるようになった。お万阿はあの時どんなに四辺《あたり》を探したか知れない。何処《どこ》にも見当らないと分ると、

「卑怯じゃ。卑怯じゃ」

ぼろぼろ大粒の涙を滾《こぼ》した。佐助は自分を嫌っている、彼女はそう思った。

だから、あの山の日から半年あまり後になって、或る日、めずらしく佐助が、お万阿を裏山へ誘いに来たときは夢ではないかと思われた。佐助はお万阿の視線をさけ、こう言ったのである「お万阿どの。明朝卯ノ刻、裏山へ登って下さらぬか。わしは御許に話しておかねばならぬことがある。成《な》る可《べ》くなら、一人で来て頂《いただ》き度《た》い」

お万阿は承知した。少し早目に、言われるまでもない一人で、出掛けた。この前と同じ径《みち》を、無意識に梢などを見上げながら登って行った。汗ばんだ頰に纏《まと》わる後れ毛を掻きあげると、恰度、既に待っている佐助が向うに見えた。お万阿は指で裾を抑えて、駈け登った。意外にも、併し彼一人ではなかった。

——お万阿の淡い期待は、この瞬間から消える。

佐助の連れ立っていたのは、甲賀者である。月雲斎の命を享け、佐助の帰国を促しに来たのである。月雲斎は、野史に拠《よ》れば百余歳の長寿を全うしたという。が、老衰の極、このときは最早一両日のいのちも危ぶまれていたのである。

佐助は、何か弁解めいて事情を話そうとしたが、お万阿は何も聞かなかった。葉洩れ陽に、真青に染まって佐助を睨んでいた。

それで、佐助は語る気はなくなったらしい。努めて微笑を泛べると、

「よいわ、そなたに事情を聞いて貰えればと思ったが、……別に、話してどうなる事でもない。——さあ、屋形へお送り致そう」

お万阿は脱殻《ぬけがら》のような躰《からだ》を運んだが、途中で、足がよろめいたのを、佐助は抱いた。その時、「妾は歩けぬ。背負ってたも」お万阿は、はじめて旧・上田城主の姫君の威厳を見せて、命ずるようにいった。佐助は黙って、その場に蹲《かが》んだ。お万阿は身をなげかけた。佐助は立上ると、一度、ひょいと弾みをつけて、背に廻した腕に力を籠め、勾配を矢のように駈け出した。

幸村はお万阿ほど単純ではない。月雲斎に会いに帰るのは仕方ないが、必ず再《また》、当地へ戻ってくれぬか、沈痛な面差でそう言ったのである。佐助は、恐らく不可能と思う、と応えた。すると幸村は、

「——佐助、当所からその方、余のために尽す気のないのは、存じて居ったぞ。忍び者の掟なるものも、余は存じて居る。——その上で、頼むのじゃ。……のう」

大阪では正に徳川と豊臣両家が戦おうとしている。味方は諸国の浪人を駆り集めた謂わば俄《にわ》か軍勢。相手は三河以来、徳川家に身命を捧げた関東武士であり、豊臣恩顧の諸大名までが、多く、身の安逸

をのぞんで徳川方に与している。倖《さいわ》い、難攻不落の大阪城に籠ることとゆえ、よも敗れたりはすまいが、何といっても徳川は今や旭日の勢い。万一の事がないとも計り難い。

「さればじゃ。かかる際こそ、御身の術を以《もっ》て敵陣を攪乱してくれるなら……」

佐助は面を俯《ふ》せた。少時して、上げると、「残念乍《なが》ら、某には甲賀者百余人の運命がかけられている」

と静かに応えた。

「……そうか」

幸村はがくんと肩を落としたが、やがて、黙って手を拍《う》った。廊下へ控え出た近侍の一人に、佐助が出立するから、直ぐ歓送の宴を用意せよ、と言った。

佐助は虚《うつ》ろに芳志を受けた。当夜、そして信州へ飛んだ。

十

月雲斎が、鳥居峠で、甲賀者の各組頭に囲まれ、眠るが如く逝ったのは、慶長十七年三月四日払暁であった。佐助は、衆望を仰いで此処《ここ》に甲賀流忍術、第四代の盟主となった。忍び者の誓約は、土器《かわらけ》に白酒を注ぎ、小指を切って血を滴らせて、その土器を、左袖から懐を通して右袖口に出す。それを更に両三度繰返す。そうして、新盟主から一口ずつ各組頭へ飲み廻す。最後に、土器を割り、尖ったその割れ口で腕を切って、滾れる血を集め、盟主の棲家の西北《いぬい》の方に埋めるのである。

佐助は、かくて甲賀流の盟主となった。

それから二年の歳月が過ぎた。

──今、佐助は、甲賀郡阿星山頂の草叢《くさむら》に寝転がって、空を見ている。「過現の術」を使っている。大阪では家康と豊臣勢が戦っている。去年もそうだったが、去年は、十月九日夜半、即ち佐助が九度山を捨てた翌日、上弦の月を戴いて急行した真田幸村の智謀に拠って、勢力拮抗のうちに、和議が成立した。

今は違う。家康の奸計のため、外濠を埋めた豊臣方の敗色は瞭然である。幸村も遂に、討死を決意したか、全滅を覚悟で、城門を押し開けて討って出、茶臼山に陣している。──そんな大阪の戦闘は、絵巻物を繰りひろげるが如く、佐助の眼前の空に浮んでいる。

幸村は、二度三度、越前の少将忠直の陣営へ斬込みを懸けた。敵勢は新手をくり出し、応戦した。逆に、そして第三隊は幸村の一団めがけて殺到する。凄絶な乱戦。砂塵の中に突立つ馬の嘶《いなな》きがきこえ、もんどりうって落馬する彼我の武将の鎧姿が見える。──佐助には、それが幸村と見える。

空に向って佐助は瞬いた。

城中では秀頼、淀君をはじめ、奥女中や腰元が火焔の中を逃げ廻っている。秀頼は、遂に天守閣に登った。千姫も登った。あとから、お万阿も階《きざはし》に足をかけた。そうしてお万阿は、火の粉を浴び、一心に佐助の名を呼んでいる。佐助が、何処《どこ》かから忽然と現われ、自分を抱え出してくれるだろうと、──今にこれは始ったことではない。お万阿は三年前、佐助に負われて山道を下ったときから、いつか、もう一度、こうしてこの人の背に負われる歓喜《よろこび》が訪れてくれるだろう、と信じつづけて来たのである。戦国の世に生れ、武将の娘と育ったいのちが描いた、たった一度のそれは浪曼《ろうまん》だった。死は少しもお万阿は怖しくない。自分の夢が、ねがいが叶えられさえすれば。……

佐助は、又、瞬いた。

青空に一つ、白い雲が浮いている。わしには百人の忍び者のねがいが賭けられているのじゃ。――佐助は、凝乎《じっ》と雲を眺めて呟いた。――「けっして武士の如く生きるでないぞ。忍者は忍者の道を生きよ」月雲斎はそう言い乍ら「生きよ」の「よ」の口を再び閉じなかった。佐助は目を瞑った。焔《ほのお》に捲き込まれて、今にも燃え落ちそうな天守閣の窓枠から、佐助の名を空に呼ぶ声がきこえる。次第に、声は弱まる……

不意に、佐助は草叢に起きた。

「わしは誰のために修業したのじゃ……」

目に涙が溜っている。倒れるように又、草叢に身をなげた。

十一

佐助が起直って、凝然と一つの白雲を瞶《みつ》め出したのは、それから小半刻のちである。空に、地平線を黄昏《たそがれ》が染めはじめている。その暮色の中に一つ浮上った雲を瞶め、佐助はこう独り言を言っていた。「あの雲が、西に流れれば、此処《ここ》にとどまる。東へ動いたら、わしは、行く。お万阿どのを救いに、行く。……西か?……行くか?……西か?……行くか?……行くか……行……」

佐助の身を颪はさらった。

一刻半（三時間）後、猿飛佐助は森之宮に立って、大阪城本丸の炎上するのを見ている。既に幸村は茶臼山で討死した。子の大助は、秀頼を守って芦田郭《あしだぐるわ》の土倉内に匿《かく》まい、火を避けている。戦いは既に熄《や》んだのである。

佐助は、濠の水で身を湿すと、やがて火中を潜って城中へ入った。――惜しい哉《かな》。秀頼が自刃したのはその直前であった。

一方、お万阿は、秀頼らと天守閣の火中ではぐれ、他の奥女中に紛れて城中を逃げ惑うところを、伊達家の武将片倉小十郎長成に捕えられた。到頭、佐助は救いに来てくれなかったのだ。お万阿は父の討死を知って自刃しようとするが、小十郎は制す。敗れた敵将の子女を引取って、然るべき相手に縁組ませるのは、敵将への武士の情として当時は屢々《しばしば》見られたことだが、小十郎は、お万阿の美容を賞揚し、己が息子に妻《めあ》わそうと思ったのである。

而して七月朔日《ついたち》、二条城で、家康から諸大名への褒賞と饗応の議があったとき、小十郎は、幸村の息女を暖めていると公表した。

「ほう。……真田の」並居る武将は好奇の眼を輝かせ、且《か》つ羨んだが、家康も好奇心を動かしたらしい。太い眉の一方をあげて、

「幸村の娘を得たと？　余が、目通り致すぞ」

と言う。小十郎は愈々《いよいよ》得意で、翌々三日、二条城へ連れて来ると約した。

――その日、
お万阿が家康に目通りしたのは城中・黒書院の間で、お万阿はもう諦めきっている。亡父の名を辱《はずかし》めないようにと、それだけを心掛け、家康にも殊更反抗めく態度は見せなかった。それが並居る家臣達の好感を呼んだ。幸村の智略は、敵方にも愛惜されていたのである。

――ところが、この日、末座に居並んでいた柳生宗矩だけは、お万阿などには見向きもせず、凝乎《じっ》

と天井を睨んでいる。

「如何《いかが》召された?」

隣席の織田丹後守が尋ねると、

「怪しい。……どうも、忍び者が潜んでいるように、思われまする」

と言った。

この言葉を耳に挟んで、一番顔色の改まったのは、お万阿だったろう。併しお万阿は何も聞かぬふりをよそおった。が、蒼ざめた面を元に戻すすべもない。

家康の傍に控えた本多忠勝が、逸早《いちはや》くお万阿の変貌に目をつけた。訝《いぶか》しんで、あたりを見廻すと、末座で、柳生と織田丹後守が天井を仰いでいる。

「――宗矩、何じゃ?」

忠勝は声を掛けた。

「いえ、何でもござりませぬが……一寸《ちよつと》」

宗矩はそう言って、にっこり笑うと、不意に席を立ち、「――御免」するすると一同の背後を通って忠勝の前へ進み出、

「お耳を拝借致し度《と》う存じまする」

と言った。

忠勝は宗矩の耳打ちを聞いて、顔色が変った。慌てて家康の方に膝を進める。家康のさいずち頭がギョッとした様に天井を仰いだが、そのまま、あたふたと近侍の者に囲まれて奥書院に遁《に》げ込んでしまった。

広間の一同には、サッパリわけが分らない。

「何事でござる、本多どの」

小十郎が蛮声をあげると、それを素早く忠勝は手ぶりで制して、

「サテお万阿とやら、城中での秀頼公御最後の有様、――さぞ御立派であったろう。我らに、今一度話して聞かせて呉《く》れぬか」

と猫撫で声で問い掛ける。その間に、居並ぶ大名の次から次へと私語が囁《ささや》かれていった。――一同は事情を知った。

お万阿は、咽喉《のど》が嗄《か》れ、言葉が出ない。恐ろしくて彼女だけは天井を仰ぐ勇気もない。音もせず、一人、一人、大名が何事もない様子で、そっと坐を立ってゆく気配を、お万阿は瞑目していて感じた。

そのうち、

「立たれい」

片倉小十郎が寄って来て、先程とは打って変った不機嫌な口調で言った。お万阿は蹌踉と立って、小十郎に手をとられ黒書院を出た。

柳生宗矩は、一同の大半が座敷を出ると、入れ替りに、長柄の槍を抱えて立ち戻った。そうして、袴の股立を取り、凝乎《じっ》と天井を睨んでいたが、やがて、だっ……と書院の片隅へ走りざま、二度、天井板を突上げた。

極色彩を施した天井の金壁画が剝げ散ったが、血のしたたる気配はない。宗矩は併し、引抜いた槍の穂先を、頰に当てた。――ぬくもりを検《しら》べたのである。そうして、言った。

「曲者は手負うたぞ。――かならず、降りて参る。早う灰を撒かれい」

城中のめぼしい場所に悉く灰が撒かれたのは、それから間もなくである。直ちに、要所々々に警固の士も配置される。

息詰るような沈黙が、しばらく、二条城を領した。

「——おっ。く……曲者」

遠侍の間で警固していた一人が、そう奇声を発して廊下を示した。一面、灰をまかれた其処《そこ》に、足跡だけがパタパタ走って行くのだ。誰にも姿は見えない。

「——待て」

一同は、それとばかり追っ取り刀で足跡を追う。足跡は鍵の手に廊下を曲って、『虎の間』で、消えていた。アレヨアレヨと立騒ぐ一同の頭上から、やがて血が雫《したた》り落ちた。姿は、何処《どこ》にも見分けることが出来なかった。


佐助が死んでいたのはこの翌朝で、本丸の庭に、数寄ごころで家康が前に造らせた茶室の中だった。検死の調べによると、脇腹に深い槍の痕迹《きずあと》があった。これが致命傷で、腹を突かれたのでは二刻以内に生命《いのち》はなくなる。それにしては大広間から此処《ここ》まで、鬼神の如き出没であった事よと、一同あらたに舌を巻いたが、ただ一つ、不思議なことがある。

——というのは、茶室より遥か外部の——城外に近い——南仲仕切門で、一度、佐助の姿を見た者があった。松明《たいまつ》にそれらしい影を認めて、番士は、

「——曲者見たぞ」

と叫んだのだ。影は直ぐ消えたが、幻覚ではなかったかと朋輩が詰《なじ》るので、この番士は、克明にそ

の辺を探し、仲仕切門に、足掛りに突き立てたらしい短刀を見出した。忍び者らしくない、華奢な作りの一ふりである。

　これに拠れば瞭《あき》らかに、佐助は一旦城外へ出かかった事になる。それが、わざわざ何故茶室に引返して死んだのか？

　天井裏に伏していて宗矩に脾腹を突かれた佐助は、己が衣で穂先を握って抜かれる槍の血を拭った。併し、深手を負うた身では自在の活躍は希《のぞ》めない。それでも彼はお万阿を追おうとした。腹に力の入る動作は、血が噴出る。廊下から天井へ跳ね上るには渾身の勇気が要った。仲仕切門へ来たとき、もう番士に見破られる程、術の力は失われていた。佐助はこの時死を覚悟した。ただ、忍者のしきたりは守らねばならぬ。それで死場所をさがしたのである。

　茶室があって、囲炉裏に火が熾《いき》って居った。表に警士が往反している。屋根裏に忍び入った佐助は、さとられぬよう、逆様に自在鉤《じざいかぎ》を伝い降りて、しずかに炭火へ顔を埋《うず》めた……

　翌朝。死骸が発見され、柳生宗矩の言で、直ぐお万阿が呼び出された。お万阿は、焼け爛《ただ》れた男の顔を見て、「見覚えはない」と冷たく言いきった。

真田影武者

井上靖

井上靖　1907～1991

北海道生まれ。6歳の時から伊豆の祖母に育てられる。この時の体験は『しろばんば』に詳しい。九州大学中退後、京都大学に再入学。この頃から懸賞小説に応募し、1936年「流転」で千葉亀雄賞を受賞。大学卒業後、毎日新聞社に入社。1950年に『闘牛』で芥川賞を受賞し、翌年に専業作家となる。現代小説『闘牛』、『氷壁』、歴史小説『風林火山』、『真田軍記』、中国の西域を題材にした『敦煌』、『楼蘭』など多彩な作品を発表する。成吉思汗の生涯を描く『蒼き狼』を批判した大岡昇平との論争は、歴史小説とは何かに一石を投じた。

大坂夏の陣において、木村長門守《ながとのかみ》、山口左馬之助、薄田隼人《すすきだはやと》、後藤又兵衛らの大坂方の頼みとした武将たちが討死したのは、五月六日であった。真田幸村はこの日の合戦に生き残っていた。彼が乱戦の中に次々に敗軍を収容して行く手際は鮮《あざ》やかであった。三旒《さんりゅう》の六連銭の旗は、ある時は進み、ある時は退き、巧妙に軍を指揮して大坂城周辺へと敗軍をまとめて行った。

そして結局最後に引く時は、幸村の軍が殿《しんがり》を勤め、六連銭の旗が天王寺の陣地に立てられた時は夜になっていた。大坂方の武士たちにとっては、滅入《めい》るような暗い淋しい夜であった。時々小雨が来ては、じきにやみ、またしばらくすると雨の音が地面を叩いた。

幸村の嫡子幸綱が、父に呼ばれて本陣へ出向いたのは、翌七日の早暁であった。二町ほど離れた小さい台地の裾に陣を張って、そこの一隅に彼は眠っていたが、父からの使者に起されたのであった。何刻《なんどき》か判らぬが、白みかけた空の一郭が不気味な赤さでただれていた。幸綱は今日が自分の討死すべき日であることを知っていた。まだ十五歳の若年の身である自分が、一方の将として、名ある武将たちと枕を並べて死ぬことに、彼は満足であった。

幸村の陣所へ出向くと、幸村は牀几《しょうぎ》に腰をおろして彼を待っていたが、幸綱を見ると、平生の父とは思えぬ厳しい顔で、

「自分は今日討死を決心している。お前は城にはいり、家人が一人でも生き残っている間は殿（秀頼）を守護し、殿の御先途を見届けることだ。城落ちて、殿が御生害《ごしょうがい》なさる時は御一緒にお供せよ」

と言った。幸綱はこの父の命令には不服だった。今の場合、生命を惜しんで城へはいったと思われる懸念があった。それが嫌だった。

「父上のお言葉ではありますが」

幸綱が口を開こうとすると、その時幸村は笑った。その笑い方にははっとするような静かなものがあった。

「よく命二つあればと言うが、自分はいま命を二つ持っている。一つは今日戦場で失い、もう一つは城に帰ってなりゆく果を見届けようと思う」

この父の言葉で、幸綱は父の命令に従う気になった。その言葉のどこかに静かだが烈しいものを感じたからである。有無を言わせぬものがあった。幸綱は、これがおそらく最期であろうと思いながら、父の顔に視線を当てると、やがて一礼してその場を去った。

本陣を出て、雑木の疎林へはいると、そこにはやはり今日相果てるに違いない武士たちが、幾組も焚火《かがりび》を囲んで屯《たむろ》していた。夜はすっかり明け放たれている。幸綱は武士たちの間を抜けながら、自分の陣の方へ向かった。一度部署へ帰り、それから部下たちと別れて城へ向かうつもりだった。

幸綱はふと背後を振り返った。一人の鎧武者が自分に従っていたからである。

「誰か？」

幸綱は少年には似ない大きな声で訊いた。

「お供いたします」

そう答えた武士の顔は、ひどく稚《おさな》かったが、右の眼から頰へ斬り下げられた大きい傷を持っている。傷跡の生々しさから判断すると、それは今日か昨日受けたものに違いなかった。幸綱は、相手が体の大きいにもかかわらず、自分と同じぐらいの年齢であることを知った。

「供するというのは、誰の命令だ！　左衛門佐《さえもんのすけ》様か？」

幸綱は幸村が城へはいる自分にこの若い武者をつけてくれたのかも知れないと思った。

「いいえ、父の命令でございます」

「父？　たれだ」

それに対しては若い武者は返事をしなかった。むっつりと押し黙っていた。

「供はいらぬ、部署へ帰れ」

そのまま幸綱は歩き出した。若い武者も同じように歩き出した。

「帰れ」

幸綱はまた呶鳴《どな》った。しかし、若い武者は帰る気配を示さなかった。これが己れに課せられた使命だから、どこまでもついて行くぞと言った顔つきだった。顔の傷のせいか、そんなところはただふてぶてしく見えていた。

幸綱は歩き出した。が、こんどは振り向かなかった。若い武士一人にかかり合いになっている暇はなかった。合戦はいつ始まるか判らなかったし、すでに時々遠くで銃声が聞えている。

幸綱は陣所へ帰り、自分に属していた部隊を直接幸村の指揮下に入れると、自分はすぐ城へ向かった。その時、また先刻の若い武者が同じように馬に跨《また》がって従《つ》いて来るのを見た。

幸綱は天王寺から真田丸まで馬をいっきに飛ばせ、真田丸の背後に出て、平野口から大坂城内へはいった。若い武士はどこまでも幸綱のあとに従って来た。

城内には、闘い疲れた武士たちが充満していた。いたずらにみんな殺気だって、勝手な行動をし、勝手なことを叫び合い、収拾つかない状態を現出していた。それでも玉造口から内濠《うちぼり》を渡って二之丸にはいると、同じように武士たちは溢《あふ》れていたが、多少そこには秩序というものがあった。

二之丸へはいってから、初めて幸綱は自分を離れぬ若い武者を振り返って言った。

「幸綱は今日討死する。お前も死ぬか」

すると、若者は、

「替って、私が討死いたします。父の命令でございます」

その時、幸綱は初めてこの若武者が自分の影武者として自分の身替りになろうとしていることを知った。

「替って討死する?! ばかな!」

「是非は存じませぬ。替って討死せよと父から命じられたので、それを果すだけでございます」

その父というのは誰か判らなかったが、そんなことを企みそうな武将は幾らでもいた。

「よし、続け!」

幸綱は桜門の前まで、武士たちの間を縫って馬を歩ませた。自分が父幸村の命に従ったように、この若武者もまた彼の父の命令に従ったまでであろうと思った。もちろん、身替りになって貰う気持は微塵もなかった。ただ老いた武士ばかりが多い中に、自分と同年配の若武者が居るということが、幸綱の心を少しだけ明るいものにしていた。

幸綱は桜門の前で馬を降りた。いよいよ秀頼も出陣と決まったらしく、門の内外はぎっしりと鎧武者と軍馬で埋まっていた。幸綱は若武者が自分と離れぬように、自分はまた秀頼の傍を離れまいと思った。混雑しているので門内にはいることは望めなかった。幸綱は旗本が出動するのをここで待ち、本丸から出て来る秀頼に謁し、父幸村の言葉を伝え、彼に従おうと思った。

幸村は幸綱と別れた五月七日の午後、茶磨山《ちゃうすやま》附近の合戦で、さんざんに寄手の大軍を悩まし、ついに乱戦の中に討死した。

幸村が討死する時、天王寺の在家は火にかかり、その煙が天王寺周辺の合戦場を夜のように薄暗くしていた。徳川軍の松平忠直の率いる越前兵が、その煙の中を血刀を提げ悪鬼のように徘徊していた。越前の槍奉行野本右近が幸村をつけていた。彼は馬を乗り廻しながら、真田の馬印と鎧の上に羽織った緋縮緬《ひぢりめん》の羽織を目標に、次第に幸村に近づいて行った。真田の組子はほとんど討死し、ごく少数の武士たちが幸村に従っていた。

野本右近は煙の中をすぐ幸村の背後に出た。

「野本右近推参」

声をかけると、いきなり彼は背後からむんずと幸村に組んで行った。

高く馬は跳ね上がった。手を幸村の脇腹に廻したまま、右近は自分の体が大きく振り切られ地上に落ちるのを感じた。

その時、新手の武士が横合から幸村に組んだ。同じ越前の家人西尾仁左衛門だった、馬上から二つの体は一つになって地上に落ちた。西尾は上になって、重傷を負って疲れきっている幸村の首級を挙げた。

幸村の死の前後から徳川軍はひしひしと城に詰めて行った。城はすでに火を噴き出していた。

家康は陣を進めて、牙旗《がき》を天王寺南門附近に立て、最後の城攻めを指揮しようとしていた。その家康の本陣めがけて、突如庚申堂附近から突進して来る一隊があった。六連銭の旗を押し立てた三百騎ほどの集団であった。家康の本陣にとっては、思いがけぬ伏兵の襲撃で、ために本陣は一時騒然となった。手負うた猪どもの最後の決死の突撃であった。

死闘は半刻ほど続いたが、わずか三百の真田の武士たちは次々に打たれて行った。しかし打たれながらも、その中の二十騎ほどは天王寺内の万代ケ池の畔《ほと》りにまで達した。そこで最後の死闘が行われた。

徳川軍の誰の眼にも、その中の一人は幸村に見えた。鹿の角のある兜と言い、その勇猛さと言い、幸村以外の人物ではなかった。

彼は最後まで闘っていた。自身槍を取って、自分をめがけて突きかかる徳川の武士たちを突き倒し、突き伏せ、そして徳川勢がひるんだわずかの隙に、今はこれまでと思ったのか、すっくりと池の岸に立った。そして大刀を口に銜《くわ》えたと見るや、泥池の中へまっさかさまに身を躍らせた。あっという間の、一瞬の出来事であった。徳川の武士たちが泥池を覗いた時は、泥沼は全く武士の姿を呑み込んでいた。

その夜、西尾仁左衛門は幸村の首級を、彼が着していた緋縮緬の羽織に包んで、茶磨山の家康の本陣へ持参した。

幸村の討死はすでに家康の本陣にも伝わっていたので、西尾がはいって行くと、その場は急にざわめいた。大坂城の二之丸を攻めている鯨波《とき》が風のためか直《す》ぐ近くのように大きく聞えており、本陣を取り巻く闇は時々天守を焼く火で昼のように明るくなっていた。中央には家康が坐り、何十人もの武将たちがその左右に居並んでいた。

幸村の首級が家康の前へ出された時、

「若い」

という囁《ささや》きが一座のあちこちより聞えた。幸村は四十九歳のはずであったが、その首級は四十歳そこそこにしか見えなかった。

家康は真田の一族である真田隠岐守《おきのかみ》にこの首級を見させた。真田隠岐守は、何度も何度も首級を覗き込んでいたが、

「何分死んでおりますので、はっきりとは判別がつきませぬ」

と言った。この言葉で家康は顔色を変えてひどく不機嫌になった。そして真田隠岐守には一言も言葉をかけず、西尾の方に、

「天晴《あっぱ》れな働き！」

とだけ一言言った。そして西尾が面目を施してその場を退ろうとすると、家康は彼を呼びとめ、幸村を討ち取った時の模様を訊ねた。

「誰とも判りませぬが十文字槍をもって、土煙りを立てて駈け廻る武将を長い間つけておりました。そして彼に味方の武士が組みついて、振り払われるのを見て、横手からかかりました。何十合か打合いました。相手は戦い疲れており、こちらは新手、ついに打ち留めることができました」

そう西尾は言上した。多少の誇張があった。すると、みるみるうちに家康の顔色が変った。

「幸村ともあろう者が、お前などを相手に斬り結ぶか。武道不案内な者めが！」

それから、

「退れ」

と命じた。家康がその首級を幸村のそれと認めたのか、認めないのか、一座の者には判らなかった。その晩、なお幾《いく》つかの幸村の首級と言われるものが持ち込まれて来た。その方はどれも一見して幸村の首級でないことは明《あきら》かであった。

天王寺の万代ケ池に飛び込んだ真田武士の首級は、家康の前までは運ばれなかった。池から引き揚げてみると、幸村よりずっと年老いていたからである。

大坂城の二之丸の一部に徳川勢がはいったのは七日の午後五時頃であった。それ以後は城内は混乱を極めていた。ひた押しに押して来る攻撃軍と闘っている者もあれば、千畳敷の間で自殺したり、二之丸と本丸との間の石壁の上に坐して割腹したりする者もあった。

本丸だけが辛うじて敵手に渡っていなかったが、しかし、そこからはすでに火が噴き出していた。夜半になって寄手の攻撃は歇《や》んだ。不気味な静けさが本丸の中を占めた。いまだ闘志を失わず、槍を抱いて、地面に坐って一眠りする者もあれば、この期にと死を急ぐ者もあった。また夜陰にまぎれて城を脱《ぬ》け出そうとしている集団もあった。誰が何をなそうと、今となっては、誰もとがめなかった。人おのおの自分の思い通りにするほかはなかった。

幸綱はまだ敵手に渡らない追手門口を固めていたが、寄手の攻撃が静まるとすぐ、朝から自分の傍を離れない若い武士を本丸へ使いに出した。秀頼の動静を知るためであった。本丸内部の様子は全然判らなかった。

幸綱は自分でも知らない間に、追手門の石塁に背をもたせて眠った。眠りは浅く、時々眼を覚ました。地面には一面に武士たちが重なり合って倒れていた。死んでいる者もあれば、眠っている者もあった。本丸を焼く焔が赤く倒れている武士たちの埃《ほこり》に塗《まみ》れた顔を照らし、絶えず辺りには灰が降っていた。

幸綱は若い武士に揺り起された。

「本丸が焼け落ちましたので、殿（秀頼）は蘆田櫓《あしだやぐら》にお移りになっております。敵との間に御助命の交渉が行われておるそうでございます」

若い武士は報告した。

「今に及んで――」

思わず幸綱は叫んだ。本丸が焼け落ちたと言われてみれば、そこらを照らす火焰の光も衰え、先刻まで聞えていた材木のはじける音も小さくなっている。

「今に及んで――」

再び幸綱は叫んだ。しかしそれは考えられぬことではなかった。この場合充分ありそうなことであった。それにしても秀頼の助命が許されるようなことにでもなるならば、それは主家のためにもいいことであるに違いなかった。

「みな青屋口の方から逃れております。さ、一刻も早く――」

若い武士は言った。

「逃げろと言うのか」

「お身替りにはわたしがなります。殿が御助命になっても、それは殿だけのことでございましょう」

秀頼の助命がかなったとしても、確かにそれは秀頼だけのことであった。しかし、幸綱は、だからと言って城を落ちる気にはなれなかった。

「せっかくだが、幸綱は城と共に相果てる。それに殿の御身の上もまだどうなるか判ったものではない。殿の助命がかなわぬ時は、殿のお供をしなければならぬ」

幸綱は言った。その時、間近《まぢ》かで急に銃声が起った。眠っていた武士たちはいっせいに飛び起きて、追手門へと走った。銃声は続き、鯨波《とき》が沸き起った。寄手の攻撃はまた始ったのである。

間もなく追手門を固めていた武士たちは崩れ立ち、どっと後退し始めた。幸綱も退却する武士たちに押されて、後方に走った。支える術《すべ》はなかった。

「青屋口へ、青屋口へ」

若い武士の叫び声が幸綱の傍を一緒に走っていた。桜門まで来てみると、そこは一面に修羅場と化していた。玉造口からはいった徳川勢が、到るところで死物狂いの籠城軍と斬り結んでいた。

「血路を開いて青屋口からお逃れになって下さい。あとは引き受けます」

それが幸綱が聞いた若い武士の最後の声であった。どっと雪崩《なだ》れ込んだ敵の一団のために二人はその時から離れ離れになったのである。

幸綱は、若い武士が二人の敵と斬り合いながら石塁の上に上って行くのをちらっと眼に収めたが、そのまま自分は大刀を左右に振り廻しながら、桜門からすでに城の燃え落ちた本丸の内部へはいって行った。蘆田櫓に居るという秀頼のところに行かなければならなかった。

幸綱が蘆田櫓の広庭で自刃したのは、それから一刻ほど経ってからである。秀頼が自刃し、秀頼の母淀殿が荻野道喜の刃に倒れた直後、幸綱は、父幸村の命令通り秀頼に殉じたのであった。

幸綱は自刃する時、すでに自刃した武士たちの屍《しかばね》がごろごろ転っている櫓の内部は避けて広庭へ出た。しかし広庭もまた屍体《したい》で充満していた。仕方がないので、幸綱は屍体の間に足場を作り、そこに突立ったまま、切腹しようとした。その時、

「佩立《はいだて》を取られたらどうか」

と、近くから声がかかった。注意してくれたのは年老いた武士であった。

「大将たるものの切腹には佩立は取らぬものと聞いています。私は左衛門佐の嫡子、一方の大将分であります。佩立を脱ぐ必要はありません」

それから、幸綱は自分の体に突き立てるために刀を持ち直した。秀頼も自刃し、父幸村も討死した今、何も思い残すことはなかった。その時ふと幸綱の眼には、自分の影武者になろうとした若武者の大きな刀傷を持った顔が浮んだ。恐らく、あの桜門の石塁の上で討死したことであろうが、それにしてもいかなる武士の一族であったか、それをついに聞かなかったことが、心残りと言えば心残りであったと、幸綱は思った。


大坂夏の陣の一戦で、豊臣家は全く亡び、徳川の天下となったが、幸村の最期については、世にいろいろの風説が行われた。

幸村は天王寺の合戦で、越前の武士西尾仁左衛門に討ち取られたことになっていたが、その殊勲者である西尾にその後ついに恩賞の沙汰がなかったことが、この風説の原因をなしたようであった。それからまた幸村の首級というものが余りにもたくさん出たことも、幸村の死に関する種々の疑念や臆測を生むことを援《たす》けたらしかった。

大坂夏の陣からちょうど十二、三年経った寛永三、四年に、それまでのものより更《さら》にまことしやかに巷間に流布された一つの風説があった。

それは幸村は大坂城で討死せず、落城寸前に城を脱出し、紀州の熊野の山奥に逃げてそこにひそみかくれ、現在もまだ生きている。そして毎年のようにそこへ金品を届けている武士があるという風説であった。話の出所は江戸の名もなき同心（与力の下役）の妻で、その年夫を亡くした六十近い女であった。

その女はかねがね夫にいつか一度は訊ねてみようと思うことがあった。それは夫が毎年一月に、伊勢神宮に代参する玉川という武士の供をして江戸を発つが、その出発の前夜、必ず玉川がやって来て、二人だけで夜が明けるまで何かひそひそと相談する。そして出掛けて行くと、帰りは必ずほかの代参より七日も八日も遅れて帰るのが常である。それについて夫は一言も語らないから判らないが、どうも腑に落ちない。それが一年や二年ならともかく九年も続いている。

その年の春、夫の同心は他界したが、その臨終の席で、女は、何十年も連れ添っている妻に打ちあけられぬことはあるまい。伊勢行きのことを包みかくさず物語ってくれと頼んだ。すると夫の同心は他言しないことを妻に約束させてから、次のようなことを語った。

――実は毎年伊勢参拝を終えてから紀州の熊野の山の奥へ行くのである。毎年毎年九年も続けて行っているが、いつも行く道が違うので、そこがどこか詳しくは見当がつかない。ともかく人里離れた山奥であって、そこに洞窟があって、白髪の老人が住んでいる。最初行った時は自分は洞窟の外で待たされ、玉川だけがその内部へはいって行って、その翌朝洞窟から出て来た。その翌年から毎年正月の十五日から月末までの間に玉川の供をして、その熊野の山奥の洞窟を訪ねることにしている。持参するのは一個の封状箱だけである。箱の上には「上」の字が一字書いてあって、その箱は鳥目《ちようもく》十匹ほどの重さである。

いつも洞窟の入口へ行って休んでいると、白髪の老人が出て来て、玉川からその箱を受け取って洞窟の内部へはいって行く。しばらくすると、再び姿を現わし、空の状箱を返して来る。その状箱の上書には「まいる」とだけ認《したた》めてある。自分もその老人が何人《なんぴと》か玉川に訊ねてみようと思いながら何年か経ち、玉川も他界してしまったので、とうとう訊かずじまいになってしまった。自分の見るところでは、老人は真田幸村ではないかと思うが、これは全くの自分の想像である。

そんなことを語って、同心は息を引き取ってしまった。

幸村が熊野の山中に生存しているという風説の出所はこういうものであった。肝心の同心も死んでいるし、同心を供にして連れて行った玉川某も彼より半年ほど前に他界していたので、その真偽を確かめることはできなかった。

この風説と前後して、もう一つの幸村生存の噂が巷間に散らばった。これは九度山の比丘尼《びくに》の口から出たものであった。大坂落城の翌年の元和二年の正月から毎年のように、どこの国のものとも知れない立派な武士が九度山にやって来て、そこにある幸村の父の昌幸の墓所に詣り、昌幸が住んでいた家の跡を訪ね、それから下山して九度山村の真田家と縁のある家へ一泊して帰って行く。こうしたことが九年続いたが、十年目からぴたりと姿を見せなくなった。人品物腰の卑しからぬところからみて幸村らしいというのである。

幸村に関するこうした風説は、どの程度信じていいものか、誰にも判らなかった。しかし、こうした風説はそのまま捨て置かれた。世はすでに戦乱から遠く離れており、風説そのものが別に人心に悪影響を及ぼすようなものでもないし、実際に幸村が生きていたとしても、それは今やたいして意味を持つものではなかった。

同じ頃、京坂地方の子供たちの間に「花のようなる秀頼さまを、鬼のようなる真田がつれて、のきものいたよ鹿児島へ」という唄が歌われた。

幸村が秀頼を連れて鹿児島に落ちのびたという歌の意味であった。秀頼自刃は歴《れつき》とした事実であったから、この流行歌はナンセンスに過ぎないものであったが、しかし京童《きょうわらべ》の間ではふしぎにこれが流行した。幸村が大坂落城の際討死しなかったかも知れないという風説が根拠になって、こうした歌が生れて来たのであった。

しかし、それから十年ほど経った寛永十五年に、また一つの新しい風説が京坂方面に流れた。こんどは幸村に関するものではなく、嫡子幸綱に関するものであった。

幸綱は大坂落城の際、蘆田櫓の広庭で自刃しており、はっきりとその屍体が幸綱であることが確認されていたので、幸綱に関する風説はこれまで生れる余地はなかったのである。ところが誰言うとなく、

「真田幸綱は生きているそうだ」

とか、

「幸綱は四十歳前後のはずだが、頭髪は全部白くなり、六十歳ぐらいの老人に見えるそうだ」

とか、そんな噂があちこちで囁かれた。

ちょうど、前年に島原の乱があって、多少幕府は人心というものに神経質になっている時だった。五畿の監司として京へ赴任して来た永井尚政が管内を視察して廻った折、紀州の九度山に幸綱らしい人物が匿《かく》れ棲《す》んでいるという噂を、土地の者から聞き出し、一応役目柄、これを江戸に報告したことから、この風説は始っていた。時代が時代だったので、江戸幕府から、京都の所司代板倉周防守《すおうのかみ》のところへその人物を詮議するようにという指示があった。

やがて、板倉周防守の前へ連れ出されて来たのは、頭髪の真白い、一見六十歳とも見える人物であった。

板倉は名所司代として知られ、この時五十二歳の、分別のある温厚な武士であった。江戸からの指示もあるので、彼自身が直接取調べに当った。板倉はもちろん、幸綱が生存しているというようなことは信じていなかった。ただ役目柄一応取調べるだけは取調べるといった態度であった。

「名は何と言う?」

しかし、相手はそれに対してどうしても答えなかった。初めから妙にその態度にふてぶてしいものを持っていた。顔に大きい傷があった。右の眼から頬へかけて切り下げられた刀傷である。

「年は?」

それに対しても相手は口を噤《つぐ》んでいた。

「何を業としているか」

「炭を焼いたり、猟をしたりしています」

「以前は武士だったな」

「そうです」

「大坂の落人《おちうど》か」

「そうです」

「大坂の落人であっても、現在は年月が経っているので、なんのお咎《とが》めもない。気持をらくにして答えるがいい」

板倉はそう言ってから、

「今日ここに出頭させたのは余の儀ではない。訴人があって、お前を幸村の嫡子幸綱であるという者がある。そうでない申し開きをしてくれればそれでいい」

するとその男は、

「幸綱と思われるなら、思っていただいて、いっこうに差しつかえありません」

と、妙な返事をした。

「年齢が違うから、そう簡単に幸綱だと信じるわけにはゆかぬ。幸綱は大坂落城の折は十五歳である。現在生きているとしたら三十九歳であろう」

すると、相手は突然声を出して笑った。

「大坂の落人というものは、みな人の三倍ずつ年齢《とし》をとっております。詮議の眼を逃れて生きる苦労というものは、当の本人でなければ解らないものであります。幸綱が三十九歳であるとしても、生きていれば頭は白くなり、六十歳の風貌を具えましょう」

板倉は、相手が幸綱でないことは信じていたが、それにしても、こうした返事をされると困った。

「それでは、お前を幸綱だと見做《みな》していいか。もし幸綱ということになれば、他の落人とは異り、どのような御沙汰があるかも知れぬ。生命にかかわることだから、素直に有体《ありてい》に答えよ。――幸綱と見做していいかな」

板倉は優しく言った。すると相手は傲岸な口調で答えた。

「私を幸綱にしておきたいなら、幸綱にしておいて結構です。生命は少しも惜しくはありません。幸綱として大坂城で死ぬべきだったのが、二十三年ほど遅れただけのことです」

板倉周防守はそのほかいろいろのことを質問したが、彼は決して自分が幸綱でないとは言わなかった。幸綱と見做されて少しも構わないといった口上であった。

板倉もこのひねくれ者の奇妙な人物の処置には困った。精神異常者かとも考えたが、その他のことでは、少しも精神に異常があろうとは考え得られなかった。板倉には、永年人の眼を忍んで生きて来た一人の落人のひねくれた心が判り、そこにある憐れさが感じられた。

その真田幸綱たることを絶対に否定せぬ人物が処刑されて、粟田口で梟首《きょうしゅ》になったのは、その年の暮であった。その制札には、

「この者真田左衛門佐縁故の者方へ来りて、かれこれ申しかけし科《とが》によって、かくの如《ごと》く処刑されし者なり」

と書かれてあった。最後まで彼は幸綱であることを信用されないで刑されたのであった。

角兵衛狂乱図

池波正太郎

池波正太郎　1923～1990

東京都生まれ。下谷西町小学校卒業後、株式仲買人などを経て横須賀海兵団に入団。戦後は都職員のかたわら戯曲の執筆を始め、長谷川伸に師事する。1955年に文筆専業となった頃から小説の執筆も始め、1960年に信州の真田家を題材にした『錯乱』で直木賞を受賞。真田家への関心は後に大作『真田太平記』に結実する。フィルム・ノワールの世界を江戸に再現した『鬼平犯科帳』、『剣客商売』、『仕掛人・藤枝梅安』の三大シリーズは、著者の死後もロングセラーを続けている。食べ物や映画を題材にした洒脱なエッセイにもファンが多い。

二十年ほど前まで、長野県・松代町に住み、いまは神戸市に居住されている筈《はず》の佐藤慶治氏が〔角兵衛狂乱之図〕という画幅を所持しておられる。

画《え》は、異様なものだ。

たくましい老年の武士が、右手の小柄《こづか》に突き刺した眼の玉をかかげ、にんまりと不敵な笑いをうかべている全身像が描かれている。

その武士の右の眼窠《がんか》から、おびただしい血汐が噴出しているところを見ると、彼は、みずからの眼球を、みずからの手によってえぐりとったものに違いない。

ほとんど墨一色で描かれているのだが、小柄の先に形を強調して描かれた眼球と、武士の眼窠にぬられた血の色にのみ、赤い絵具がつかわれ、それが何とも凄まじい効果をあげている。

よく見ると武士の顔は、顎《あご》の張った肉のあつい、なかなかに立派なもので、濃い眉も、ふとくて形のととのった鼻も尋常のものではない。

画の右上方に〔樋口角兵衛狂乱之図〕と書かれ、左下方に〔伊木彦六尚正〕とあって、朱印二顆が捺《お》されてある。

もちろん、画は、かなり古いものだ。

六年前に亡くなられた松代の郷土史家・大平喜間太先生に、私が、この画を見たという話をしたとき、

「ああ、佐藤さんのとこのね……私も見ました。おもしろいものでしたねえ」

「あの画は、伊木彦六が、何歳のころに描いたものでしょうか？」

「おそらく、明暦以前のことでしょうな。だって、そういうことになりましょう？　どうです」

老先生は、眼鏡の中から、じっと私を見つめつつ、

「ほら、ほら……」

と、私の記憶がよみがえってくるまで、私をうながされた。

「あ……そうでした」

その日は、あかるい秋の陽ざしが、川中島平に燦々《さんさん》とふりそそぎ、一点の雲もない好晴であった。

松代の城下町の古い武家屋敷を住居とされていた大平先生を、おとずれたのは、その日が、たしか五度目であったかと思う。

私が、信州・松代十万石・真田家を舞台にした小説を書きはじめたときから、先生は何かと私をはげまし、惜しみなく貴重な史料を見せて下すったものだ。

夫人が何度も替えて下さる茶をのみながら、その日は先生と、樋口角兵衛について語りつづけ、夜ふけとなって長野市の旅館へ帰るのがめんどうになり、松代の〔定鑑堂〕という小さな宿へ泊ったことをおぼえている。

一

樋口角兵衛正輝は、元亀二年二月七日にうまれた。

父は、武田勝頼の重臣で、樋口下総守という。

角兵衛のうまれたころには、勝頼の父・武田信玄が健在であり、信玄は武田の全軍をひきい、京へのぼって天下に号令すべく活動を開始していた。

目まぐるしく天下の覇権を争い、領土の拡張に狂奔していた大小の武将たちが、ようやく大きな勢力のいくつかにふくみこまれ、武田信玄と織田信長の二大勢力が、目ざす目的に向かい突進していたのである。

信玄は、翌年に発病し、翌々年に征旅の陣中で死んだ。

信玄の死によって強大な武田家が見る間に衰弱し、織田・徳川の連合軍に攻めたてられた信玄の子・勝頼が天目山において自殺をとげたのは天正十年で、ときに樋口角兵衛は十二歳であった。

「おれが、殿さまのおそばについていたら、むざむざと殿さまを死なせずにすんだものをな」

と、この少年は臆面もなく、ほざいてのけた。

当時、角兵衛は、上州・岩櫃《いわびつ》の城にあった。

岩櫃城は、真田昌幸がたてこもっており、昌幸は、この城に主筋の武田勝頼を迎え入れ、織田の大軍をひきうけ大暴れをしてやろうという意気込みでいたのだ。

ところが、勝頼は他の重臣たちの言をいれて岩櫃へ逃げることをやめ、ついにほろんだ。

織田軍との戦がはじまる直前に、真田昌幸は籠城準備のため、甲斐《かい》の国から一族郎党をひきつれて上州へ急行した。このときに、角兵衛も同行させたのである。

角兵衛の母は、真田昌幸の妻・山手どのの妹にあたる。だから昌幸と角兵衛は伯父甥の間柄になるわけであった。

母は自分と共に岩櫃へ来たので死ぬことをまぬがれたが、父の樋口下総守は勝頼にしたがい、ついに戦死をした。

「おれがついていたら、父上も死なずにすんだものをな」

と、また角兵衛は放言をした。

「ほう。そうか、そうか――」

伯父の昌幸は目を細めてよろこび、

「こやつ、いまに味な男になろうぞ」

と言った。

子供の言うことだから、昌幸も息の信之も幸村も笑っていたし、家来たちの中でも、

「大殿の申さるる通りじゃ。ありゃ末おそろしい大将になる」

評判もたかい。

前に、こんなことがあった。

角兵衛九歳のとき、野道を暴走して来た狂い馬の前に飛び出し、大手をひろげた。

眼をみはり、腕を張って、馬が眼前にせまるまで身じろぎもしなかった角兵衛を何人かの武田家中のものが目撃している。

馬は、少年を蹴殺《けころ》すべく棹立ちになった。

そのとき、角兵衛の体が鳥のように、ななめ横へ飛んだ。

馬が前足をぱッとおろした。おろして蹴り直そうとしたのであろう。その馬の足が地におりるかおりないかという間一髪に、角兵衛が飛びこんで、馬の前足を払った。腕の力だけで払ったのである。

おそらく、馬の足が地につく直前であったものか、地響きをうって狂い馬が横ざまに転倒した。

(血は、あらそえぬものじゃ)

と、母の久野の方が、このことをきいて、さも満足気にうなずいたそうな。

久野の方も、姉の山手どのも、菊亭大納言晴季《はるすえ》のむすめであった。

真田家は、清和天皇の皇子・貞元親王から出ていて、二十数代の後、昌幸の父・幸隆のころになって信濃・真田庄に居城をかまえ、以来、真田姓を名乗るようになった。

こういうわけで、真田家は、むかしから京の公卿《くげ》たちとも縁がふかい。すでに財力をうしなった公卿の娘たちが武将の妻になった例は、いくらもある。

久野も、義兄・昌幸の口ききで樋口下総守に嫁いだものである。

公卿の娘にうまれた彼女が、我子の腕力と気力のすばらしさを知って「血は争えぬもの」と、思わず口にのぼせたのは、夫・下総守の武勇を思ってのことであったのだろう。

二

武田家の滅亡以後、戦乱は尚《なお》もつづいた。

織田信長が明智光秀の反逆によって急死すると、あとは豊臣秀吉と徳川家康の急激な擡頭《たいとう》が見られる。

どちらにしても、大勢力の傘下へ入らぬと領国の安堵が危うくなる。

真田家は、徳川の麾下《きか》へ加わることになった。

家康のゆるしを得、昌幸は信州・上田に居城を築城した。

千曲川《ちくまがわ》の断崖を利した堅城である。

この城へ、徳川の大軍が攻めかけたのは、天正十三年閏《うるう》八月のことだ。

上州・沼田の領地をめぐって真田家と関東の北条氏直が争い、これを調停にかかった徳川家康のあつかいが、

「気にくわぬ!!」

真田昌幸の癇《かん》にさわったのだ。

「麾下に入りながら、真田の態度はけしからぬものがある。このまま放っておいては増長するばかりだ」

家康も、前年に尾州・長久手の戦闘で、秀吉の大軍を破っているので意気軒昂たるものがあった。

徳川軍は、真田の前線基地を攻めると同時に、本隊は、まっしぐらに上田へ迫った。

総勢一万余の編成である。

これに反して、上田城へこもる真田軍は、わずかに二千。五分ノ一の劣勢ということだ。

だが、この上田攻めによって、徳川軍は手ひどい痛手をこうむり、真田の武勇は一躍、天下にとどろきわたった。

真田昌幸は三十九歳の壮年であったが、戦闘が始まっても、上田城内で家来を相手に、じじむさく碁をうっている。

「戦《いくさ》は息子たちにまかしておこう」

と言うのだ。

長男の信之二十歳。幸村（当時は源二郎）十九歳という若さなのだが、この二人の駆引に、老巧の武将たちがひきいる徳川軍は翻弄されつくした。

戦場の地形は、真田軍にとって我庭のようなものであった。

地形と天候とを応用した猛烈果敢な奇襲を行うのは、兄の信之である。

この奇襲部隊を無事に城内へ収容するため、疾風のような新手をひきいてあらわれるのが、弟の幸村である。

樋口角兵衛は、この幸村勢に属していた。

十五歳の角兵衛が、上田の攻防戦にどのようなはたらきをしめしたか。

「血は争えぬものじゃ」

またも、上田城内にこもっていた母の久野をよろこばせたものだ。

角兵衛は、長さ六尺のふとい六角棒へ、びっしりと鉄輪・鉄条をはめこんだものを持ち、徒歩立《かちだ》ちで出撃をした。

まだ前髪もとらぬ角兵衛の戦闘ぶりは瞠目に価した。

「無理じゃ、いかぬ。この次から出してつかわすゆえ、今度は出るな、出るな」

真田昌幸は、なぜか、しきりに角兵衛の出陣をとめにかかると、そばにいた幸村が、

「父上。私の出陣は十三歳の夏でありました」

と言い出したので、

「うむ……」

昌幸は苦い顔になった。

幸村は、父が従弟《いとこ》の角兵衛を甘く育てすぎると思っている。

「当然ではないか」

と、兄の信之が弟をたしなめた。

「角兵衛は叔母御の一人子じゃ。思うままに我子をあつかうようにはまいらぬ」

ともかく、角兵衛は伯父の言うことなど聞こうともしない。

「伯父上。まあ、見ていて下され。なっとくがまいりましょう」

などと言ってのけるものだから、

「よし。おれのそばにいろ。鍛えてやる」

幸村が叫んだ。

が、それには及ばなかった。

角兵衛は、武田家にいたころからの家来六名をしたがえ、

「おれが叩き落した奴どもを片端から突きまくれ」

と命じて、進んだ。

喚声と悲鳴と、飛びはねる血が渦巻く中で、角兵衛の六角棒が唸《うな》りをたてた。

狙うのは、敵が乗った馬の足である。

土けむりをあげ、地響きをたてて、適確に馬が倒れた。

ころげ落ちる敵へ、角兵衛の背後にいた家来たちが猛然と槍を揮《ふる》うのである。

「兄上。十五の小童《こわつぱ》とも思えませぬ」

幸村も信之に言って、ためいきをもらした。

閏八月二日の決戦となった。

徳川軍は上田城下へなだれこみ遮二無二《しやにむに》城門へ押しかけたが、石垣の上から、仕掛けた大木が頭上

に落ちかかり、銃火の一斉射撃と同時に、真田軍の精鋭が城門をひらいて逆襲した。

坂の多い城下町の街路に、刀が槍が、馬と馬がひしめき合い、目も当てられぬ混戦となったのだが、
これこそ、真田の思う壺にはまったわけで、民家に火をつけ、徳川軍を追い込みつつ、

「それ!!」

前後左右の隙間から突いては退《ひ》き、退いてはまた突きかかる真田軍の馴《な》れきった襲撃ぶりに、徳川軍はたちまち押し返された。

この市街戦をもって、徳川の敗績は決定的なものとなった。

火煙と土けむりが立ちこめる狭路で、樋口角兵衛は屋根にいたかと思うと下へ飛び降り、猿猴《えんこう》そこのけの活躍をした。

戦が終ると、角兵衛の勇名は敵にも味方にも、評判にならざるを得ない。

戦国時代には、いうまでもないことだが戦争が流行する。流行の寵児は武勇の士である。

角兵衛は、わずか十五歳にして、時代の寵児の名をほしいままにすることが出来たわけだ。

「おりゃ、こんな彊勇《きょうゆう》の士を甥にもとうとは思わなんだ」

昌幸も、だらしなく満面をゆるませ、好みの褒賞をとらせると言うと、角兵衛は、

「八尺の六角棒がほしゅうござる」

甘えてねだった。

これがまた、昌幸を大いによろこばせたようだ。

「欲も得もないやつ。お前のような武士《もののふ》が真田の家に居てくれると思えば、涙がこぼれるわ」

三

殿様が手放しでほめるのだから、家来たちも先を争って、角兵衛をほめそやす。

慢心の発芽は、老成した人物の胸にも忍びこむし、成熟した五十男の分別をも狂わせてしまう。

まして、十五や六の少年が、このようにもてはやされては、たまったものではない。

上田合戦の翌々年のことである。

このころになると、秀吉と家康は握手し、家康は秀吉の日本制覇に協力するようになっていた。

秀吉の口ききで、幸村は、大谷刑部《ぎょうぶ》の娘と婚約をした。

記念として、秀吉が、来国俊《らいくにとし》の名刀を幸村に贈った。

幸村はよろこんで、この刀を侍臣たちに見せまわしたものである。

この席に、十七歳の角兵衛がいた。

「なるほど、なるほど」

角兵衛は横合から手をのばして国俊の刀をつかみとり、

「さむらい冥加に、このような名刀を、ぜひぜひ腰にしたいものでござる」

言い放つや、すばやくこれを腰に帯し、

「私、頂戴つかまつる」

と、怒鳴った。

「これ、角――」

あわてて、幸村が叫ぶ間もなかった。

「頂戴、頂戴!!」

と連呼しつつ、角兵衛は庭へ躍り出し、あっという間に、どこかへ消えてしまった。

「おのれ、角めが……」

幸村は激怒した。

すぐに追わせたが、どこにもいない。

角兵衛は、上田城三の丸外に屋敷をもらって、母と共に暮しているのだが、むろん帰ってはいない。

「父上には申すな」

幸村は家来たちを動員して城下、城外をくまなく探しつづけたが、いない。

三日、四日とたつうちに、

「父上も感づかれたらしい。申しあげて見ろ」

兄の信之に言われ、幸村も仕方なく、昌幸の居館へ出かけて行き、

「我ままがすぎまする」

すべてを報告した。

「ふむ……」

昌幸は、じろりと幸村を見やって、

「放っておけい」

事もなげに言う。

「なれど……」

「よいわさ」

幸村は、むっとした。

もとはと言えば、父上が、あまりにも角めを甘やかせすぎたからでござる、と、言ってやりたいところである。

昌幸は、たちまちに、これを察したらしく、

「こりゃ、源二郎」

「はい?」

昌幸が、二十一歳になる次男を見て、にやりと口もとを笑わせた。笑ったのは口もとだけだ。両眼が白く光っている。

「おりゃ、めくらではないぞ」

と、昌幸が低く言った。

「は――」

「捨てておけい」

もう一度言って、髭《ひげ》をしごきつつ昌幸は、ひとりで碁石を盤にうちはじめた。

「どうも、わからぬ」

幸村は帰って来て、信之に言った。

「父上は、何と思うておられるのか……」

「放っておけ」

と、兄も言うのである。

「兄上……」

「父上は、人を煽《おだ》てあぐるが御上手だということよ」

幸村は、ハッとした。

そのまま、兄弟は互いの眼を凝視し合っていたが、ややあって、信之が言った。

「わかったか、弟――」

「わかりました」

数日後、垢と泥にまみれた角兵衛が城下の町家で、にごり酒を飲んでいるところを、家士が見つけた。

「あッ」

思わず声をあげた家士へ、角兵衛が振向き、

「おれが、ここに居ることを城へ知らせて来いや」

と言った。

腰には、まぎれもない来国俊がおさまっている。

家士は、飛ぶようにして城中へ駆けた。

間もなく、幸村の侍臣が四名、馬をひいて角兵衛を迎えに来た。

「おい、捕らまえンのか？」

角兵衛が訊いた。

侍臣たちは、厭《いや》な顔つきで首を振った。幸村の侍臣だけに、角兵衛の暴慢ぶりを憎んでいるらしい。

「ふン、ふン。そうか、そうか、そうか。なるほど、そうか。そうだろうとも――」

角兵衛は、ひとりがてんに何度もうなずきつつ馬へ乗り「早く連れて行け」と、わめいた。どうも

手がつけられない。

それもこれも大殿（昌幸）の愛寵がすぎるからだと、侍臣たちは胸のうちで舌うちをくり返した。

（もう大丈夫。おれの思った通りだ）

と、角兵衛は酒に火照《ほて》った顔を空に向け、くさい息を吐きながら馬にゆられて行った。

城へ入ると、すぐに幸村の居室へ通された。

「おい。どこへ行っておったのだ？」

幸村が、意外に、おだやかな口調で言う。

「奇妙山にいました」

「山の中で何をしておった？」

「草を食っていた」

「なるほど……」

「この刀は返しませぬ。たって返せと申されるなら、私の首をはねて下され」

「気炎が強《きつ》いな」

「返しませぬ」

「わかっておる」

「首をはねますか？」

「はねぬ」

幸村が微笑をうかべたので、角兵衛は、少し気味がわるくなったようである。

昌幸は、可愛がってくれるだけだし、信之は自分を相手にもしない。幸村だけが角兵衛を叱ったり訓戒をあたえたりする。それがまた、おもしろくてたまらなかったのだ。

（あまり、伯父上が、おれを可愛がるので、源二郎殿は、おれを嫉《ねた》んでいるのだ）

愉快なのである。

ところが、七日ほど留守にしている間に、がらりと、この従兄《いとこ》の態度が変ってしまっている。

「刀は、お前にくれてやる」

「え……」

「父上がな……」

「伯父上が？」

「うむ。こう申された。さむらい一人と刀一腰と替えらるべき事かは、とな」

「ははあ……」

「お前に、その刀をつかわせば、名刀を帯した男の常として、いざともなれば、刀に負けぬはたらきもしよう……と、父上は申されたぞ」

「左様ですか。伯父上が、そうおおせられることと私も思うていました」

意気揚々として自邸へもどり、母に知らせると、この母が、また言うのである。

「母も、大殿が、そのように申されることと考えていたわえ」

翌日、角兵衛が昌幸のところへ行き、礼をのべると、

「よし、よし」

猫撫声で、昌幸が、

「雲行きが怪しゅうなってきた。いずれ、嵐が来よう。そのときには、はたらけよ」

と言った。

「はいッ」

角兵衛の歓喜は頂点に達した。

四

天正十八年の春から夏にかけて、関東の北条氏直を討伐すべく、豊臣秀吉が、小田原城を包囲した。

すでに秀吉は、九州の島津氏を降《くだ》し、海内《かいだい》に秀吉の命を奉ぜぬものは、ひとり、小田原の北条氏直のみであった。

家康も秀吉に屈服している。

いまや天下統一は目の前というところだから、秀吉は諸国の大名に命を発し、大規模な小田原包囲軍を編成した。

同時に、関東一円に散在する北条方の豪族たちをも徹底的に粉砕すべく、それぞれに指令をあたえた。

これによって、北陸の前田利家・上杉景勝の二将は、信・上二州を経て、沿道の諸城を征服しつつ、小田原包囲軍へ参加することになった。

真田昌幸は、この先鋒をつとめよと、秀吉から命ぜられた。

「心得て候《そうろう》」

昌幸は秀吉が大好きなのである。

「家康めは肚《はら》の底が知れぬ。血の冷えた厭な男じゃ」

昌幸は、冷厳で抜かりのない行動をとるくせに、いつも微笑を絶やさぬ徳川家康を、

「あの男の笑顔には化けものが隠れている」

それにくらべて、豊臣秀吉は、愛嬌と哄笑のうちに豪快きわまる戦《いく》さぶりを押しすすめ、天下をつかもうとしている。

「関白殿下とは肌が合うわい。信玄公亡きのちに、これほどの人物があらわれようとは思いもよらなんだわ」

これは、本音であった。

秀吉の威勢が強大になるにつれ、昌幸は、しばしば家康の領地へ侵入しては戦をいどんできている。

「内府とは仲ようせよ」

秀吉は、このことを心配し、何とか、両者の仲を融和させようと、

「徳川のむすめを、長男の信之に嫁がせよう。そして縁をむすべ」

何度も言ってよこしているが、昌幸は、承知をしない。

むすめといっても家康の本当の子ではない。しかるべきものの女《むすめ》を養女にして縁組みをさせるわけであった。

まず、こうしたさなかに、小田原攻めが行われたのである。

小田原城は名だたる堅城であった。しかも広大である。城の中にまで町が入っていたのだ。

北条氏直も籠城には自信満々であったのだが、秀吉も悠々と腰をすえ、箱根・湯本の早雲寺の本営から一里近い山中に城を築き、居館をもうけ、女たちもよび寄せ、連歌・狂言・茶の湯などをたのしみつつ、落城を待った。

大軍に囲まれた上、攻めても来ずに、城中の食糧が絶えるのを二年でも三年でも待とうというのだから、たまったものではない。

秀吉の威勢というものが、ついに頂点に達したことを、北条方もみとめないわけには行かなかった。

小田原城は落ちた。

この戦役で、真田昌幸は、上州・松井田、武州の松山、鉢形などの北条方の属城を攻めて落した。

樋口角兵衛も、二十歳になっていた。

あらためて、このときの彼の奮闘ぶりをのべるには及ぶまい。

戦闘は、いつも角兵衛によって突破口があけられた。

銃丸も刀槍も、向うから角兵衛を避けて行くと言われたものだ。

「やるわい、やるわい」

昌幸は手をうって、

「どうじゃ、来国俊も生きたと思わぬか」

と、幸村に笑いかけた。

翌天正十九年に、真田と徳川との縁組がととのった。

秀吉に説きふせられ、昌幸も困り果てたが、

「おぬしは、どうじゃ？　家康のむすめを貰ってもよいのか。厭なら申せ。無理にとは言わぬぞ」

昌幸は、長男・信之に念をおした。

このとき、昌幸は息子の拒否をのぞんでいた。それほどに、家康がきらいだったのである。

「なれど、関白殿下のおすすめをことわるわけにもまいりますまい」

「おぬしが厭なら、ことわる。ことわってよい」

「源二郎(幸村)も、すでに妻を迎えました」

「何も次男が先に嫁もろうたとて、急ぐことはない」

「私も、そろそろ……」

「何——承知するというのか?」

「はい」

「家康のむすめじゃぞ」

「はい」

昌幸は苦虫を噛みつぶしたような顔つきになった。

「徳川と手をむすぶことは悪いことではありませぬ」

信之は、言いきった。

平常はおだやかな息子なのだが、一度決意したとなると、その厳然たる気魄《きはく》に、父親が呑まれてしまうことが度々《たびたび》あった。

若いうちから、そうなのである。

「おぬしが承知なら、反対はせぬ。わしが貰う嫁ではないのだからな」

昌幸も仕方なく、秀吉の仲介をうけた。

家康の養女として、駿府(静岡)から、はるばる信州の真田家へ嫁いで来たのが、本多平八郎忠勝の娘・小松であった。

——家康に、すぎたるものが二つあり。唐《から》の頭《かしら》に本多平八——と、世にうたわれた本多忠勝の血をうけた小松は、女ながら、夫信之と徳川家の間を決定的なものにする役割を果した。

翌文禄元年から、秀吉は朝鮮出兵の準備にかかった。

日本は、すでに秀吉のものである。

今度は朝鮮と支那を手中におさめ、そこに理想の都を建設しようという夢の実現に、秀吉は乗り出した。

これには、さすがの秀吉びいきの昌幸も、

「太閤殿下の意中が、わからぬ」

首をかしげた。

信之は、眉をひそめた。

この年の第一次進発は、戦果もあげたが、莫大な戦費を消耗して尚も思うような発展を見せず、六年後の慶長三年八月、豊臣秀吉は伏見城に病死をしてしまった。

六十三歳の秀吉は、只《ただ》ひとりの幼児・拾丸（秀頼）の将来を案じ、家康など五大老に向けて、次のような遺書をしたためている。


秀より事、なりたち候ように、此《この》かきつけのしゅとしてたのみ申候。なに事も、此ほかは、おもいのこす事なく候。かしく。

太閤

八月五日
いへやす（家康）
ちくぜん（前田利家）

てるもと（毛利輝元）
かげかつ（上杉景勝）
秀いへ（宇喜田秀家）

秀吉亡きのちの勢力は、二つに割れた。

すなわち豊臣派の石田三成を主軸とするものと、徳川家康のそれとに分れたのである。

そして関ヶ原の合戦が始まり、終った。

真田家も、このとき二つに割れた。

昌幸は次男・幸村と共に上田城へこもり、徳川秀忠の大軍を釘づけにして関ヶ原参戦を喰《く》いとめた。

長男・信之のみ、家康に従って父と弟を捨てた。

関ヶ原合戦での勝利によって、家康は、ほとんど天下の実権をにぎった。

昌幸と幸村は敗軍の将である。

首をうたれても文句は言えないところだが、家康は信之の嘆願をいれ、真田父子《おやこ》を、紀州・九度山へ押しこめることにした。

「角兵衛よ。おのしは信之のところにおれ。わしと共に九度山へ隠れ住んでも仕様があるまい」

と、昌幸が角兵衛に言うと、

「伯父上は、九度山に老い朽ちるおつもりでござるか?」

にやりと、角兵衛が昌幸の眼をのぞきこみ、

「よも、左様なことはござるまい」

「なぜだ。天下は徳川のものよ」

「豊臣家には秀頼公おわします」

「まだ八歳の若君ではないか」

「十年たてば十八歳になります」

「そうなったら何とするぞ」

「そうなれば、また、伯父上の血もさわぎましょうず」

「何……」

「この角兵衛の血は、今から、さわいでおります」

角兵衛には、徳川家に従属した真田信之のもとへ身を託す気は少しもなかった。

むかしから信之には親しみがわかぬこと、昌幸が家康に対するそれと同じようなものだと言える。

九度山へ配流される真田昌幸・幸村父子の胸の底には、秀頼の成長を待っての豊臣家が、ふたたび天下を席巻する夢のひそんでいることを、角兵衛は見ぬいていた。

「来たければ来い。なれど、おぬし、退屈をするぞよ」

昌幸は、表情のない声で、

「これからは刀槍のかわりに鋤鍬《すきくわ》をもって生きて行かねばならぬ。それでよいのか」

「ようござる」

真田父子について九度山へ供をした家来は、十六人とも二十人とも言われている。

昌幸の妻・山手どのも、角兵衛の母・久野も、幸村の妻子と共に九度山へおもむいた。

（ふふん。いざともなれば、おれ一人で九度山を出て行き、家康の首をはねてくれるわ）

角兵衛は、そう考えている。

従兄・信之と家康のイメージが、角兵衛には一つのものとなっていた。

十五歳の初陣から十五年の間に、大小とりまぜての戦闘に角兵衛が展開した猛勇ぶりを、みとめぬものはない。

だが信之だけは、角兵衛に対し、終始冷然たる態度をくずさなかった。

まるで相手にもしないのである。

戦闘がすみ、歓声に迎えられつつ、血だるまのような角兵衛が陣へ引きあげて来て、

「今日は、首を八つもあげた。突き殺した敵は数えきれぬ」

などと叫んでみても、すぐそばにいる信之だけは、角兵衛の声を微風にも感じない様子であった。

(信之殿は、おれのはたらきを何と思っておるのだ。少しは、ありがたいと思案すべきではないか。

角兵衛あればこそ、勝利の糸口が、いつもついているのを忘れたのか――)

くやしくて、たまらないのである。

その信之が、父と弟を捨てて、

(徳川の狸に、頭を下げるとは何たることだ)

端正な信之の顔貌を思いうかべるたびに、

(今に見ておれ!!)

角兵衛の慢心は、烈《はげ》しい忿懣《ふんまん》と化した。

五

高野山の北谷にある九度山は、京坂の地にも近い。

大坂城にいる豊臣秀頼のすぐ近くへ、真田父子は押しこめられたということになる。

家康にとって危険きわまりない爆薬を、今は只一つ残された反対勢力のそばにおいたということだ。

東北か、九州か、或《ある》いはどこかの小島かに流されても当然な真田父子なのである。

「近くのほうがよいのだ」

と、家康は老臣たちにもらした。

何をたくらむか知れたものではない真田父子を監視するためには、

「どこへ流したとて、あのものたちのうごきには変りない。出たくなれば、どこからでも出て来よう。それなればいっそ、わしの目のとどくところがよい」

家康は冗談のように、

「豊臣を奉ずるものたちの誰よりも、わしは真田父子がこわい」

と笑った。

この家康の肚のうちは、真田昌幸も幸村も熟知している。

それでいて、父子は九度山へ入った翌々年ごろから、活動を開始していた。

九度山は、紀の川にも近く、丹生川《にうがわ》を眼前にのぞむ段丘に点在する村落を言う。

ここに、ささやかな隠宅をかまえ、真田父子は農耕に狩猟にはたらき、まったく世上とのつながりを絶ったかに見えた。

家来や女たちは組紐の製作にも従事した。いわゆる〔真田紐〕が、これである。

こうした世捨人の生活の裏側では、幸村の指揮によって、隠密たちが縦横に活動をした。

真田の隠密活動は、永年の体験と訓練によって、精妙をきわめていた。

ゆらい、すぐれた間諜網をもつ大名ほど戦闘に勝ち、変転する時代の推移に生き残ったと言われている。

かつて、武田信玄が組織化した間諜網は天下に鳴ったものだ。

信玄があやつる間者、忍びの者のはたらきは古今無類と評された。

この信玄のもとで真田昌幸は働き、戦いつづけてきている。

武田家滅亡後、秀抜な武田の間者たちは諸方に散ったが、真田家へ移った者が非常に多い。

九度山へ主人の供をした家来たちは、いずれも手だれの間者たちであったと見てよい。

事実上の政権は、家康の手にあるとは言え、先の天下人としての豊臣秀吉の遺子・秀頼は、厳として大坂城にある。

真田昌幸ほどの武将が、一も二もなく敬慕のかぎりをつくした秀吉の人間的魅力は、まだ濃厚に、諸国大名や武将たちの心を支配していた。

家康としては、ぜひにも、この〔幻影〕の威力を破砕しなくては、政権の安定がのぞまれない。

(そのときこそ……どちらが破れるかじゃ)

昌幸は、待っている。

九度山から、種々雑多な風体に身をやつした間者たちは間断なく諸方に散った。

これによって、もっとも新鮮な情報が、隠宅で碁ばかりうっている昌幸の耳へもたらされたのである。

徳川方の間者も絶えず、九度山を監視していた。

しかし、真田方のほうが一枚上手であったようだ。

幸村自身、何度も九度山を出て京や大坂のみか関東にまで探偵活動に出て行ったことを、徳川方では見のがしている。

幸村が九度山を留守にしているときには、奥村弥五右衛門という者が身がわりをつとめた。

顔も似ているが、姿かたち、歩行の様子まで、幸村と寸分違わぬ弥五右衛門であった。

山蔭から森の中から、ひそかに隠宅を見張る徳川の隠密たちも、

「幸村は一度も、九度山を出てはおりませぬ」

と、報告している。

樋口角兵衛が、九度山へ来て、心ならずも真田独自の隠密技術を身につけたことは、彼にとって幸であったか不幸であったか、それは知らない。

(こりゃ、おもしろい)

そのうちに、角兵衛は或種《あるしゅ》の興奮をもって、この仕事に従った。

戦場で暴れられぬ鬱憤は、充分に探偵活動によってむくいられた。

行商人やら旅僧やらに化け、京や大坂をうろつきまわり、諸国大名の微妙なうごきや天下の情勢に聞耳をたてることによって、角兵衛は、まるで舞台上の俳優のような愉楽を味わっていたと言ってよい。

もともと大胆で、しかも身のうごきのすばやい角兵衛であるから、かなりの役にもたったが、

「一人では放せませぬ」

幸村が昌幸に言った。

「角めは、二つのことを同時に出来る男ではござらぬ。思いこんだことのみに盲動しかねぬ男で……」

「いかにもな」

だから、角兵衛は、いつも幸村と共に出て行った。

そのうちに、幸村の杞憂が妙なかたちであらわれた。

紐売りに変装した幸村と角兵衛が、京の四条河原で休んでいたとき、その近くで、勧進角力《ずもう》の興行がおこなわれていて、〔亀ノ甲〕という力士と見物人との力くらべが人気をよんでいた。

「あの角力めを打ち負かしてやりたい」

と、角兵衛が言った。

「つまらぬ。よせ」

「どうしてもいかぬとあれば、それがし自害いたす」

「力くらべと自害とが、どこでむすびつくのだ。角兵衛。おぬしは実に妙な男だな」

「どうしてもいけませぬか」

「よしよし。やって見よ」

幸村も苦笑して許可をあたえると、角兵衛はよろこび勇んで、野天の角力場へ駆けて行った。

六

このとき、あの樋口角兵衛が、亀ノ甲に投げつけられ、右の臑《すね》の骨まで折られたのは、どうしたことか——。

「世の中のこととは、こうしたものだ」

京の裏町の汚ない旅宿へ帰り、唸《うな》り声をあげている角兵衛に手当を加えつつ、真田幸村が言った。

「おぬしも、戦場を駆けまわることだけしか出来ぬ男であってはならぬ」

少しは会得するところもあろうか、と、幸村は考えていたのだが、無駄であった。

びっこをひきひき九度山へ帰った角兵衛は、その日から周辺の山野へ出て右足を鍛えはじめたものである。

「今度、亀ノ甲に出合うたら、首をねじ切ってくれる」

せっせと山や野を駆けまわりつつ、角兵衛は何度も叫んだ。

「角めも、もう三十をこえたのか……どうも仕様のないやつではある。年を食えば今少し何とかなろうと思うていたが……」

昌幸も、匙を投げたように言った。

慶長十六年六月四日——。

真田昌幸は、六十五歳をもって九度山に病没した。

九度山へ入ってから十一年目にあたる。

死にのぞみ、昌幸は幸村ひとりを枕頭によんだ。

「家康の首を見ずに死ぬのが心残りじゃ」

昌幸は、喘《あえ》ぎつつ、

「いまは、秀頼公も徳川に屈しておるが、そのままではすまされまい。と言うのはな、家康は、どこまでも豊臣家の滅亡に意をそそぎ、手を変え品を変えて、戦を仕かけよう」

「はい。豊臣を奉ずるもの少なからず。とても、徳川に屈しきれまいかと存じます」

「どうじゃな、幸村」

「はい？」

「戦起らば軍勢の比は、あきらかじゃ。徳川の大軍にかこまれて豊臣勢は大坂の城にこもるということになろうが……それでも、狸の首はとれるか？　おぬしにとれるか……」

幸村は黙って微笑をした。

蟬の声がたちこめている真昼であった。

幸村が、しずかに昌幸の汗をぬぐってやると、

「おぬしにまかす。わしの野望を、おぬしなら、しとげてくれよう」

「力の及ぶかぎり……」

「そこでじゃ……」

「は――？」

「つまらぬことを、これから申す。聞いてくれい」

昌幸は、目のくらむような庭先の陽光の中に、はらはらと舞っている白い蝶を、しばらく見つめていたが、

「角兵衛はな、わしの子じゃよ」

ぽつりと言った。

「何と……」

さすがに、幸村の顔色が変った。

「おどろくな。間々あることじゃて」

「父上……」

「わしは、妻の妹に手をつけた。久野は愛くるしいむすめでのう。公家の生れにしては気立てが色めいておっての。ついつい、手を出してしもうた」

「そのこと、母上は御承知で……?」

庭をへだてた別棟には、家来たちと共に、久野と角兵衛の母子《おやこ》が住んでいるのだ。

幸村は庭の気配をうかがい、次いで病間の外廊下へ出て見た。廊下をへだてた部屋には、昌幸の妻であり幸村の母である山手どのが臥している。昌幸発病以来、山手どのも健康が思わしくない。

「誰も来ぬよ」

「なれど……」

「母は知らぬ。知っておるのは、わしと久野のみじゃった」

「叔母御から角兵衛へは……?」

「申してはおらぬ。ま、聞けい。わしはな、久野が妊娠《はらん》だと知るや、すぐさま、樋口下総守へ縁づけてしもうた。こういうことは早いにかぎる」

幸村は嘆息した。

「わしに似ず、おぬしも信之も、身もちが堅くて結構じゃった」

「まさか、隠し子は角兵衛のほかにも……」

「無い……筈じゃが……」

昌幸は苦く笑った。声のない笑いである。

「角めの出来の悪さは、わしも、早くから知っておった。只一つ、あの男の武勇のみは他に絶したものじゃ。ゆえにこそ、わしは、彼の唯一の美点を生かしてやり、その美点の中に彼の一生を終らせてやりたかった。あまりぼろを出さぬうちにな……ところが、いくらけしかけても、いくら角めが捨身の突進を行うても、敵の弾や刀槍は、彼をよけて通った。よくよく運の強い奴じゃ」

「なるほど……叔母御は、よく、角兵衛の血は争えぬものと満足げにおおせられましたが……その血は、父上の血から流れていたものでございましたのか」

「それを、申すな」

昌幸の喘ぎが高まった。

「わしは、すぐに死ぬるぞ」

「母上をおよびいたしましょう」

「よせ。つまらぬことじゃ。息をひきとるところは、おぬし一人のみに見てもらえばよい。女は泣こう。泣かれてはたまらぬ。天より生れ、天に返る自然の道理に、涙など禁物じゃよ」

「はい……」

「白い蝶は、まだ庭に舞うておるか?」

「はい」

「……もう、見えぬわい」

昌幸の喉仏が、つよい痙攣を起した。

「角兵衛を、戦場において死なせよ」

つぶやくように言ったかと思うと、昌幸の満面が硬直した。

七

慶長十九年十一月――。

徳川家康は、二十万の大軍を動員し、豊臣秀頼を大坂城に囲んだ。

真田幸村は豊臣のまねきに応じ、九度山を一夜のうちに脱して大坂城へ入った。

冬の陣と夏の陣にわかれたこの戦役について、くだくだしくのべることもあるまい。

幸村は豊臣軍の参謀総長として、その端倪《たんげい》すべからざる知略をふるい、家康をなやませた。

事実、伏見における真田の奇襲部隊によって、家康は危うく首をとられかけたこともある。

だが、戦争の実体は参謀総長ひとりの手のうちに在るのではない。

豊臣方の内部にも複雑きわまる派閥のあらそいがあって、秀頼の母・淀君をかこむ大きな勢力が、いつも幸村の作戦の実行に邪魔を入れてきた。

冬の戦が終り、和議がととのい、その間隙に、すばやく、家康が城の外濠を埋めてしまい、豊臣方の戦闘力を半減させてしまったことにも、

「戦うなら肚は据えねばならぬ。老獪な大御所の手にあやつられていながら尚、むかしの威光をふりかざし虚栄を張ってみても、どうなるものではない」

もう、幸村は、あきらめていた。

この上は、いさぎよく亡父の遺志を、来《きた》るべき最後の戦闘に発揮するだけのことだと、決意をした。

「馬鹿な!!」

樋口角兵衛は激怒した。

「このような物のわからぬ奴どもと一緒に戦うても仕方ござらぬ。われらのみにて城を脱し、家康めの首を……」

「闇討ちにするというか……」

「いかにも——」

「無駄じゃ」

「いや、出来る」

「大御所は、そのように甘いお人ではない。おぬしにはわからぬのか? いや、わかるまいな」

「ああ、わかり申さぬ。このまま手をつかねていては、信之公に笑われましょうが——」

「兄が……兄が何で笑おう」

「いや、笑う。笑うに違いない」

「おぬしには、わからぬことよ」

幸村は苦笑していた。

口に出して言ったわけではないが、父子《おやこ》兄弟が敵味方にわかれた関ヶ原合戦のときにも、暗黙のうちに、

「どちらの勢力が勝っても負けても真田一族の血を絶やしてはならぬ」

という理解が、昌幸・幸村と信之の胸に通いあっていたのである。

戦国大名は、一国の主《あるじ》であった。

日本が、いくつもの国にわかれて戦い合っていた時代なのである。

家は、国なのだ。

表面は休戦状態であっても、すぐに次の戦闘への準備が双方にすすめられた。

この間に、信之と幸村は、十五年ぶりで会見することが出来た。

信之は、後詰として京の二条城にあった。

兄弟の会見は、二人にとって母方の叔父に当る菊亭大納言季持《すえもち》や、これも徳川方について大坂表へ出陣をしていた真田信尹《のぶただ》（昌幸の弟）などのはからいによって、ひそかに計画された。

ひそかにといっても、これには家康の意志が、ふくまれている。

「あれほどの男を死なせることはなかろう」

家康は、幸村を味方にしたがっている。

味方にしたいということは、敵にしたくないということであった。

来るべき決戦に、幸村の魔神のような作戦・戦闘がどのようなかたちをとってあらわれるか、さすがの家康にも見当がつかない。

自分の首をねらわれるということよりも、自軍の犠牲を家康はおそれた。

何をやってのけるか知れたものではないのである。

年があけて元和元年となった正月十五日の夜に、真田兄弟は東山を背にした八坂の塔の近くにある小野のお通の館で会見をした。

お通は、その才色を世にうたわれ、宮中にもつかえ、秀吉にもつかえ、いまは家康の庇護をうけているという賢婦である。

豊臣方にとって、京は敵地だ。

幸村が、お通の館へ忍びであらわれるまでには関係者の並々ならぬ苦労があった。

兄弟は、会った。

そして信之は、弟の、あくまでも豊臣方に殉ずる決意の牢固たることをあらためて知ったのである。

「秀頼公に殉ずるというが、それのみではあるまい」

と、信之は言った。

「まだまだ、大御所の御首《みしるし》をあきらめてはおらぬようじゃな」

「はあ……」

幸村の双眸が光を発した。

「かなわぬまでも――」

「おぬし。いつまでも合戦の好きな男よな」

「血でござる」

「わしには流れず、おぬしにのみ伝流した父上の血か――」

信之は嘆息をして、

「では、おぬしのせがれだけは、わしのもとへよこせ」

幸村の息・大助は十六歳になっている。

「そうなりましたときには、よろしゅう……」

と、さからわずにうけておいてから、

「ときに兄上……」

幸村が切出した。

「角兵衛めが、独りにて城を脱《ぬ》け出し、行方知れずとなりましてな」

「ふむ……」

「只一人にて大御所の首をとってみせると言い置いて行きました」

「困った奴。あやつ、何歳になる？」

「四十五歳になりまする」

「早や……そうなるのか」

「当然ではございませぬか。兄上は五十歳。私めは四十九歳」

「夢のような気もする」

「ときに、兄上」

「何か？」

「角兵衛には、われらの同じ血が流れておりましたぞ」

「何……？」

「あやつ、父上が叔母御に生ませた子でござった」

「まことか、それは——」

沈着な信之も、しばし茫然とした。

「私めの手もとにおりますならば、私一存にて、いかようにも取りはからいましょうが……いまは野放しの狼一匹。兄上にも、このことをおふくみおき願いとうござる」

「角兵衛は、そのことを知っておるのか?」

「知ってはおるまいかと思われます」

「して、叔母御は——」

「九度山を下る折に、他の女どもと共に、しかるべき者をつけ、しかるべきところへ隠しありまする。いずれは兄上のもとへ送りとどくことと存ずる」

「それは、ひきうけた」

「安心いたしました」

この一夜をもって、兄弟は永別した。

ふたたび戦がはじまった。

この夏の陣で戦死をとげた幸村のはたらきが、いかに凄烈なものであったかは、決戦の五月七日、家康本陣が真田部隊の猛襲にくずれたち、家康は身をもって逃れたことを見ても知れよう。

世に戦火が絶えた。

家康は、余命の一日一日を戦後の経営へかたむけつくした。

樋口角兵衛の行方は、まったく知れなかった。

八

家康は、上田の城を信之に返してくれた。

関ヶ原以来、上田城は幕府の管理下にあり、信之は沼田城に在って上田領の政事をも行っていたわけである。

間もなく、家康は、駿府城に七十五歳の生涯を終えた。

真田信之は、妻の小松や長男・信吉などを沼田へ残し、みずから上田城へ移って城下町の再建に熱情をそそいだ。

すでに、九度山にあった久野の方はじめ、幸村の妻やむすめたちも、上田へやって来ている。

このことについては、家康が没する前に、信之は許可を得ていたので、幕府もうるさいことを言ってはこなかった。

久野は、もう六十をこえていた。

「おう、おう。この年になって上田の城に住もうとは思うても見なんだ。なつかしや、ありがたや」

久野は、まだ矍鑠《かくしやく》たるものであった。

信之が、この叔母に、

「角兵衛がことは、すべて聞き及びまいた」

と、事情を打ちあけると、久野はたじろぎもせず、

「大殿が左衛門佐《さえもんのすけ》（幸村）どのにもらされたとなれば、仕方のないことでありまするな」

恬澹《てんたん》としたものである。

戦国のころの女たちは、これほどのことに気を病むことはしない。そのような弱い神経では生きて行けぬ時代でもあったし、むしろ武家の女たちは、女の特質を武器として男に負けぬ活力を発揮し、堂々と生きぬいて行ったのである。

「角兵衛も、まだ生きておりましょう。お心にかけられたし」

わかった以上、信之の異母弟になるわけだから、角兵衛の身をたててやってもらいたいと、久野は胸を張って言い出した。

「心得てあるゆえ、御安堵めされ」

信之は、この老いた叔母を大切にあつかった。

元和四年の春となった。

ふらりと、樋口角兵衛が上田へあらわれた。

「母が生きてあるか——おりゃ、母に会いに来ただけじゃ」

城門で名乗りをあげ、角兵衛は母の住む館へ通された。

少し、びっこをひいていた。

亀ノ甲に折られた右足が、である。

「おう、おう。無事であったか」

久野のよろこびは一通りではない。

髭むじゃらで蓬髪。垢じみたねずみ色の衣服を着流しにして素足に藁草履という角兵衛の姿は、いかにもむさくるしかった。

が……幸村から強奪した来国俊の一刀は、依然、角兵衛の腰に、どっしりと横たわっていた。

久野は、四十八歳になった一人息子を、すぐさま信之に会わせようとした。

「厭でござる!!」

角兵衛は吐き捨てるように、

「だれがくそ。あのような卑怯者の禄を食《は》むものか」

どうしても言うことをきかない。

一旦、母に会えばもうよい、すぐに上田を出て行くと言い張り、座を立ちかけた。

たまりかねて、久野が言った。

「待ちやれ。そなたに言いきかすことがあるぞえ」

「何でござる、母上――」

「されば……」

ついに、秘密をあかした。

「ふうむ……」

唸ることしばし、角兵衛も、さすがにおどろいたらしい。

ややあって、

「なるほど……おりゃ、亡き伯父上を伯父上とは思えなんだ。そう言われてみると、やはり、おりゃ、わが父のごとく伯父上を考えておったのだな」

めずらしく感傷をむき出しにした声をつまらせ、角兵衛は、ひとりごちたものだ。

「ならば、信之殿に会いましょうず」

今度は胸を反らし傲然と言った。

「なれども、角兵衛。このことは信之殿に明かしてたもるなや」

「いけませぬか」

「そなたをひきとめようがため、思わず口走ったことじゃ。母の身にもなってたもい」

かきくどいたのではない。厳然と言ったのである。

大名の家の、このような秘密が、いま突然に表向きとなったのでは、久野の義理が立たぬのである。

角兵衛は承知をした。

こちらで言わなくとも、向うでは知っているのだ。

しかるべき待遇があるべき筈、と思ったからである。

で、信之に会った。

「ほう——やつれもせず、いかめしいのう」

信之が微笑を投げた。

「首をはねる前に、大御所に病死をされてしまいましたわい」

と、角兵衛は肩をいからせた。

ちらりと信之が眉をひそめたが、

「待て」

すぐに筆をとって墨付をしたためてくれた。

「これで辛抱せよ」

「は——」

墨付をうけとり、角兵衛が見た。

禄高二百石で奉公せよという墨付であった。

「おうかがいつかまつる」

髭をぴりぴりとふるわせつつ、角兵衛が膝をすすめた。

両眼が光り、信之を睨んでいる。

「何か？」

「この文字は、二百石、と読めますが――」

「いかにも、その通りである」

「書き間違いではござらぬな？」

「いかにも――」

ぱっと、角兵衛が突立った。

そのときには、音をたてて墨付が引裂かれていた。

「二百石の捨扶持にて、この樋口角兵衛をお抱えある気か。片腹痛し」

角兵衛が、わめいた。

「これ、角兵衛。これよりは戦の無い世の中となるのだぞ。われら大名は、何よりも民を養い、国をおさむるために生きねばならぬ。槍鉄砲よりも国を肥やすための財力をつちかわねばならぬときじゃ。わからぬか」

「わかり申さぬ」

「おぬし、何のために、年を食ろうたのじゃ」

「もはや問答は無用でござる」

引裂かれた墨付の紙片が書院いっぱいに振りまかれた。

角兵衛は、颪のように去った。

九

樋口角兵衛が、一転して徳川幕府直属の隠密となったのは、この後であったかと思われる。

(よくも、のめのめと、このおれの頭を二百石で下げさせようとしたものだ。信之というやつの肚の底は、正にわかった。槍鉄砲よりも金銀をためこむが武士の道じゃとほざきおった。何というやつだ。ああ、亡き伯父上……いや亡き父上は、あのようなせがれを恥さらしに生き残して、さぞ地下に流涕《りゅうてい》しておられようかな)

信之に対する嫌悪は、むかしからのものである。

上田へ戻ったのは、母の顔を見たいということのみにあった。

それが、意外な秘密を打ちあけられ、

(ならば、おりゃ信之に屈従するのではない。当然のこととして禄をうけてよいのだ)

落魄《らくはく》の身の虚勢へ名目がついたことで、角兵衛は信之の前に出る気になったのである。

それなのに、二百石とは……。

そのころの真田家は九万石であった。

(少なくとも五千石は、くれてよい)

家老職に取立てられても不思議はない、と、角兵衛は思ったのに、

(ようも恥をかかしおったな、信之め――)

嫌悪が憎悪に変った。

上田を飛出した樋口角兵衛の動静は、すぐに幕府へつたわっている。

上田城下には、幕府の隠密が、いくらも入りこんでいた。

信之は、城下町の繁栄を願い、どしどしと他国から商人たちを誘致した。

商・工の種々雑多な職業にたずさわる隠密たちは、容易に城下へ潜入することが出来たのである。

信之の、もっともよき理解者であった家康が死ぬと、幕府が真田家を見る眼も変って来た。

(これからは、風当りも強くなろう)

と、信之も覚悟はしていた。

権謀術数ただならぬ戦乱の世に、信之の忠誠を、家康は少しもうたがわなかった。

関ヶ原の戦に敵方へまわり、家康の作戦を狂わせたほどのはたらきをした父と弟を、信之の嘆願ひとつで、

「よろしい」

家康は命を助けてくれた。

それだけに、二代将軍・秀忠も、これを補佐する重臣たちも、

「真田には目を放せぬ」

警戒は、きびしさを加えるばかりとなった。

もともと、秀忠は真田家をきらいぬいている。

昌幸・幸村がこもる上田城を、ついに落し切れず、大切な関ヶ原への参戦におくれて、父の家康から烈しい叱責をうけたものだ。

その昌幸や幸村の遺族たちの面倒を見ることまで、信之は亡き家康からゆるされている。秀忠の眼から見ると、真田信之という大名は、偉大な亡父の愛寵を楯にとって、どこまでもつけ上って来るようにも見えた。

徳川幕府も、諸大名を力によって征服した政権である。

しかもまだ、豊臣家ほろびてより年月も浅い。

幕府は、神経を尖らせ、諸大名の謀叛《むほん》をおそれて、複雑な諸制度を次々に発令した。同時に改易（領主の入替え）や取りつぶしを容赦なく行い、残存する諸大名の出城（本城以外の小さな城）は、くまなく破壊してしまった。

諸大名への監視は、巧妙で陰険で苛酷なものとなった。

隠密が探り出した資料によって、幕府は大名たちの動静を、いつも、完璧に知りつくそうとしていた。


「樋口殿ではないか。よう生きておられたものだ」

上田を飛び出した年の秋の或日《あるひ》に、角兵衛は声をかけられた。

伊勢国・安濃郡《あのぐん》の産品《うぶしな》という村にある置染《おきそめ》神社の境内においてである。

声をかけたのは、もと真田の臣で、冬の陣の直後に行方不明となった羽田長右衛門という男であった。


むろん、角兵衛は流浪の旅をしていたのだ。

境内の木立に、つよい初秋の陽ざしをさけ、うつらうつらとまどろんでいたのである。

「おのれ!!　長右衛門。よくも、陣中を逃げたな」

はねおきて、角兵衛は長右衛門を投げ倒した。

「待たれい!!」

倒れつつ、長右衛門は体をまるめ、毬のように飛んだ。角兵衛の手がとどかぬところまで逃げて、ぽんと立ち、

「わしも、そこもとと同じじゃ」

と言った。

「何――」

「ひとり、大御所の首をねらうつもりであったのだ」

「そ、そうか……」

「うまく行かなんだが……」

「残念であった」

「ま、語り合おうではありませぬか」

「うむ……」

長右衛門は、かなりととのった服装をしていて、血色もよく、あぶらぎっていた。

「こうなると、憎いのは信之公でござるな」

と、道を歩みつつ、長右衛門が言う。

「いかにも――」

「このままには、しておけませぬな」

「いかにも――」

角兵衛の貌《かお》は、怒張していた。

「いかにも、このままでは、父上も……いや伯父上も幸村殿も、浮かばれまいと思う」

「そこでござるよ」

「無念である」

「いかさま――」

二人、仲よく旅をつづけた。

一年ほどして、樋口角兵衛が、尾張六十一万九千石・徳川中納言義直に召抱えられたという噂が、信州・上田へもきこえた。

徳川義直は、現将軍・秀忠の弟である。

「ほほう……角兵衛がのう」

真田信之は、家老の小山田壱岐守に、

「あの男の武勇も、まだすたれてはおらなんだようだ」

と言った。

「失態をおこさぬとようござるが……」

小山田壱岐守は気づかわしげに、つぶやいた。

真田家重代の家老であった。

信之も、小山田にだけは、角兵衛出生の秘密をあかしている。

となれば、小山田にとっても角兵衛は義理の弟ということになるのだ。

温厚で情味のある小山田壱岐守は、このことを知ってから、角兵衛の身を案じ、久野への心づかいも只事ではなくしてやっている。

城外・方宮《かたみや》に百石の領地を久野へあたえ、小者や下女をつけて久野を居住させるよう、信之に進言してくれたのも小山田であった。

失態をおこさねばよい……と案じた小山田壱岐守の言葉が現実のものとなったのは、間もなくのことであった。

角兵衛は、名古屋城中の溜部屋《たまりべや》で、同僚と共に双六《すごろく》の賭事をやり、それがもとで喧嘩となり、同僚二名を斬って、尾張を脱走したという知らせが、上田へ入った。

「捨ておけ」

信之は、苦々しげに言った。

「もはや、樋口角兵衛と、わが真田家とは何のかかわり合いのなきことを公儀へ届け出よ」

十

羽田長右衛門は、昌幸の代から真田家に仕官した男だ。

真田の家来となってからの戦功も多い。

九州・熊本の牢人というふれこみであったが、彼も、徳川が真田へ潜入させた間者の一人なのである。

大坂落城前に、長右衛門が脱走した理由も、これでわかる。

「憎みても余りあるは信之公じゃ」

長右衛門と角兵衛は大いに共鳴をした。

むろん、長右衛門の、たくみな煽動と誘致があったからである。

「よし。こうなれば……」

という気に、角兵衛はなった。

こうなれば、信之を手ひどい目に会わせてやろう、それでなくては気がすまぬと決意をした。

「わしも、その気じゃ」

すかさず、長右衛門も言う。

長右衛門は、角兵衛を江戸へ連れて行った。

老中・土井利勝の屋敷で、角兵衛は、はじめて、家康股肱の重臣といわれた利勝に会った。長右衛門の手引きによるものである。

幕府が、もっとも知りたがっていることを、角兵衛は申したてた。

大坂戦役の休戦中に、信之と幸村の兄弟が、京都で密会を行ったとき、角兵衛は幸村を乗せた舟を伏見まで護衛していたのだ。

「密議の内容は知らぬのか?」

と、土井利勝が訊いた。

「それは、存じ申さぬ」

「ふむ……ま、それのみにても……」

それだけのことでも充分だ、と、利勝は思った。

敵味方に分れた兄弟が、決戦の前に密談をとげているということだけで、土井利勝が打つ芝居の種に不足はない。

この種をどうふくらませるか、利勝には成算があった。

「角兵衛。苦労であった」

密告の報酬として、角兵衛は尾張家への仕官がかなったのである。

角兵衛の申したては書類になり、そこへ、角兵衛は署名血判をして、利勝に差し返した。

(信之め、今に見ておれ!!)

裏切ったという気持は少しもなかった。

(血を分けた弟のおれに、二百石とは……)

その忿懣《ふんまん》のみであった。

尾張家に一年いた。

賭事が原因で切捨てた同僚二名も、角兵衛同様の新参者である。

逃げた角兵衛の前に、また、羽田長右衛門があらわれた。

「上田へ帰れ」

長右衛門が言った。

「馬鹿な――」

「このままでは尾張の討手にとどめを刺されようがな」

「かまわぬ」

「おぬしの母御は、まだ達者なそうじゃ。会いたくはないか」

「そりゃ、会いたい」

「戻れ。あとは、うまくしてつかわす」

一年見ぬ間に、長右衛門の声も言葉づかいも全く変っていた。

有無を言わせぬ冷やかな威圧をうけて、角兵衛は怒った。

「長右衛門。きさまは、ようも、そのような口をおれにきけるな」

つかみかかろうとする角兵衛の右腕が宙に泳いだ。

夜の街道である。

その夜の闇の中へ、角兵衛の体が、もんどり打って投げ飛ばされていた。

首をしめられ、よだれをたらしつつ、角兵衛は、しびれかかる脳裏に、長右衛門の声をきいた。

「きさまは、真田を裏切ったのだ。証拠は御老中の手のうちにあるのだぞ」

「む……むう……」

「きさまの裏切りが真田に知れたなら、きさまの母親は、どうなる？　どうなると思うか」

「く、くく……は、放せ」

「信之公へのうらみは、はれたか？」

「は、はれぬ」

「まだ憎いか？」

「憎いとも……」

「よし」

ふわりと、長右衛門の手がゆるんだ。

闇の中から胴巻が、角兵衛の頭上に落ちて来た。

「上田へ行け。あとの指図は、追々にいたそう」

「長右衛門……」

「さらば……」

声が消えた。

信州へ向かう樋口角兵衛には、尾張家からの追手もかからなかった。

（よし）

と、角兵衛の心もきまった。

公儀隠密として生き、徹底的に信之を苦しめてやろうと決意したのである。

道中で、角兵衛は絶えず、羽田長右衛門の無気味な視線が、どこからか自分を見つめていることを知った。

道で、旅宿で、音も気配もないうちに、角兵衛は長右衛門の声をきいた。

（こりゃ、おもしろい!!）

かつて、九度山にいたころ、幸村と共に姿を変え諸方をめぐっては、真田の残党たちと連絡をたもち、隠密活動を行っていたときの快味と刺激を、角兵衛は想起した。

（信之め、今に見ておれ）

である。

上田城下へ入った。

母の居宅をさぐり出し、そこへ出かけた。

「まあ、角兵衛ではないか」

久野は、もう七十に近い。

角兵衛も五十歳になっている。

「久しゅうござる」

「尾張家へ折角に仕官したそうな……それなのに人を殺めたとか……」

「こなたへも知れてありましたか?」

「さいわい、殺めた相手に落度あり、しかも賭事の上のこととて、尾張家でも内聞にしようということであったそうな」

早くも公儀の手がまわったのだな、と、角兵衛は北叟笑《ほくそえ》んだ。

「なれども、このたびは信之殿もお怒りじゃそうな。角兵衛との縁は切れたと、公儀へもお届けあったというわえ」

「申しわけなし」

神妙に角兵衛は、ひれ伏し、泣いた。

号泣である。

久野は、目をみはり驚愕していた。

このような息子を見るのは、およそはじめてだと言ってよい。

(角兵衛も、五十じゃものなあ……)

殺伐で、傲岸な気性も折れたのであろうと、この母親は見た。

翌々日、久野はみずから上田城内へ角兵衛を連れて行き、信之に謝罪をもとめた。

ひれ伏した角兵衛を見て、信之は、おだやかな声で、

「禄はやらぬぞ」

と言った。

「はっ――」

「母御へ孝養をつくせ」

「はい」

「嫁でも迎えよ」

「は……」

それですんだ。

信之が奥へ入った後で、小山田壱岐守があらわれ、

「角兵衛。よかったのう」

心から祝ってくれたものだ。

「何事も、つつしめ。殿も黙っておくまい。おぬし次第じゃ」

「はい」

素直である。

方宮村の母の屋敷で、角兵衛は暮すことになった。

「まるで、人が変った」

「牢人暮しの苦しさが、よくよく身にこたえたと見ゆるな」

角兵衛を知る者の評判も、よい方へかたむいて行く。

「たまには、顔を見せよ」

やがて、信之からも声がかかるようになった。

禄は貰えぬが、自由に城内へ出入りすることもゆるされたし、角兵衛もまたすすんで、
と、沼田の妻子のもとへ出かける信之の行列の警護に加わることもあった。

「御供つかまつる」

(そのうちに、身を立ててやってもよい)

と、信之も考えはじめたようである。

角兵衛の孤独で陰鬱な放浪生活にきざまれた年輪は、するどい狡智を生んだ。屈服することが、信之に復讐することになるのだ。

(このおれを二百石で……)

あのときの口惜《くや》しさは忘れられるものではない。

(血を分けたこのおれを、二百石で……)

なのである。

角兵衛は、幕府からの指令にもとづき、知れるかぎりの真田家の内情を送りとどけた。

(なるほど……)

角兵衛も舌をまいた。

三十年も前から、親子二代にわたって真田家へ潜入している隠密が三人もいるのだ。

城下の商人の中にもいる。

彼等との、ひそかな連繋をもつようになると、角兵衛の愉悦は倍加した。

(信之め。何も知らぬのだ)

信之の微笑が深まるにつれ、その微笑へひれ伏すたびに、

(今に見ておれ)

角兵衛は胸のうちに叫んだ。

十一

元和七年十月——。

真田藩士・馬場主水《もんど》というものが上田を脱走した。

主水は、江戸へ行き、幕府へ訴え出た。

主水の訴えは、次のようなものであった。

一、大坂合戦の折、信之の密命によって、徳川方の真田勢の一部が、豊臣方、すなわち幸村の部隊を助けた事実がある。

一、豊臣方の敗戦が確定したとき、信之は、大坂城内にある弟幸村にたのみ、幸村の守る出城へ、わざと信吉・信政の二子を突撃させ、一番乗りの手柄をたてさせた。

一、どちらが勝っても負けても、真田一族の存続をはかる相談が、ひそかに、信之と幸村の間に行われた。その密会の場所は、京の小野お通邸においてである。

たちまちに、真田家の江戸屋敷へ通告があり、江戸家老の木村土佐が、江戸城内において老中の訊問をうけた。


馬場主水も、幕府が潜入させた隠密である。

主水の訴えは、少なくとも三ヵ条のうち二ヵ条は捏造であった。

これに対し、木村土佐の弁明は堂々たるものであって、いささかも老中の質問に切りこませる余地をあたえない。

それはまた、土井利勝も承知の上だ。

残る一条こそ、樋口角兵衛という生証人あっての〔訴え〕なのである。

すでに、利勝は、京の小野お通から、

「菊亭大納言様よりのおたのみにて、たしかに、真田御兄弟の密談に席をあたえました」

との自白を得ている。

この一条だけが真実なら、前の二条も真実となる。いや、真実にしてしまえる。

最後まで家康の首級に迫った幸村と、家康に従っていた信之との密談があったということだけで、
真田家を取りつぶす理由は、強引に成立するのである。

「この一条については、どうじゃ？」

ぐさりと、土井利勝が切りつけたとき、木村土佐の面には微少の狼狽も見えなかった。

「……？」

いぶかしげに、土井利勝が木村土佐を見やったとき、

「そのことは、まことにござります」

木村家老は、よどみもなく言ってのけた。

「何——」

利勝は、戸惑った。

真田の家老なら言下に否定すべきである。

そうなれば、徐々に、利勝は首をしめて行くつもりであった。

「ごらん下されましょう」

と、木村土佐が一通の書状を差し出した。

「亡き大御所より、われらが主にたまわりたる御書状にござります」

「何と言う……」

利勝は、その手紙をひろげて見て愕然とした。

まぎれもなく、信之に当てた家康の筆跡であった。

——幸村に会え、と書いてある。

——手筈はととのえてつかわす、と書いてある。

——幸村ほどの男を死なせては惜しい、と書いてある。

「むむ……」

かすかに、土井利勝はうめいた。

表情は、うごかない。

ややあって、利勝は、書状を木村土佐に返し、

「疑い、はれた」

と、苦い顔で言った。

「訴人めにお会わせ下されたし。馬場主水をこの場に——」

つめよる木村土佐へ、にべもなく土井利勝は、

「主水めは追放いたした」

言い捨てて、去った。

家康の書状を、このときまで温存し、このようにつかいこなしたのは、すべて、真田信之の卓抜した器量によるものであった。

「公儀の隠密なぞ、いささかも恐れることはない。来たければ来い。わしの為すことをすべて公儀の

耳へ知らせよ。わしは只、世の平穏をねがい、領国の繁栄に心をつくすのみじゃ」

かねてからの、これが信之の信念である。

それにしても、まさか樋口角兵衛の申告が素因となって、このときの喚問がなされた、とは、信之が思っても見なかったことだ。

十二

その翌年の元和八年八月――。

真田伊豆守信之は、幕命によって、江戸へよびつけられた。

上田から、信州・松代へ国替えを申渡されたのである。

表向きは、栄転であった。

沼田と上田を合せて九万石の真田家を、沼田はそのままに、松代へ転ぜしめて十三万石と増えたからだ。

〔加恩〕という名目である。

これは受けざるを得ない。

しかし、幕府の意図は明白であった。

実りもゆたかな上田の領地であり、北国街道の要路に当る上田城である。

それに反して、松代の領地は荒廃がひどく、表向きは十万石でも、実収は七万石程度のもので、表街道に面した城下町ではないから商業の繁栄ものぞまれぬところだ。

栄転という名目で、左遷したわけだが、

「ありがたき仕合せに存じ奉る」

信之は、老中・土井利勝の申渡しを受けた。

桜田の屋敷へ戻った信之は、家老の木村土佐に、

「家来どもの怒りを押えよ。これよりは家中八百余人、いや小者・下人を入れて二千余人の家来どもと、その家族の命運を守ることのみ――もはや、徳川の天下は、ゆるぎなきものとなっておるのじゃ」

しずかに言った。

同年十月十九日に、上田城を発した真田信之は、松代へ移った。

三十余年にわたる真田の善政を惜しむ領民たちの号泣が、行列を包んで止まなかったという。

樋口角兵衛も、母と共に松代へおもむいた。

新しい真田の領地は、上田から約十里。千曲川を北上し、善光寺平にのぞむ城下町を中心にした四郡二百余村である。

松代の城下町の北方一里にある柴村に、小さな隠居所をたててもらい、久野と角兵衛は住むことになった。

信之が移る前の松代城主は、酒井忠勝であり、酒井は出羽国・鶴岡へ国替えとなり、その後へ真田家が入ったわけだ。

新領主としての治政は、むずかしい。

人情風俗のことなる土地の領民を新たにおさめるのだから、移封後三年は、治政もととのわない。

けれども、上田と松代は同じ信州の内でもあったし、真田の善政は松代の領民たちの耳へも古くから伝わっている。

むしろ、領民は双手《もろて》をあげて新領主を迎えたと言ってよい。

「松代を日本一の領国にしてみせよう」

信之も、新しい領地への経営に気負いを見せ、家来たちをよろこばせた。

この年の十二月五日の未明に、久野の方が病歿した。

ときに六十九歳というから、天寿を全《まっと》うしたと言えよう。

死の前夜、久野は、五十二歳になった息子をよびよせ、

「明日は死ぬるぞえ」

と言った。

「は……」

角兵衛も、うなずく。

「母上には御苦労のかけ通しでおざった」

「今さら、何のいのう」

「申しわけござらぬ」

「その言葉は、殿に申されよ」

「は……」

「信之殿の、われらにおかけ下された仁慈のこころを忘れてはならぬぞえ」

角兵衛は答えなかった。

（このおれを、わずか二百石の捨扶持で……）

忘れてはいない。

馬場主水をあやつっての計画が見事に失敗をしたことに、角兵衛は無念をこめていたのである。

それ以来、幕府から角兵衛へ対する指令は、まったく途絶えていた。

何となく無気味でもあった。

あのとき、いざともなれば生証人として、角兵衛は江戸へ駆けつける手筈になっていたし、そのときは、母の身も共に江戸へ移されるという幕府の指令があったものである。

「角兵衛……」

久野が、ふるえる手をさし出し、

「この手を握ってたもれ」

と言う。

角兵衛が母の手をつかむと、久野は、

「あわれや。五十をすぎて尚、妻も子もなく、わが家もなきそなたじゃのう」

「…………」

「世は変った。私は、そなたの武勇が戦場にはたらき、真田家の栄えのための一助ともなれかし、それのみにて、そなたの男一匹の面目は立つと思うていたが……いまは戦も絶え、そなたも老いた」

何の、と角兵衛は無理な笑いをうかべて見せた。

(母上は、おれの隠れた使命を御存知ないのだものな)

と言って、うちあけるわけには行かない。

これからも自分が公儀隠密として、真田家にあることを知ったら、母は、どんな顔をするだろう、と、角兵衛は思った。

「角兵衛。言いのこすことがある。あたりに、人はおらぬかえ?」

ややあって、久野が、ささやいた。

角兵衛は、うなずいた。

病間の炉に、薪《まき》が、あかあかと燃えている。

外は、雪であった。

「よう聞いてたもれ」

久野の灰色に沈んだ面《おもて》へ、血がのぼってきた。

「母の恥をうちあけよう。終るまで、黙って聞いてたもい」

夜が明け、母の死顔を見つめていたときの樋口角兵衛は、まさに、茫然自失していた。

十三

翌日は、雪晴れとなった。

信州でも、このあたりは雪が浅い。粉のように、さらさらとした雪の質なのだ。

樋口角兵衛が、小山田壱岐守の屋敷へあらわれたのは、昼近くなってのことだ。

小山田老人は眼を病んで、頃日《けいじつ》は出仕もしていない。

病間へ通った角兵衛は、母の死も告げずに、

「おん目の患いは、いかがでござるか?」

と訊いた。

「見えなくなるばかりじゃ。右の眼は、ほとんど見えぬ」

「何やら、人の活目玉さえあらば、見事に治癒して見せんと、医者が申したそうで」

「聞いたか。は、は、は——あれは、医者めの冗談じゃよ」

「こころみてはいかが？」

「馬鹿な——誰の活目玉を貰うのじゃ」

小山田がこう言ったとき、

「それがしの目玉、御役にたてば——」

あッと言う間もなかった。

小山田壱岐守が手をのばしたときには、角兵衛が抜いた小柄に、角兵衛の眼球が剔出されていたのである。

「か、角兵衛……」

その小柄を小山田の枕もとへ置き、角兵衛は走り去った。

これと同じ時刻に、久野につかえていた侍女の寿賀というものが、角兵衛から真田信之にあてた書状を持ち、別の家老・矢沢但馬《たじま》の屋敷をおとずれている。

「可笑《おか》しなことをするやつ。角兵衛は在宅なのか？」

「はい。今朝、久野の御方さま、お亡くなりあそばしまして……」

「何——なぜ、早く、それを申さぬ」

何のことかわからぬが、すぐに、矢沢但馬は城へ出仕をした。

「角兵衛が、わしにか……」

矢沢から受けた書状を、信之は、ひろげて見た。

ずっと重く、厚い手紙であった。

この手紙を読み終えたとき、矢沢但馬の命をうけて、久野の隠居所へ走った家来が城へ駆けつけ、

「樋口角兵衛殿、久野の方さまの枕もとにて切腹いたしおりまする」

と告げた。

「何じゃと――」

矢沢但馬が腰を浮かしかけると、

「さわぐな」

信之が、角兵衛の手紙を巻きおさめつつ言った。

「あやつも母を想う心のみは厚く、深かったようじゃ」

しばらくして、小山田壱岐守も登城し、角兵衛の所業を語った。

「気が狂うたのであろう。母の死が、あやつの心を狂わせたのじゃ」

事もなげに、信之が言った。

哀しい狂乱である。

「あわれな……」

「あれほどの武勇の士の末路がこれ、と思うと、以前の暴慢ぶりをも忘れるほどな……」

と、家中のうわさにも、何かしみじみとした哀悼の匂いがただよっていたようだ。

信之が、小山田壱岐守に、

「おぬしが、あの母子《おやこ》へかけてやったいつくしみを、角兵衛も身にしみてありがたく思うていたのであろう。なればこそ、おのれの眼球をえぐりとって見せた。気の狂うたあやつが、おぬしへの精一杯

な、最後の礼ごころでもあったのじゃ」

これより三十六年後の明暦四年に、真田家で騒動が起った。

ときに、真田信之は九十三歳の高齢に達し、かつて久野と角兵衛が住んでいた柴村に広大な隠居所をかまえ、家督は息・信政にゆずり渡していた。

騒動は、この信政の死によって起った。

信政の子の右衛門佐は六歳の幼童にすぎない。

真田十万石は、分家の沼田三万石を継いでいた真田信利の手に渡ろうとした。

信利のうしろには、幕府老中・酒井忠清の暗躍があり、松代十万石は、この騒動のうちに、ふたたび、幕府の執拗な高等政策によって破滅せんとした。

九十三歳の真田信之は、このときも、家中や城下に蠢動《しゅんどう》する幕府の隠密を押え切って危機を乗りこえ、無事に、家督を孫の右衛門佐にあたえることが出来たのである。

「役に立ったわい」

騒動がおさまり、幕府の陰謀に打ち勝ったとき、はじめて、信之が矢沢但馬と、寵臣の伊木彦六に語った。

「樋口角兵衛は、おのれの知るかぎりの、公儀隠密の仕組みを書きのこして腹切ったのじゃ。三十何年も経って、あの角兵衛の手紙で知ったことが、役に立とうとは思わなんだわい」

この騒動で、信之は、家来として潜入していた公儀隠密を、そ知らぬ顔であやつり、幕府の陰謀と闘った。

そのことについて、角兵衛の遺書がどのように役立ったかは、信之の胸中にあって、うかがい知れるものではなかったが、矢沢家老も伊木彦六も、これを聞き、非常におどろいた。

「狂気では、なかったのでございますな」

「いかにも――」

矢沢但馬にも伊木彦六にも、信之が語らなかったことが一つある。

角兵衛は、あの遺書の中で、母が死の前夜に語ってくれたことを信之に報告している。

あの夜、久野は角兵衛に、こうもらした。

「亡き大殿が、私に生ませた子が、そなたであったなどとは大嘘じゃ……母が嘘を吐《つ》いたのじゃ。大殿のお手がついたことはたしかであったが……そなたは大殿の子ではない」

まっ青になった角兵衛に、久野は、

「私は、甲斐の真田屋敷にあったころ、武田家中の若ざむらいで、小畑亀之助というものと忍び合うた。勝頼公の御供をして天目山に討死したその男が、そなたの実父じゃ」

と言った。

「その最中に、大殿がお手つけられた。若いころの私は、遊びごころのはげしい浮かれ女《め》であってのう」

と言った。

「亀之助の子をはらんだと知ったとき、すぐに、私は、大殿に申しあげた。名もない若ざむらいの子では、そなたの身が立たぬ。それが証拠に、大殿から幸村殿へ、そして信之殿へと……あばれもののそなたの命運が無事につながれて来たのじゃ。このことを忘れまい」

と言った。

「このことを誰にも、もらしてはならぬ。もらさずして殿（信之）の御恩を忘れず、殿のおんために命をかけてはたらいてくりゃれ、と言うても、もはや、そなたのはたらこう場所も無い世の中となったが……」

と、久野は皺だらけの面に浮いた死の影の中から、

「母は、女ながらに、おもしろう世を送ったわえ……あわれなは、そなたじゃ」

にこりと笑い、

「早う、嫁を迎えてたもい」

と、それが最後の言葉であったという。

――角兵衛が生涯は、まことに腑抜けとも哀れとも、言語に絶し申し候《そうろう》。今となりては、只々、母をうらみ申すべく候……。

と、角兵衛は手紙に記している。

このことを主君・信之から聞く数年前に、伝説として幾度も耳にした樋口角兵衛の所業を、伊木彦六は画に描いたものであろう。

彦六が、すぐれた画才を駆使して、老年の真田信之をなぐさめたことは、かなり知られている。

信之は、騒動が解決して間もなく、改元のことあって万治となった同じ年の十月十七日に急死をした。思うに、老軀をひっさげて幕府と闘った疲労が、はなはだしく健康をそこねたものと思われる。

信之の死後、伊木彦六は僧籍に入って〔信西《しんぜい》〕と名をあらためた。

伊木信西の残した仏画や仏像は、今も、信州の其処此処《そこここ》の寺に散見することが出来る。

編者解説

末國善己

大坂冬の陣では、大坂城の弱点に出城・真田丸を築いて徳川の大軍を翻弄。夏の陣では、三五〇〇の兵を率いて敵の本陣に突撃、三方ヶ原の戦い以来となる徳川の馬印を倒し、家康をあと一歩のところまで追い詰めた真田幸村は、戦国時代を代表する名将として現在も高い人気を誇っている。

幸村は、徳川軍に勝てる可能性は低いのに大坂城へ入り、最期まで豊臣家への忠義を尽くして華々しく散った。しかも、その死にざまは、弱者であっても知恵があれば強者に一矢報いることができることを証明するものだった。だからこそ、為政者の命令には逆らうのが難しい庶民が、幸村に熱狂したのである。二〇一六年のＮＨＫ大河ドラマが、幸村を描く『真田丸』に決まったのも、幸村が、諦めなければ希望が開けることの象徴になっているからではないだろうか。

幸村の祖父は、武田信玄に仕えて真田家の基礎を築いた幸隆。父は武田家の滅亡に直面しながらも、硬軟取り混ぜた戦略で大国の干渉から領国を守った昌幸である。名将の遺伝子を受け継ぐ幸村は、一五六七年、昌幸の次男として生まれた。幸村の名は史料では「信繁」で、幸村の表記は一六七二年に成立した軍記物語『難波戦記』で初めて使われたとされる。史料ではなく、物語によってその名が広まった幸村は、庶民が育てたヒーローといえるかもしれない。

一五八二年、織田信長、徳川家康の連合軍に武田家が滅ぼされると、昌幸は信長に従うが、すぐに本能寺の変で信長が倒れる。周囲を上杉、北条、徳川に囲まれる窮地に陥った昌幸は、上杉に恭順し、幸村を人質に送っている。この後、豊臣秀吉が台頭すると、昌幸は秀吉に接近し、今度は幸村を大坂に送った。秀吉の没後、関ヶ原の合戦が起きると、西軍についた昌幸と幸村は居城の上田城に籠り、中山道を進む徳川秀忠軍を釘付けにして、合戦に遅参させる。だが関ヶ原の合戦は西軍の敗北に終わり、昌幸、幸村父子は九度山に配流された。豊臣方の要請に応え、九度山を脱出して大坂城に入った幸村が、大坂の陣どれほどの活躍をしたかは、改めて説明するまでもないだろう。

戦国を駆け抜けた真田家の興亡は、幸隆、昌幸、幸村の三代として語られることが多い。これに倣《なら》い本書『小説集　真田幸村』は、幸村を中心にしながらも、真田家を興した幸隆の時代から、昌幸を経て、幸村が死んだ大坂の陣までを全八作の短篇でたどれるよう傑作をセレクトした。収録作は年代順に並べたが、エピソードの重複などを考慮して、多少の入れ替えを行っている。また本解説では物語の仕掛けや結末に触れた作品もあるので、未読の方はご注意いただきたい。

南原幹雄「太陽を斬る」　(『太陽を斬る』ＰＨＰ文庫、一九八九年六月)

幸村の曾祖父にあたる海野棟綱《むねつな》と、息子の小次郎(後の真田幸隆)を描いた本作は、真田家のルーツに迫っている。

真田家は、平安時代から北信濃を支配する清和源氏の名家・滋野氏の支族・海野氏を祖にするとされている。海野氏は、根津氏、望月氏と並んで〝滋野三家〟と呼ばれ、滋野氏の嫡流を名乗った海野氏は、最も格式が高かった。真田十勇士には、海野六郎、根津甚八、望月六郎がいるが、彼らは真田家の同族から名が採られているのである。

柴辻俊六『真田昌幸』(吉川弘文館、一九九六年八月)によると、江戸中期に松代藩主の真田家が編纂した系図では、武田信玄に仕えた幸隆が初めて真田姓を使い、その父は海野氏の棟綱になっているという。その一方で、矢沢氏の菩提寺の良泉寺に伝わる文書によると、幸隆の父は海野棟綱の女婿にあたる真田頼昌で、幸隆には矢沢綱頼、常田隆永という兄弟がいたとされている。幸隆の父については諸説あるようだが、南原は海野棟綱説を使って物語を紡《つむ》いでいる。

名門の海野氏も戦国時代になると没落、棟綱の頃には、甲斐の武田家と南信濃の諏訪家に敗れ、国を追われていた。棟綱は、小次郎の亡き妻の実家で、長野業政《なりまさ》に仕える羽根尾家を頼り、業政の力で信濃へ復帰しようとする。だが器量人として声望が高く、棟綱も期待する小次郎は、諸国放浪の旅に出たままで、業政の娘との祝言にも帰って来なかったのである。

ちなみに長野業政は、関東管領・山内上杉家の憲政に仕えた国人で、長野家は在原業平の末裔を称していた。業政は、憲政が北条氏康と戦って大敗した一五四六年の河越夜戦に参加。この合戦で長男の吉業が戦死したが、一五五一年に憲政が越後に逃れた後も上杉家に従い、長尾景虎（後の上杉謙信）が援軍に駆け付けるまで、北条を防いでいる。一五五七年に甲斐の武田晴信（後の信玄）が攻めてくると、業政は近隣の国人衆約二万人を集めて対抗、野戦には敗れるも、その後にゲリラ戦を展開して武田軍の六回の侵攻を退けている。新陰流を創始した上泉信綱は、業政とその子・業盛に仕え、長野家の滅亡後に剣術修行の旅に出たとされている。

物語の舞台は、晴信が、父の信虎を追放して甲斐の支配を固め、諏訪家を滅ぼすなど信濃平定を進めていた時代。諸国放浪から帰ってきた小次郎は、棟綱に、海野氏が信濃へ帰るために頼るべきは、業政ではなく晴信であり、既に自分は武田家に仕えていると告げる。

子供の頃、棟綱から親兄弟であっても信頼するなという武士としての英才教育を受けた小次郎は、一族を殺戮した晴信であっても、有利であれば付くという冷徹な計算が働くまでに成長する。小次郎が、敵味方に分かれた父・棟綱と戦場で相まみえた時に下した決断は、謀将を数多く排出し、戦国史に名を残す真田家の誕生の瞬間として強く印象に残るはずだ。

海音寺潮五郎「執念谷の物語」（『執念谷の物語』人物往来社、一九六七年五月）

海音寺には、秀吉に九州の豊前中津を与えられた黒田官兵衛が、抵抗する国人の城井谷友房（史実では城井鎮房《しげふさ》）に娘を嫁がせ、六年かけて相手を油断させ城井谷家を滅ぼす「城井谷崩れ」（「サンデー毎日」一九三九年八月。『小説集　黒田官兵衛』所収、作品社、二〇一三年九月）、丹後を一色氏と共に支配していた細川忠興が、政治状況の変化と野心の実現のため、娘を嫁がせていた一色満信（史実では五郎）を屋敷に呼び寄せ謀殺する「一色崩れ」（「サンデー毎日」一九六〇年一二月）など、戦国武将のダークな謀略を題材にした短篇がある。

本作もこの系譜に属するが、幸村の父・昌幸が海野（羽根尾）輝幸を排除するためにめぐらす計略は、政略結婚を利用する単純なものではなく、より緻密で洗練されている。

作中でも指摘されているように、本作は『羽尾記』をベースにしている。

武者修行の旅に出た輝幸が、武田信玄、勝頼父子に仕えて武勲をあげ、年老いて故郷の上州に帰ってきた。輝幸は城主の斎藤摂津守に請われ、岩櫃城の一画に屋敷を構えた。輝幸の愛娘が十二月の晦日に亡くなったので、家臣が遺体を城外に出して弔おうとしたところ、門番が門松を立てて祝いの準備を済ませたといって拒否したので、怒った輝幸が娘の遺体を懐に入れ、門松を破壊して寺へ行ったこと。輝幸が名刀観賞を利用して斎藤摂津守を城から出るように仕向け、岩櫃城を手に入れた謀略。岩櫃城を手に入れたものの、領国経営に自信がないので昌幸に相談したことなどは、すべて『羽尾記』に書かれた史実である。海音寺は、史実を改変しないまま、老いた輝幸が岩櫃城を手にしたことで念願の一国一城の主《あるじ》となったり、城を守るために北条と戦ったりしたのは、すべて昌幸に操られて行ったこととして歴史を読み替えている。

一族の本家筋にあたる昌幸に相談しているものの、すべて自分で考え、行動していると思っている輝幸が、かなり初期の段階から昌幸の掌《てのひら》の上で躍らされていたことが分かる終盤の展開を読むと、歴史的な大事件は強大な力を持つ国家、多国籍企業、宗教団体、秘密結社が動かしていたとする陰謀論を信じたくなるほどである。

『羽尾記』によると、謀叛《むほん》の疑いがあるとして昌幸が使者を送ってきた時、輝幸は「天も照覧あれ、先以《まずもっ》て逆心なし、定《さだめ》て佞人の為《ため》に讒《ざん》せられたると覚えたり」、つまり自分は潔白だが、昌幸は讒言を信じて自分を謀反人と見なしたと考える。だが、主家である武田家が滅ぶと、北条、上杉、徳川、豊臣とめまぐるしく主君を変える巧みな外交戦で領土を守り抜いた昌幸が、讒言などに惑わされるだろうか？

昌幸ではなく、昌幸に翻弄される輝幸を主人公にしたからこそ、岩櫃城とその周辺地域が肥るのを待ち、満を持して手に入れた昌幸の壮大で巧妙な戦略が際立って感じられるのである。

山田風太郎「刑部忍法陣」　**（『武蔵忍法旅』文藝春秋、一九七〇年四月）**

フィクションの世界では、真田幸村には一芸に秀でた十人の英雄豪傑、いわゆる真田十勇士が仕えていたとされる。真田十勇士は、甲賀流忍術を学び、地雷火の扱いにも長《た》けた猿飛佐助、神出鬼没の忍術遣い霧隠才蔵、怪力の三好清海入道と弟の三好伊三入道、幸村の影武者も務める穴山小助、鎖鎌の達人・由利鎌之助、十勇士の最古参で参謀の海野六郎、水軍を指揮する根津甚八、爆弾製造が得意な望月六郎、鉄砲名人の筧十蔵《かけい》の十人。関ヶ原の合戦の前夜、真田昌幸、幸村父子の命令で、猿飛佐助が大谷刑部《ぎょうぶ》（吉継）のもとを訪ねる本作も、真田十勇士ものの一篇といえる。

大谷刑部は、近江に生まれたというのが通説で、父親は大友宗麟の家臣だったとも、六角氏の旧臣だったともいわれている。仕えた時期は不明ながら、豊臣秀吉の家臣となり、小姓として信任を得たとされる。一五八三年の賤ケ岳の戦いでは、いわゆる賤ケ岳七本槍に次ぐ武功をあげ、刑部少輔に叙任された。九州攻めでは石田三成と共に兵站《へいたん》奉行を務め、この頃から三成との終生変わらぬ友情が始まる。一五八九年には、越前敦賀の五万石の大名となっている。文禄の役では三成と共に船奉行を務め、明との和平交渉も担当した。秀吉の死後は、徳川家康に接近し、一六〇〇年、家康が会津征伐の兵を挙げるとそれに従おうとするが、三成に佐和山城へ招かれ、家康討伐の意志を告げられる。刑部は、三成では家康に対抗できないと考えるが、長年の友誼から三成軍で戦うことを決意。一説には、刑部は当時は不治の病だったハンセン病に罹《かか》っていて、茶会で刑部が口にした茶碗に誰も口を付けようとしなかったが、三成だけは躊躇することなく同じ茶碗で茶を飲んだので、刑部はその時のことを思い出し、三成と共に戦うことを決意したともいわれている。関ヶ原の合戦では、寝返りの疑いを抱いていた小早川秀秋に備えるため、小早川軍が陣を置く松尾山の麓《ふもと》に布陣し、刑部が恐れていた通り、寝返った小早川軍によって大谷軍は壊滅、刑部は自刃した。

物語は、幸村に嫁ぎ妊娠した刑部の娘・鞆絵《ともえ》を連れ、佐助が刑部のところへやって来る場面から始まる。佐助は、鞆絵が実家で出産できるように帰省させたというが、真田父子から、来るべき豊臣と徳川の合戦で家康に味方することを決めた刑部を、三成方へ付くよう説得するという密命を受けていた。だが、三成に味方する真田父子を「妄動」と断じた刑部は、佐助に豊臣家の実態を見せ、真田父子に報告させるため、佐助を大阪城へ連れていく。

忍法で刑部を背負い秀吉の側室・淀殿が暮らす大坂城の天井裏、続いて出家して高台院と名を改めた秀吉の正室が暮らす寺の天井裏に潜入した佐助は、本当に信頼している人間の前でしか見せない淀殿と高台院の裏の顔を目撃することになる。佐助と刑部が、天井裏から人間の本性を覗き見る展開は、風太郎が敬愛していた江戸川乱歩の名作短篇「屋根裏の散歩者」（「新青年」一九二五年八月増刊号）へのオマージュだろう。

本作は、不治の病に罹っている刑部が抱く恐怖、我が子・秀頼に豊臣家を継がせたい淀殿の妄執、反対に淀殿に簒奪された豊臣家など滅んでしまえばよいと考える高台院の情念など、人が心の奥底に隠す〝闇〟が、関ヶ原の合戦に至る歴史を動かしたとの奇想を描いていくので、たとえ歴史の流れを知っていても、先の読めないスリリングな展開が楽しめるのである。

柴田錬三郎「曾呂利新左衛門」（『柳生但馬守』文藝春秋、一九六五年七月）

明治末から大正初期の少年たちを熱狂させた講談速記本・立川文庫の世界を現代風にアレンジした〈柴錬立川文庫〉シリーズの一篇。曾呂利新左衛門の頓智話は、講談の世界では定番の演目で、立川文庫の第八編も『太閤と曾呂利』（立川文明堂、一九一一年七月）である。

曾呂利新左衛門は、生没年不詳。本名は杉本、坂内など、通称も惣八、新左衛門、甚右衛門など諸説あり、宗拾、伴内と号したともされるが、そもそも実在したか分かっていない。曾呂利新左衛門は、巧みな話術が豊臣秀吉に認められ、御伽衆《おとぎしゅう》になったとされる。志野流の香道、千利休に茶道を学んだ数寄者であったともいわれている。

曾呂利新左衛門は、頓智話の名手として後世に名を残している。秀吉に褒美を取らせるといわれた曾呂利新左衛門が、米を一粒、翌日には二倍、明後日は前日の二倍と一日ごとに倍々にして一月分（一〇〇日など諸説あり）欲しいと頼むと、数日後には最終的にとんでもない量の米を渡さなければならないことが判明し、慌てた秀吉が別の褒美にして欲しいと頼んだ話。やはり褒美に秀吉の耳を嗅ぐという奇妙な特権を得た曾呂利新左衛門は、諸大名の前で秀吉の耳の近くに鼻を近付けるようになり、それを秀吉への讒言と勘違いした諸大名が、多くの進物を届けた話。秀吉が自分の顔は猿に似ているかと尋ねた時、「殿が猿に似ているのではなく、猿が殿に似ているのです」と答えた話などは、特に有名である。

現代では頓智話、あるいは落語家のルーツともいわれる曾呂利新左衛門だが、もともとは堺の鞘師で、刀が音もなくソロリと抜ける鞘を作るほどの名人だったから曾呂利（鼠楼栗とも）の異名で呼ばれたとされる。本作は、現代では忘れ去られた感のある鞘師としての曾呂利新左衛門に着目しており、読者の予測を超える伝奇的な展開は、柴錬の面目躍如といえる。

大坂城に観賞樹木を植えていた猿飛佐助が、長さ一間もある櫃《ひつ》を掘り起こした。中身を調べてみると、四九振りの名刀「正宗」が入っていた。それを見た幸村は、佐助に、曾呂利新左衛門を探すことを命じる。

やがて明らかになるのは、「正宗」なる刀は、家臣に与える報償がなくなり困っている秀吉のために、曾呂利新左衛門が作り上げた虚構であるという事実である。

明治時代には、正宗なる刀工は存在しないか、実在していたとしても凡庸な刀工だったとする〝正宗抹殺論〟が唱えられた。この主張を行ったのは、宮内省の御剣掛を務めた今村長賀《ながよし》で、今村は「涼宵清話」（「読売新聞」一八九六年七月三〇日～八月一日）の中で、「これが正宗というちょるのは、皆無銘で、たまさか在銘の者があれば、それは皆擬物である」と断じた。そして、正宗は貞宗、信国、兼光などの出来のよいものを正宗に極め直したものに過ぎず、秀吉が刀剣鑑定家の本阿弥家に命じて「正宗なる者を拵えさせたのではないか」としている。本阿弥家を、曾呂利新左衛門に置き換えれば、そのまま本作になるので、柴錬は、今村の〝正宗抹殺論〟を参考にした可能性が高い。なお、現在では新しい史料が発見され、〝正宗抹殺論〟は否定されている。

柴錬が、曾呂利新左衛門なる男が歴史を捏造した、との物語を作ったのは、歴史に唯一絶対の真実はなく、単なるフィクションに過ぎないことを示すためだったように思えてならない。そして、曾呂利新左衛門が歴史を捏造した理由には、弱者の怨念がからんでいることも浮かび上がるので、より恐ろしく感じられるのである。本作の終盤には、皇国史観という虚構によって死地に送り込まれた戦中派の怒りも感じられる。

菊池寛「真田幸村」（『日本合戦譚』中央公論社、一九三三年八月）

応仁の乱、碧蹄館《へきていかん》の戦、長篠合戦、大阪夏之陣、田原坂合戦など、戦国時代から明治までの一三の合戦を紹介する『日本合戦譚』（初版本刊行後も増補され、最終的には二五の合戦を収録）の一篇。なぜ合戦を題材にした『日本合戦譚』の中に、一作だけ幸村の生涯を描く伝記が入っているのかは、よく分からない。

菊池は、真田幸村の名は、史料では信繁だが「徳川時代の大衆文学者」によって幸村の名が広まったことから筆を起こし、真田家の来歴にも言及しているが、焦点を当てているのは、真田家が徳川家康軍を撃退した第一次上田合戦以降の、幸村の後半生である。

作中には、徳川家康の重臣・本多忠勝の娘と結婚し、徳川方に付いた幸村の兄・信幸（後に信之に改名）と、豊臣方で戦うことを決めた昌幸、幸村が、犬伏で別れた〝犬伏の別れ〟。信幸と別れた昌幸と幸村が、忠勝の娘が信幸の留守を守る沼田城に立ち寄るも、既に敵味方になったとして一歩も城に入れなかった有名な逸話。関ヶ原の合戦後、昌幸と幸村が九度山に配流された時、昌幸は豊臣家が勝利する秘策があるといい、ぜひ教えて欲しいという幸村に、秘策を成功させるには希代の戦略家として恐れられている昌幸の信望が必要なので、幸村には実行できないと諭す〝美野青野ヶ原の秘策〟など、幸村に関する有名なエピソードが網羅されている。さらに、昌幸が、信幸を徳川に、幸村を豊臣に仕えさせたのは、どちらが勝っても真田家が存続できるようにした深慮遠謀だったのか、単なる偶然だったのかなど、真田家をめぐる謎も菊池独自の解釈で描かれているので、スタンダードな幸村像を知ることができ、入門篇としても、筋金入りのマニアが史実を再確認するのにも最適である。

本書の収録作の中には、菊池が紹介したエピソードを伝奇的な手法でとらえ直した作品もあるので、本作を読んでおくと、より楽しめるだろう。

五味康祐「猿飛佐助の死」

（『秘剣』新潮社、一九五五年七月）

猿飛佐助を主人公にした真田十勇士ものの一篇だが、伝奇的な手法で大胆な改変が行われている。

立川文庫の第四〇編「猿飛佐助」（立川文明堂、一九一三年一月）によると、佐助の父は、森長可に仕えていたが、主君が小牧山の合戦で戦死した後は二君に仕えることを嫌い、信濃の鳥居峠の麓に隠棲した鷲尾佐太夫とされている。佐助の姉お小夜は、気立てがよく「鷲塚の弁天娘、小町娘」と呼ばれるほどの美人。一方、佐助は、一〇歳にして「大力無双、生まれながらの力強、大人を相手に力比をやるが、誰一人佐助に勝つものはなかった」という。やがて佐助は、戸沢白雲斎に敗れたことを切っ掛けに弟子入りし、武術と忍術を学び、真田幸村の家臣になるのである。

これに対し五味は、佐助は、豊臣秀吉に滅ぼされた北条氏直の落胤・咲丸であるとする。咲丸は、小田原城落城の時に二人の忍者と落ち延びるが、逃亡の途上で護衛の二人は殺されてしまう。咲丸は甲賀忍者の伊沢才覚の手に渡り、さらに才覚の師で信州の鳥居峠に住む神沢出羽守に忍術を仕込まれ、自分は北条家の遺児と知らないまま忍者・猿飛佐助を名乗ることになる。

作中には、戦国時代の忍者が忠義ではなく金で動いていたことや、忍術修業の方法、忍者が使う道具などが解説してある。これらは、一六七六年に藤林保武が書いた伊賀甲賀忍術の伝書『万川集海』や、昭和初期に数多くの忍術の研究書を書いた伊藤銀月の『現代人の忍術　忍術極意秘伝書』（巧人社、一九三七年五月）などを参考にしている。

佐助は、九度山で隠棲している幸村の食客のような扱いになり、幸村はもとより、真田家の家臣からも信頼を集める。佐助も真田家を好ましく思い、幸村の娘お万阿《まあ》には恋心にも似た感情を抱く。だが忍術の極意を極め、甲賀の若き盟主として期待されている佐助は、特定の主君を持たないという忍者の掟に従わなければならない。組織の論理と、自由に生きたいとの想いの間で引き裂かれる佐助の苦悩は、今読んでも生々しく感じられる。

時は流れて、大坂の陣が終結。大坂城に入っていたお万阿は、落城の寸前に片倉小十郎に救い出され、家康の前に引き出される。その時、佐助は天井裏に潜んでいた。一度は想いを寄せ合った佐助とお万阿の悲劇的な別れは、忍者の掟と、乱世を生きる女の決意という非情の世界を浮き彫りにしていくので、余韻も大きい。

天上裏に潜んだ忍者が、槍で突かれ、存在を隠すために服で血を拭うというのは、忍者ものの小説や映画では定番になっているが、本作はその源流の一つといえる。ちなみに、同じシーンは、『忍びの者　霧隠才蔵』（一九六四年大映、監督・田中徳三、脚本・高岩肇、主演・市川雷蔵）にも登場している。


（『真田軍記』角川書店、一九五七年二月）

井上靖「真田影武者」

真田家に関する物語を全四作集めた『真田軍記』の一篇。

豊臣秀頼は、大坂の陣では死なず、秘かに落ち延びて薩摩に逃れたとの伝説がある。高柳光壽『豊臣秀頼薩摩落説』(「中央史壇」一九二五年五月)によると、大坂落城直後の一六一五年には、既に秀頼が生存していたとの風聞があったという。これに、薩摩に落ち延びたという説が加わり、大坂の陣で活躍し世間の同情を集めている真田幸村も生存していた、さらに木村重成、後藤基次も生き延びたという話が加わっていったようだ。

これらが合わさって、幸村(もしくは、息子の幸昌)が、秀頼を守って薩摩へ向かったという現代人も知る秀頼生存説が出来上がったのではないだろうか。

本作も、広義には、幸村生存説、幸昌生存説を題材にしている。

真田幸昌は、幸村が九度山に配流中に生まれた。母は大谷吉継の娘・竹林院。幸昌の名は、祖父の昌幸の名を逆にして付けられたともいわれている。一六一四年に、幸村と共に九度山を抜け出して大坂城に入った幸昌は、夏の陣の道明寺の戦いで武勲を上げている。その後、父の命令で秀頼に従うことになり、秀頼の自刃を見届けた後に切腹したとされる。

父の信繁が幸村の呼び名で知られているように、幸昌もフィクションの世界では大助の通称で有名。幸昌には、信昌、幸綱、治幸などの別名もあるが、本作で井上が、最も人口に膾炙している大助ではなく、なぜ幸綱を使ったかは不明である。

大坂の陣の末期。幸綱は、父の幸村から、城に残り秀頼の最期を見届けるよう厳命される。この時、討死にを決意していた幸村は「よく命二つあればと言うが、自分はいま命を二つ持っている。一つは今日戦場で失い、もう一つは城に帰ってなりゆく果てを見届けようと思う」と口にする。これは、戦中派で従軍もした井上の経験から出た心情といえるかもしれない。

秀頼のもとへ向かおうとした幸綱は、一人の少年が自分に従っていることに気づく。少年は「父の命令」で幸綱の供をしているというが、「父」が少年の親なのか、幸村のことなのか判然としない。やがて幸村は討死にするが、家康のところへ届けられた首は、本当に幸村のものか、よく分からない。そして幸綱の供をした少年も、大坂の陣の終結後に混乱をもたらすことになる。

少年が何者で、誰の命令で動いていたのか、少年は幸村の計算で動いたのか、計算外の存在だったのかが最後まで明かされない不気味な展開をたどる本作は、幸村の計略を恐れ、深読みをした敵の武将たちの不安を、読者が追体験できる作品といえる。


池波正太郎「角兵衛狂乱図」　（『碁盤の首』立風書房、一九九二年六月）

池波にとって真田家は、ライフワークになっていた。本作の主人公・樋口角兵衛は、大作『真田太平記』（「週刊朝日」一九七四年一月四日〜一九八二年一二月一五日）に登場するキャラクターの一人。冷徹な自己抑制で論理的に戦略、戦術をたてる武将や草（忍び）が活躍するなか、感情のおもむくまま自由奔放に振る舞い、戦場では凶暴さを見せつける角兵衛は異彩を放っていた。この角兵衛を主人公した本作は、『真田太平記』の外伝的な作品である。

角兵衛のモデルは、樋口四角兵衛といわれている。四角兵衛は、幸村から名刀を取り上げたり、大坂の合戦を生き延び上田に帰ったりしたことが史料に残されている。池波は、これらを物語の中に取り込みながら、角兵衛の生涯を描いている。

角兵衛の父は、武田勝頼の重臣・樋口下総守とされる。勝頼が自刃した時、角兵衛は一二歳。それでも「おれが、殿さまのおそばについていていたら、むざむざと殿さまを死なせずにすんだものをな」といってのけるほどの豪胆さを持っていた。真田家に仕え、幸村と共に成長した角兵衛は、少年時代に口にした言葉を現実にするがごとく、猛将になる。

エキセントリックな言動を繰り返し、煙たく感じる人間もいる角兵衛だが、基本的に明朗で、人間の枷となる常識や倫理とは無縁に生きている。それだけに、何ものにも縛られない角兵衛の生きざまが、痛快に見えるだろう。

人間性には賛否がある角兵衛も、戦場での働きは誰も文句が付けられない。そんな角兵衛を見た母の久野は、「血は争えぬものじゃ」と考えていた。角兵衛に流れる「血」とは何か？　これが物語を牽引する原動力になっていくのである。

大坂の陣の終結までは、角兵衛が派手な活劇を繰り広げるが、戦後は、幕府隠密になり、松代藩主になった幸村の兄・信之の動向を探ることになる。真田家の取り潰しを目論《もくろ》む幕府と、藩を守ろうとする信之の暗闘は、スパイ小説のような面白さがある。晩年の信之が、幕府を向こうに回して行った頭脳戦、心理戦は、池波の短篇「錯乱」（「オール讀物」一九六〇年四月）に詳しいので、本作と読み比べてみるのも一興である。

池波の真田ものでは、戦乱を生き抜いた信之の評価が高いが、角兵衛は、常に冷静で考えが読めない信之を徹底的に嫌っている。池波が描く、信之の意外な人物像も興味深い。

なお本作には、『完本池波正太郎大成 第二十五巻』（講談社、二〇〇〇年七月）の校訂を参照して修正した箇所がある。

【編者略歴】

末國善己《すえくに・よしみ》

文芸評論家。1968年広島県生まれ。明治大学卒業、専修大学大学院博士後期課程単位取得中退。編書に『国枝史郎探偵小説全集』、『国枝史郎歴史小説傑作選』、『国枝史郎伝奇短篇小説全集』（全二巻）、『国枝史郎伝奇浪漫小説集成』、『国枝史郎伝奇風俗／怪奇小説集成』、『野村胡堂探偵小説全集』、『野村胡堂伝奇幻想小説集成』、『山本周五郎探偵小説全集』（全六巻＋別巻一）、『探偵奇譚 呉田博士【完全版】』、『【完全版】新諸国物語』（全二巻）、『岡本綺堂探偵小説全集』（全二巻）、『短篇小説集 義経の時代』、『戦国女人十一話』、『短篇小説集 軍師の死にざま』、『短篇小説集 軍師の生きざま』、『小説集 黒田官兵衛』、『小説集 竹中半兵衛』（以上作品社）などがある。

小説集 真田幸村

二〇一五年一〇月二五日第一刷印刷
二〇一五年一〇月三〇日第一刷発行

編者 末國善己
編集 青木誠也
装幀 水崎真奈美
発行者 和田肇
発行所 株式会社 作品社

〒一〇二-〇〇七二
東京都千代田区飯田橋二-七-四
電話 （〇三）三二六二-九七五三
FAX （〇三）三二六二-九七五七
振替 〇〇一六〇-三-二七一八三
http://www.sakuhinsha.com

印刷・製本 中央精版印刷㈱

ISBN978-4-86182-556-9 C0093